目次

小説

随　筆

書　簡

嘉村礒多集

小説

業苦

只《ただ》、仮初《かりそめ》の風邪だと思ってなおざりにしたのが不可《いけな》かった。とうとう三十九度余りも熱を出し、圭一郎は、勤め先である浜町の酒新聞社を休まねばならなかった。床《とこ》に臥《ふ》せって熱に魘《うな》される間も、主人の機嫌を損じはしまいかと、それが譫言《うわごと》にまで出る程絶えず惧《おそ》れられた。三日目の朝、呼び出しの速達が来た。熱さえ降れば直《す》ぐに出社するからとあれだけ哀願して置いたものを、そう思うと他人の心の情《なさけ》なさに思わず不覚の涙が零《こぼ》れるのであった。

「僕出て行こう」

圭一郎は蒲団《ふとん》から匍《は》い出たが、足がふらふらして眩暈《めまい》を感じ昏倒《こんとう》しそうだった。千登世《ちとせ》ははらはらし、彼の体軀《からだ》につかまって「およしなさい。そんな無理なことなすっちゃ取返しがつかなくなりますよ」と言って、圭一郎を再《ふたたび》寝かせようとした。

「だけど、馘首《くび》になるといけないから」

千登世は両手を彼の肩にかけたまま、乱れ髪に蔽《おお》われた蒼白《あおじろ》い瓜実顔《うりざねがお》を胸のあたりに押当てて、噦《しゃく》りあげた。「ほんとうに苦労させるわね。すまない……」「泣いちゃ駄目。これ位の苦労が何《な》んです！」

こう言って、圭一郎は即座に千登世を抱き締め、あやすようにゆすぶりまた背中を撫《な》でてやった。彼女は一層深く彼の胸に顔を埋め、獅噛《しが》みつくようにして肩で息をしながらなお暫《しば》らく歔欷《すすりなき》をつづけた。

冷《ひや》の牛乳を一合《いちごう》飲み、褞袍《どてら》の上にマントを羽織り、間借して居る森川町新坂上の煎《せん》餅屋《べいや》の屋根裏を出て、大学正門前から電車に乗った。そして電柱に靠《もた》れて此方《こっち》を見送っている千登世と、圭一郎も車掌台の窓から互いに視線を凝《じ》っと喰《く》い合《あわ》していたが、やがて、風もなく麗《うら》らかな晩秋の日光を一ぱいに浴びた静かな線路の上を早足に横切る項《うな》低《だ》れた彼女の小さな姿が幽《かす》かに見えた。

永代橋《えいたいばし》近くの社に着くと、待構えていた主人と、十一月二十日発行の一面の社説についてあれこれ相談した。逞《たくま》しい鐘馗髯《しょうきひげ》を生やした主人は色の褪《あ》せた旧式のフロックを着ていた。これから大阪で開かれる全国清酒品評会への出席を兼ねて伊勢参宮をするとのことだった。なおそれから白鷹《はくたか》、正宗、月桂冠壜《びん》詰《づめ》の各問屋主人を訪《おとな》い業界の霜枯時《しもがれどき》に対する感想談話を筆記して来るようにとのことをも吩咐《いいつ》けて置いてそしてあたふたと夫婦《ふうふ》連《づれ》で出て行った。

主人夫妻を玄関に送り出した圭一郎は、急いで二階の編輯室《へんしゅうしつ》に戻った。仕事は放擲《うっちゃ》らかして、机の上に肘《ひじ》を突き両掌《りょうて》でじくりじくりと鈍痛を覚える頭を揉《も》んでいると、女中がみしりみしり梯子段《はしごだん》を昇って来た。

「大江さん、お手紙」

「切抜通信?」

「いいえ。春子より、としてあるの、大江さんのいい方でしょう。ヒッヒッヒヒ」

圭一郎は立って行って、それを女中の手から奪うようにして捥《も》ぎ取った。疱瘡《もがさ》の跡のある横太りの女中は巫山戯《ふざけ》てなおからかおうとしたが、彼の不愛嬌《ぶあいきょう》な顰《しか》め面《つら》を見るときまりわるげに階下へ降りた。そして、も一人の女中と何か囁《ささや》き合い哄然《どっ》と笑う声が聞えて来た。

圭一郎は胸の動悸《どうき》を堪《こら》え、故郷の妹からの便りの封筒の上書を、充血した眼でじっと視《み》つめた。

圭一郎は遠いY県の田舎に妻子を残して千登世と駈落《かけお》ちしてから四ケ月の月日が経《た》った。最初の頃、妹はほとんど三日にあげず手紙を寄越し、その中には文字のあまり達者でない父の代筆も再三ならずあった。彼はそれを見る度見る度に針を呑《の》むような苛責《かしゃく》の哀《かな》しみを繰返す許《ばか》りであった。身を切られるような思いから、時には見ないで反古《ほご》にした。返事も滅多に出さなかったので、近頃妹の音信《たより》もずいぶん遠退《とおの》いていた。圭一郎は今も衝動的に腫物《はれもの》に触るような気持に襲われて開《ひら》くことを躊躇《ちゅうちょ》したが、と言って見ないではすまされない。彼は入口のところまで行って少時《しばらく》階下の様子を窺《うかが》い、それから障子を閉めて手紙をひらいた。

なつかしい東京のお兄さま。朝夕はめっきり寒さが加わりましたが恙《つつが》もなくご起居《ききょ》あそばしますか。いつぞや頂いたお手紙で、お兄さまを苦しめるような便りを差し上げては不可《いけない》とあんなにまで仰云《おっしゃ》いましたけれ共《ども》、お兄さまのお心を痛めるとは十分存じながらも奈可《どう》しても書かずにはすまされません。それかと申して何から書きましょうか。書くことがあまりに多い。……

お父さまは一週間前から感冒に罹《かか》られてお寝《よ》っていられます。それに持病の喘息《ぜんそく》も加《くわわ》って昨今の衰弱は眼に立って見えます。ここのとこ毎日安藤先生がお来診《みえ》になってカルシウムの注射をして下さいます。何んといってもお年がお年ですからそれだけに不安でなりません。お父さまの苦しそうな咳声《せきごえ》を聞くたびにわたくし生命の縮まる思いがされます。

「俺《おれ》が生きとるうちに何んとか圭一郎の始末をつけて置いてやらにゃならん」と昨日も病床で仰云いました。腹這《はらば》いになってお粥《かゆ》を召上りながら不図《ふと》思い出したように「圭一郎はなんとしとるじゃろ」と言われると、ひとり手《で》にお父さまの指から箸《はし》が辷《すべ》り落ちます。夜は十二時、一時になっても奥のお座敷からお父さまお母さまの密々話《ひそひそばなし》の声が洩《も》れ聞《きこ》えます。お兄さまも時にはお父さまに優しい慰めのお玉章《てがみ》差上《さしあげ》て下さい。切なわたくしのお願いです。お父さまがどんなにお兄さまのお便りを待っていらっしゃるかということは、お兄さまには想像もつきますまい。川下からのぼって来る配達夫をお父さまはあの高い丘の果樹園からどこに行くかを凝《じ》っと視おろしていられます。配達夫が自家《うち》に来てわたくし手招きでお兄さまのお便りだと知らすと、お父さまは狂気のようになって、ほんとにこけつまろびつ帰って来られます。とてもとてもお兄さまなぞに親心が解《わか》ってたまるものですか。

およそお兄さまが自家を逃亡《でら》れてからというものは、家の中は全く灯の消えた暗さです。裏の欅山《けやきやま》もすっかり黄葉《こうよう》して秋もいよいよ更《ふ》けましたが、ものの哀れは一入吾《ひとしおわ》が家《や》にのみあつまっているように感じられます。早稲《わせ》はとっくに刈られて今頃は晩稲《おくて》の収穫時で田圃《たんぼ》は賑《にぎわ》っています。古くからの小作達はそうでもありませんけども、時二とか与作などは未だ臼挽《うすひき》も済まさないうちから強硬に加調米を値切っています。要求に応じないなら断じて小作はしないという剣幕です。それというのも女や年寄ばかりだと思って見縊《みくび》っているのです。「田を見ても山を見ても俺はなさけのうて涙がこぼれるぞよ」とお父さまは言い言いなさいます。先日もお父さまは、鳶《とび》が舞わにゃ影もない――と唄《うた》にも歌われる片田の上田を買われた時の先代の一方《ひとかた》ならぬ艱難辛苦《かんなんしんく》の話をなすって「先代さまのお墓に申訳ないぞよ」と言ってその時は文字通り暗涙に咽《むせ》ばれました。お父さまはご養子であるだけに祖先に対する責任感が強いのです。田地山林を譲る可《べ》き筈《はず》のお兄さまの居られないお父さまの歎《なげ》きのお言葉を聞く度に、わたくしお兄さまを恨まずにはいられません。

先日もお父さまが、あの鍛冶屋《かじや》の向うの杉山に行って見られますと、意地のきたない田沢の主人が境界石を自家《うち》の所有の方に二間《にけん》もずらしていたそうです。お父さまは歯軋《はぎし》りして口惜《くや》しがられました。「圭一郎が居らんからこないなことになるんじゃ。不孝者の餓鬼奴《がきめ》。今に罰《ばち》が当って眼がつぶれようぞ」とお父さまはさもさも憎しげにお兄さまを罵《ののし》られました。しかし昂奮《こうふん》が去ると「ああ、なんにもかも因縁因果というもんじゃろ。お母《か》ア諦《あきら》めよう。……仕方がない。敏雄の成長を待とう。それまでに俺が死んだら何んとしょうもんぞい」こうも仰云いました。

咲子嫂《ねえ》さまを離縁してお兄さまと千登世さまとに帰っていただけば万事解決します。

しかし、それでは大江の家として親族への義理、世間の手前がゆるしません。咲子嫂さまは相変らず一万円くれとか、でなかったら裁判沙汰《さいばんざた》にするとか息巻いて、質《たち》の悪い仲人とぐるになってお父さまをくるしめています。何んといってもお兄さまが不可《いけな》いのです。どうして厭《いや》なら厭嫌いなら嫌いで嫂さまと正式に別れた上で千登世さまと一緒にならなかったのです。あんな無茶なことをなさるから問題がいよいよ複雑になって、相互の感情がこじれて来たのです。今では縺《もつれ》を解こうにも緒《いとぐち》さえ見つからない始末じゃありませんか。

けれどもわたくしお兄さまのお心も理解してあげます。お兄さまとお嫂さまとの過ぎる幾年間の生活に思い及ぶ時、今度のことがお兄さまの一時の気紛《きまぐ》れな出来ごころとは思われません。或《ある》いは当然すぎる程当然であったかもしれません。何時《いつ》かの親族会議では咲子嫂さまを離縁したらいいとの提議が多かったのです。それを嫂さまは逸《いち》早《はや》く嗅知《かぎし》って、一文《いちもん》も金は要らぬから敏雄だけは貰《もら》って行くと言って敏雄を連れていきなり実家に帰ってしまったのです。しかも敏雄はお父さまにとっては眼に入れても痛くないたった一粒の孫ですもの。敏雄なしにはお父さまは夜の眼も睡《ねむ》れないのです。お父さまはお母さまと一っしょに、Y町のお実家に詫《わ》びに行らして嫂さまと敏雄とを連れ戻したのです。とても敏雄とお嫂さまを離すことは出来ません。離すことは惨酷《ざんこく》です。いじらしいのは敏ちゃんじゃありませんか。

敏ちゃんは性来の臆病《おくびょう》から、それに隣りがあまり隔っているので一人で遊びによう出ません。同じ年配の子供達が向うの田圃や磧《かわら》で遊んでいるのを見ると、堪えきれなくなって涙を流します。時偶《ときたま》仲間が遣《や》って来ると小踊《こおどり》して歓《よろこ》び、仲間に帰られてはと、ご飯も食べないのです。帰ると言われると、ではお菓子を呉《く》れてあげるから、どれ絵本を呉れてあげるからと手を替え品を替えて機嫌をとります。いよいよかなわなくなると、わたくしや嫂さまに引留方を哀願に来ます。それにしても夕方になれば致し方がない。高い屋敷の庭先から黄昏《たそがれ》に消えて行く友達のうしろ姿を見送ると、しくりしくり泣いて家の中に駈《か》け込みます。そしてお父さまの膝《ひざ》に乗っかると、そのまま夕飯も食べない先に眠ってしまいます。台所の囲炉裡《いろり》に榾柮《ほだ》を燻《く》べて家じゅうの者は夜を更かします。お父さまは敏ちゃんの寝顔を打戍《うちまも》りながら仰有います「圭一郎に瓜二つじゃのう」とか「焼野の雉子《きぎす》、夜の鶴《つる》――圭一郎は子供の可愛《かわい》いということを知らんのじゃろうか」とか。

先月の二十一日は御大師様の命日でした。村の老若は丘を越え橋を渡り三々五々にうち伴《つ》れてお菓子やお赤飯のお接待を貰って歩きます。わたくしも敏雄をつれてお接待を頂戴《ちょうだい》して歩きました。明神下の畦径《あぜみち》を提籃《かご》さげた敏雄の手を扶《ひ》いて歩いていると、お隣の金さん夫婦がよちよち歩む子供を中にして川辺《かわべ》りの往還を通っているのが見えました。途端わたくし敏雄を抱きあげて袂《たもと》で顔を掩《おお》いました、不憫《ふびん》じゃありませぬか。お兄さまもよくよく罪の深い方じゃありませんか。それでも人間と言えますか。——わたくしのお胎内《なか》の子供も良人《おっと》が遠洋航海から帰って来るまでには産まれる筈です。わたくし敏ちゃんの暗い運命を思う時慄然《ぞっ》として我が子を産みたくありません。

　お兄さまの居られない今日この頃、敏雄はどんなにさびしがっているでしょう。「父ちゃん何処《どこ》?」と訊《き》けば「トウキョウ」と何も知らずに答えるじゃありませんか。「父ちゃん、いつもどってくる?」って思い出しては嫂さまやわたくしにせがむように訊くじゃありませんか。敏ちゃんはこの頃コマまわしをおぼえました。はじめてまわった時の喜びったらなかったのです。夜も枕先に紐《ひも》とコマとを揃《そろ》えて寝に就きます。そして眼醒《めざ》めると朝まだきから一人でまわして遊んでいます。「父ちゃん戻ったらコマをまわして見せる」って言うじゃありませんか。家のためにともお父さまお母さまのためにとも申しますまい。たったひとりの敏雄のためにお兄さま、帰っては下さいませんでしょうか。頼みます。

春　子

はじめの一章二章は丹念に読めた圭一郎の眼瞼《まぶた》は火照《ほて》り、終りのほうは便箋《びんせん》をめくって駈け足で卒読した。そして読んだことが限りもなく後悔された。圭一郎は現在自分の心を痛めることをこの上なく惧《おそ》れている。と言っても彼は自分の行為をあたまから是認し、安価に肯定しているのではなかった。それは時には我ながら必然の歩みであり自然の計らいであったとは思わなくもないが、しかし、そういう風に自分というものを強いて客観視して見たところで、寝醒めのわるく後髪《うしろがみ》を引かれるような自責の念は到底消滅するものではなかった。それなら甘んじて審判の笞《むち》を受けてもいい訳であるが、千登世との生活に血みどろになって喘《あえ》いでいる最中、兎《と》やこう責任を問われることは二重の苦しさであってとても遣切《やりき》れなかった。

圭一郎は済まない気持で手紙をくしゃくしゃに丸め、火鉢の中に抛《ほう》り込んだ。焼け残りはマッチを摺《す》って痕形《あとかた》もなく燃やしてしまった。彼の心は冷たく痲痺《しび》れ石のようになった。

室内が煙で一ぱいになったので南側の玻璃窓《はりまど》を開けた。何時しか夕暮が迫って大川の上を烏《からす》が唖々《ああ》と啼《な》いて飛んでいた。こんな都会の空で烏の鳴き声を聞くことが何んだか不思議なような、異様な哀しさを覚えた。

南新川、北新川は大江戸の昔から酒の街と称《い》ってるそうだ。その南北新川街の間を流れる新川の河岸には今しがた数艘《すうそう》の酒舟が着いた。満潮にふくれた河水がぺちゃぺちゃと石垣を舐《な》める川縁から倉庫までの間に莚《むしろ》を敷き詰めて、その上を問屋の若い衆達が麻の前垂に捩鉢巻《ねじりはちまき》で菰冠《こもかぶ》りの四斗樽《よんとだる》をころがしながら倉庫の中に運んでいるのが、編輯室の窓から見下された。威勢のいい若い衆達の拍子揃えた端唄《はうた》に聴くとはなしに暫らく耳傾けていた圭一郎はやがて我に返って振向くと、窓下の狭い路次で二、三人の子供が三輪車に乗って遊んでいた。一人の子供が泣顔《べそ》をかいてそれを見ていた。と忽《たちま》ち、圭一郎の胸は張裂けるような激しい痛みを覚えた。

その年の五月の上旬だった。圭一郎は長い間の醜く荒《すさ》んだ悪生活から遁《のが》れるために妻子を村に残してY町で孤独の生活を送っているうち千登世と深い恋仲になりいよいよ東京に駈け落ちしなければならなくなったその日、彼は金策のために山の家に帰って行った。むしの知らせか妻はいつにもなく彼に附《つ》き纏《まと》うのであったが圭一郎は胸騒ぎを抑え巧《たくみ》に父の預金帳を持出して家を出ようとした。ちょうど姉の子供が来合せていて三輪車に乗りまわして遊んでいた。軒下に立って指を銜《くわ》えながらさも羨《うらや》ましそうにそれを見ていた敏雄は、圭一郎の姿を見るなり今にも泣き出しそうな暗い顔して走って来た。

「父ちゃん、僕んにも三輪車買《こ》うとくれ」

「うん」

「こん度戻る時や持って戻っとくれよう。のう?」

「うん」

「何時《いつ》もどるの、今度あ?　のう父ちゃん」

「…………」

家の下で円太郎馬車に乗る圭一郎を妻は敏雄をつれて送って来た。馬丁が喇叭《らっぱ》をプープー鳴らし馬が四肢を揃えて駈け出した時、妻は「また帰って頂戴ね。ご機嫌好う」と言い、子供は「父ちゃん、三輪車を忘れちゃ厭よう」と言った。同じ馬車の中に彼の家の小作爺の三平が向い合せに乗っていた。「若さま。奥さんも坊ちゃんも、あんたとご一緒にY町でお暮しなさんせよ。お可哀相《かわいそう》じゃごわせんかい」と詰《なじ》るように三平は言った。圭一郎の頭は膝にくっつくまで降った。村境の土橋の畦《あぜ》で圭一郎が窓から顔を出すと、敏雄は門前の石段を老人のように小腰を曲げ、亀の子のように首を縮こめて、石段の数でもかぞえるかのように一つ一つ悄々《しょうしょう》と上って行くのが涙で曇った圭一郎の眼鏡に映った。おそらくこれがこの世の見納めだろう?　そう思うと胸元が絞木《しめぎ》にかけられたように苦しくなり、大粒の涙が留め度もなく雨のようにポロポロ落ちた。

その日の終列車で圭一郎は千登世を連れてY町を後にしたのである。

千登世は停留所まで圭一郎を迎えに出て仄暗《ほのぐら》い街路樹の下にしょんぼりと佇《たたず》んでいた。そして圭一郎の姿を降車口に見付けるなり彼女はつかつかと歩み寄って「お帰り遊ばせ。お具合はどんなでしたの？」と潤んだ眼で視入《みい》り、眉《まゆ》を高く上げて言った。

「気遣った程でもなかった」

「そう、そんじゃ好うかったわ」勿論国鄙語《もちろんくになまり》が挟まれた。「わたしどんなに心配したかしれなかったの」

外出先から帰って来た親を出迎える邪気《あどけ》ない子供のように千登世は幾らか嬌垂《あまえ》ながら圭一郎の手を引っ張るようにして、そして二人は電車通りから程遠くない隠れ家の二階に帰った。行火《あんか》で温めてあった褥《しとね》の中に逸早《いちはや》く圭一郎を這入《はい》らしてから千登世は古新聞紙を枕元に敷き、いそいそとその上に貧しい晩餐《ばんさん》を運んだ。二人は箸を執った。

「気になって気になって仕様がなかったの。よっぽど電話でご容態を訊こうかと思ったんですけれど」

千登世は口籠《くちご》もった。

そう言われると圭一郎は棘《いばら》にでも掻《か》き搔《むし》られるような気持がした。彼は勤め先では独身者らしく振る舞っていた。自分の行為は何処《どこ》に行こうと暗い陰影を曳《ひ》いていたから、それで電話をかけるにしても階下の内儀《かみ》さんを装って欲しいと千登世にその意を仄めかした時の惨酷さ辛《つら》さが新《あらた》に犇《ひし》と胸に痞《つか》えて、食物が咽喉《のど》を通らなかった。

「今日ね、お隣りの奥さんがお縫物を持って来て下すったのよ」と千登世は言って茶碗を置き片手で後《うしろ》の戸棚を開けて行李《こうり》の上にうずだかく積んである大島や結城《ゆうき》の反物を見せた。「こんなにどっさりあってよ。わたし今夜から徹夜の決心で縫おうと思うの。みんな仕上げたら十四、五円頂けるでしょう。お医者さまのお礼ぐらいおくに頼まなくたってわたし為《し》て見せるわ」

「すまないね」圭一郎は病気のせいでひどく感傷的になっていた。

「そんな水臭いこと仰云《おっしゃ》っちゃ厭」千登世は怒りを含んだ声で言った。

食事が終ると圭一郎は服薬して蒲団を被《かぶ》り、千登世は篦台《へらだい》をひろげて裁縫にかかった。

「あなた、わたしの方を向いてて頂戴」

千登世は顔をあげて糸をこきながら言った。彼の顔が夜着の襟にかくれて見えないことを彼女はもの足りなく思った。

「それから何かお話しして頂戴、ね。わたしさびしいんですもの」

圭一郎は「ああ」と頷《うなず》いて顔を出し二言《ふたことみ》三言《こと》お座なりに主人夫婦が旅に出かけたことなど話柄にしたが、直《す》ぐあとが次げずに口を噤《つぐ》んだ。折しも、妹の長い手紙の文句がそれからそれへと思い返されて腸を抉《え》ぐられるような物狂わしさを感じた。深い愁いにつつまれた故郷の家の有様が眼に見えるようで、圭一郎は何んとしとるじゃろ、と言って箸を投げて悲《ひ》歎《たん》に暮るる老父の姿が、そして、父ちゃん何時《いつ》戻って来る？とか、父ちゃん戻ったらコマをまわして見せるとか言う眉の憂鬱《ゆううつ》な子供の面差《おもざし》が、また怨《うら》めしげに遣《や》る瀬《せ》ない悲味《かなしみ》を愬《うった》えた妻の顔までが、圭一郎の眼前に瀝々《まざまざ》と浮ぶのであった。しかも同じ自分の眼は千登世を打戍《うちまも》っていなければならなかった。愛の分裂――と言う程ではなくとも、何んだか千登世を瀆《けが》すような例えようのない済まなさを覚えた。

圭一郎はものごころついてこの方、母の愛らしい愛というものを感じたことがない。母子の間には不可思議な呪詛《じゅそ》があった。人一倍求愛心の強い圭一郎が何時《いつ》も何時も求める心を冷たく裏切られたことは、性格の相異以上の呪《のろ》いと言いたかった。圭一郎は廃嫡《はいちゃく》して姉に相続させたいと母は言い言いした。中学の半途退学も母への叛逆《はんぎゃく》と悲哀とからであった。もうその頃相当の年配に達していた圭一郎に小作爺の倅《せがれ》程の身支度を母はさして呉れなかった。悶々《もんもん》とした彼がM郡の山中の修道院で石工をしたのもその当時であった。だから一般家庭の青年の誰もが享楽《たの》しむことのできる青年期の誇りに充《み》ちた自由な輝かしい幸福は圭一郎には恵まれなかった。そうした彼が十九歳の時、それは伝統的な方法で咲子との縁談が持出された。咲子は母方の遠縁に当っている未知の女であったに拘《かかわ》らず、二歳年上であることが母性愛を知らない圭一郎には全く天の賜物《たまもの》とまで考えられた。そして眼隠《めかくし》された奔馬のような無智《むち》さで、前後も考えず有無なく結婚してしまった。

結婚生活の当初咲子は予期通り圭一郎を嬰児《あかご》のように愛し劬《いたわ》ってくれた。それなら彼は満ち足りた幸福に陶酔しただろうか。すくなくとも形の上だけは琴《きん》と瑟《しつ》と相和したが、けれども十九ではじめて知った悦《よろこ》びに、この張り切った音に、彼女の絃《げん》は妙にずった音を出してぴったり来ない。蕾《つぼみ》を開いた許りの匂《におい》の高い薔薇《ばら》の亢奮《こうふん》が感じられないのは年齢の差異とばかりも考えられない。一体どうしたことだろう？　彼は疑《うた》ぐり出した。疑ぐりの心が頭を擡《もた》げるともう自制出来る圭一郎ではなかった。

「咲子、お前は処女だったろうな？」

「何を出抜けにそんなことを……失敬な」

火のような激しい怒りを圭一郎は勿論冀《ねご》うたのだが、咲子は怒ったようでもあるし、怒り方の足りない不安もあった。彼の疑念は深まるばかりであった。そして蛇のような執拗《しつよう》さで間《ま》がな隙《ひま》がな追究しずにはいられなかった。

「ほんとうに処女だった？」

「女が違いますよ」

「縦令《よし》、それなら僕のこの眼を見ろ。胡魔化《ごまか》したって駄目だぞ！」

圭一郎はきっと歯を喰いしばり羅漢のような怒恚《いか》れる眼を見張った。

「幾らでも見ててあげるわ」と言って妻は眸子《ひとみ》を彼の眼に凝っと据《す》えたが、直ぐへんに苦笑し、目叩《まばたき》し、

「そんなに疑ぐり深い人わたし嫌い……」

「駄目、駄目だ！」

何んと言っても妻の暗い翳《かげり》を圭一郎は直感した。その後幾百回幾千回こうした詰問《きつもん》を、敏雄が産まれてからも依然として繰返すことを止めはしなかった。圭一郎はY町の妻の実家の近所の床屋にでも行って髪を刈りながら他哩《たわい》のない他人の噂話《うわさばなし》の如《ご》く装ってそれとなく事実を突き留めようかと何遍《なんべん》決心したかしれなかった。が、卒《いざ》となると果し兼ねた。子供の時父の用箪笥《ようだんす》から六連発のピストルを持出し、妹を目蒐《めが》けて撃つぞと言って筒口を向け引金に指をかけた時、はっと思って弾倉《だんそう》を覗《のぞ》くと六個の弾丸が底気味悪く光っておるではないか！　彼はあっと叫んで危なく失神しようとした。

丁度それに似た気持だった。もし引金を引いていたらどうであったろう。この場合もし圭一郎が髪床屋にでも行って「それだ」と怖い事実を知った暁を想像すると身の毛は弥立《よだ》ちがたがたと戦慄《せんりつ》を覚えるのだった。

しかし遂にはその日が来た。

圭一郎は中学二年の時柔道の選手であることから二級上の同じく選手である山本という男を知った。眼のつった、唇の厚い、鉤鼻《かぎばな》の山本を圭一郎は本能的に厭がっていた。上級対下級の試合の折、彼は山本を見事投げつけて以来、山本はそれをひどく根にもっていた。或日《あるひ》寄宿舎の窓から同室の一人が校庭で遊ぶ誰彼の顔を戯れにレンズで照していると、光線が山本の顔を射たのであった。翌日山本はその悪戯《いたずら》した友が誰であるかを打明けろと圭一郎に迫ったが彼が頑《かたく》なに押黙っていると山本は圭一郎の頬《ほお》を平手で殴りつけた。――その山本と咲子は二年の間も醜関係を結んでいたのだということを菩提寺《ぼだいじ》の若い和尚《おしょう》から聞かされた。憤りも、恨みも、口惜しさも通り越して圭一郎は運命の悪戯に呆《あき》れ返った。しかもこの結婚は父母が勧めたというよりも自分の方がむしろ強請《せが》んだ形にも幾らかなっていたので、誰にぶつかって行く術《すべ》もなく自分が自身の手負いで蹣跚《よろけ》なければならなかった。そして一日一日の激昂の苦しさはただ惘《ぼう》然《ぜん》と銷沈《しょうちん》のくるしさに移って行った。

圭一郎はその後の三、四年間を上京して傷《きずつ》いた心を宗教に持って行こうとしたり慰めのための芸術に縋《すが》ろうとしたり、咲子への執着、子供への煩悩《ぼんのう》を起して村へ帰ったり、また厭気《いやけ》がさして上京したり、激しい精神の動揺から生活は果しもなく不聡明《ふそうめい》に頽廃的《たいはいてき》になる許りであった。こうした揚句《あげく》圭一郎はY町の県庁に県史編纂員《へんさんいん》として勤めることになり、閑寂な郊外に間借して郷土史の研究に心を紛らしていたのだが、そして同じ家の離れを借りてある私立の女学校に勤めていた千登世と何時《いつ》しか人目を忍んで言葉を交えるようになった。

千登世の故郷は中国山脈の西端を背負って北の海に瀕《ひん》した雪の深いS県のH町であった。彼女は産みの両親の顔も知らぬ薄命の孤児であって、伯父や伯母の家に転々と引き取られて育てられたが、身内の人達は皆な揃いも揃って貪婪《どんらん》で邪慳《じゃけん》であった。十四歳の時伯父の知辺である或る相場師の養女になってY町に来たのであった。相場師夫婦は真の親も及ばない程千登世を慈《いつく》しんで、彼女の望むままに土地の女学校を卒業さした上更に臨時教員養成所にまで進学さしてくれたのだが、業半《なかば》でその家が経済的に全く崩壊してしまい、やがて養父母も相次いで世を去ってしまったので、彼女は独立しなければならなかった。

そうして薄俸《はっこう》の千登世と圭一郎とが互いに身の上を打明けた時、二人は一刻も猶予して居られず忽ち東京に世を憚《はばか》らねばならぬ仲となった。

千登世はさすがに養父母の恩恵を忘れ兼ねた。わけても彼女に優しかった相場師の臨終を物語ってはさめざめと涙をこぼした。寒い霰《あられ》がばらばらと板戸や廂《ひさし》を叩《たた》き、半《はん》里《り》許り距離の隔《へだた》っている海の潮鳴《しおなり》が遥《はる》かに物哀しげに音ずれるその夜、千登世は死人の体に抱きついて一夜を泣き明したことを繰返しては、人間の浮生《ふしょう》の相を哀しみ、生死のことわりを諦めかねた。彼女はY町の偏辺《かたほとり》の荒れるに委《まか》せた墳墓のことを圭一郎が厭がる程しばしば口にした。まだ新しい石塔を建ててなかったこと、二、三本の卒《そ》塔婆《とうば》が乱暴に突きさされた形ばかりの土饅頭《どまんじゅう》にさぞ雑草が生い茂っているだろうことを気にして、窃《そ》っと墓守《はかもり》に若干のお鳥目《ちょうもく》を送ってお墓の掃除を頼んだりした。

千登世の無常観――は過去の閲歴《えつれき》から育《はぐく》まれたのだった。時折りその感情が潮流のように一時《いちどき》に彼女に帰って来ては彼女をくるしめた。校正で拠《よんどころ》なく帰りの遅くなった夜など、電車の送迎に忙しいひけ時から青電車の時刻も迫って絶間絶間にやって来る電車を、一台送っては次かと思い、また一台空《むな》しく送っては次かと思い、夜更けの本郷通《ほんごうどおり》は鎮まって、鋪《ほ》道《どう》の上の人影も絶えてしまうその頃までなおも一轍《いってつ》に圭一郎の帰りを今か今かと待ちつづけずにはいられない千登世の無常観は到底圭一郎などの想像もゆるさない計り知れない深刻なものであった。

次の日の午前中に圭一郎は主人に命じられた丈《だけ》の仕事は一気に片付けて午後は父と妹とに宛て長い手紙を書き出した。

「僕は幾ら非人間呼ばわりをされようと不孝者の誹《そし》りを受けようと更に頭はあがらないのです。けれども千登世さんだけはわるく思って下さいますな。何が辛いといっても一番辛いことはお父さんや春子に彼女が悪者の如く思われることです。そう思われては僕のこの身に罰が当ります。僕の身に立つ瀬がないのですから」こうした意味のことを畳みかけ畳みかけ書こうとした。

圭一郎はこれまで幾回も同じ意味のことを、千登世に不憫をかけて欲しいということを父にも妹にも書き送ったが、どうにも抽象的にしか書けない程自分自身が疚《やま》しかった。

生活の革命――そういう文字が齎《もたら》す高尚な内容が圭一郎の今度の行為の中に全然皆無だというのではなく、むしろそうしたものが多量に含まれてあると思いたかった。が、静かに顧みて自問自答する時彼は我ながら唾《だ》棄《き》の思いがされ冷汗のおのずと流れるのを覚えた。

妻の過去を知ってからこの方、圭一郎の頭にこびりついて須臾《しゅゆ》も離れないものは

「処女」を知らないということであった。村に居ても東京に居ても束の間《つかま》もそれが忘れられなかった。往来で、電車の中で異性を見るたびに先ず《ま》心に映るものは容貌《ようぼう》の如何《いかん》ではなくて、処女だろうか？　処女であるまいか？　ということであった。あわよくば、それは奇蹟《きせき》的にでも闇《やみ》に咲く女の中にそうした者を探し当てようとあちこちの魔窟《まくつ》を毎夜のようにほっつき歩いたこともあった。縦令《たとい》、乞丐《こじき》の子であっても介意《かま》うまい。仮令《たとい》獄衣を身に纏うような恥ずかしめを受けようと、レエイプしてもとまでしばしば思い詰めるのだった。

根津の下宿に居たある年の夏の夜、圭一郎は茶の間に招かれて宿のおばさんと娘の芳《よし》ちゃんと二人で四方山《よもやま》の話をした。キャッキャッ燥《はしゃ》いでいた芳ちゃんは間もなく長火鉢の傍に寝床をのべて寝てしまった。暑中休暇のことで階上も階下もがら空きで四辺《あたり》はしんと鎮まっていた。忽ち足をばたばたさせて蒲団を蹴《け》とばした芳ちゃんは真っ白な両方の股《また》を弓のように蹈張《ふんば》った。と、つ…………みたいなものが瞥《ちら》と圭一郎の眼に這入った。

「あら、芳ちゃん厭だわ」

おばさんは急いで蒲団をかけた。圭一郎は赧《あか》らむ顔を俯向《うつむ》いて異様に沸騰《たぎ》る心を抑えようとした。おばさんさえ居なかったらと彼は歯をがたがた顫《ふる》わした。彼の頭に蜘蛛《くも》が餌食《えじき》を巻き締めて置いて咽喉《のど》を食い破るような残忍的な考《かんがえ》が閃《ひら》めいたのだ。

こうした獣的な浅間《あさま》しい願望の延長——が千登世の身体《からだ》にはじめて実現されたのであった。彼は多年の願いがかなえられた時、最早《もはや》前後を顧慮する遑《いとま》とてもなく千登世を拉《らっ》し去ったのであるが、それは合意の上だと言えば言えこそすれ、ゴリラが女を引《ひっ》浚《さら》えるような惨虐《ざんぎゃく》な、ずいぶん兇暴《きょうぼう》なものであった。もちろん圭一郎は千登世に対して無上の恩と大きな責任とを感じていた。飛んで灯に入る愚《おろか》な夏の虫にも似て、彼は父の財産も必要としないで石に齧《かじ》りついても千登世を養う決心だった。が、自分ひとりは覚悟の前である生活の苦闘の中に羸弱《かよわ》い彼女までその渦の中に巻きこんで苦労させることは堪《た》え難いことであった。

圭一郎は、父にも、妹にも、誰に対しても告白のできぬ多くの懺悔《ざんげ》を、痛みを忍んで我と我が心の底に迫って行った。

結局、故郷への手紙は思わせ振りな空疎な文字の羅列に過ぎなかった。けれども一《いっ》国《こく》な我儘者《わがままもの》の圭一郎に傅《かしず》いて嘸々《さぞさぞ》気苦労の多いことであろうとの慰めの言葉を一言《ひとこと》千登世宛に書き送って貰いたいということだけはいつものように冗《くど》く、二伸としてまで書き加えた。

圭一郎が父に要求する千登世への劬《いたわ》りの手紙は彼が請い求めるまでもなくこれまで

一度ならず二度も三度も父は寄越したのであった。父は最初から二人を別れさせようとする意志は微塵《みじん》も見せなかった。別れさしたところで今さらおめおめ村に帰って自家の閾《しきい》が跨《また》がれる圭一郎でもあるまいし、同時にまた千登世に対して犯した我子の罪を父は十分感じていることも否めなかった。鼎《かなえ》の湯のように沸き立つ喧《かしま》しい近郷近在の評判や取々の沙汰に父は面目ながって暫らくは一室に幽閉していたらしいがその間もしばしば便りを送って来た。さまざまの愚痴《ぐち》もならべられてあるにしても、何《ど》うか二人が仲よく暮らして呉れとかお互に身体《からだ》さえ大切にして長生《ながいき》していれば何時《いつ》か再会が叶《かな》うだろうとか、その時はつもる話をしようとか書いてあった。そして定《きま》ったように「何もインネン、インガとあきらめ居《おり》候」として終りが結んであった。時には思いがけなく隣村の郵便局の消印で為替が封入してあることも度々だった。村の郵便局からでは顔馴染《かおなじみ》の局員の手前を恥じて、杖《つえ》に縋りながら二里の峻坂《しゅんぱん》を攀《よ》じて汗を拭《ふ》き拭き峠を越えた父の姿が髣髴《ほうふつ》して、圭一郎は極度の昂奮から自殺してしまいたいほど自ら責めた。

圭一郎は何処に向かおうと八方塞《はっぽうふさ》がりの気持を感じた。心に在るものはただ身動きの出来ない呪縛《じゅばく》のみである。

圭一郎は社を早目に出て蠣殻《かきがら》町の酒問屋事務所に立寄って相場を手帳に記し、それから大川端の白鷹正宗の問屋を訪うてそこの主人の額に瘤《こぶ》のある大入道から新聞の種《たね》を引出そうとあせっているうちに電気が来た。屋外へ出るともう四辺《あたり》は真っ暗だった。川口を通う船の青い灯、赤い灯が暗い水の面に美しく乱れていた。

彼は更に上野山下に広告係の家を訪ねたが不在であった。広小路の夜店でバナナを買い、徒歩で切通坂を通って帰った。

食後、千登世はバナナの皮を取りながら、

「でも、楽になりましたね」と、沁々《しみじみ》した調子で言った。

「そうね……」

圭一郎も無量の感に迫られた。

「あの時、わたし……」彼女は言いかけて口を噤《つぐ》んだ。

あの時――と言った丈で二人の間には、その言葉が言わず語らずのうちに互の胸に伝わった。圭一郎は父の預金帳から四百円程盗んで来たのであったが、それは一、二ケ月の間になくしてしまった。そして一日一日と生活に迫られていたのであった。食事の時香のものの一片にも二人は顔見合わせて箸をつけるという風だった。彼は血眼《ちまなこ》になって職業を探したけれど駄目だった。

「わたし、三越の裁縫部へ出ましょうか？　あそこなら何時《いつ》でも雇ってくれるそうですから」

千登世は健気《けなげ》に言ったが、圭一郎は情《なさけ》なかった。

丁度その時、酒新聞社の編輯者募集を職業案内で見つけて、指定の日時に遣って行った。彼が二十幾人もの応募者の先着だった。中にはほんのちょっとした応対で飽気《あっけ》なく断られる奴もあって、残る半数の人たちに、主人は、銘々に文章を書かせてそれをいちいち手に取上げて読んではまた片っ端から惨《むご》く断り、後に圭一郎と、口髭《くちひげ》を立派に刈込んだ金縁眼鏡の男と二人程残った。主人は圭一郎に、

「とに角、君は、明日九時に来て見たまえ」と、言った。

「真面目《まじめ》にやりますから、どうぞ使って下さい。どうぞよろしくお願いいたします」

圭一郎は丁寧にお叩頭《じぎ》して座を退《さが》り歯のすり減った日和《ひより》をつっかけると、も一度お叩頭をしようと振り返ったが、衝立《ついたて》に隠れて主人の顔は見えなかった。圭一郎は、如何《いか》にも世智にたけたてきぱきした口調で、さも自信ありそうに主人に話し込んでいる金縁眼鏡の男の横面を、はりつけてやりたい程憎らしかった。

屋外に出るとざっと大粒の驟雨《しゅうう》に襲われた。家々の軒下を潜《くぐ》るようにして走ったり、また暫らく銀行の石段で雨宿りしたりしていたが、思い切って鈴成りに混《こん》だ電車に乗

った時は圭一郎は濡れ鼠《ぬねずみ》のようになっていた。停留所には千登世が迎えに出て土砂降《どしゃぶり》の中を片手で傘を翳《かざ》し片手で裾《すそ》を高く掻《か》きあげて待っていた。そして、降車口に圭一郎のずぶ濡れ姿を見つけるなり、千登世は急ぎ歩み寄って、

「まあ、お濡れになったのね」と眉根に深い皺《しわ》を刻んで傷々《いたいた》しげに言った。

圭一郎は千登世の傘の中に飛び込むと、二人は相合傘《あいあいがさ》で大学の正門前の水菓子屋の横町から暗い路次に這入って行った。歩きながら圭一郎は酒新聞社での様子をこまごま千登世に話して聴かせた。

「とに角、明日も一度来て見ろと言ったんですよ」

「じゃ、屹度《きっと》雇う考えですよ」

と彼女は言ったが、これまでしばしば繰り返されたと同じような空頼《そらだの》みになるのではあるまいかという予感の方が先に立って千登世はそれ以上ものを言うのが辛かった。

「雇ってくれるかもしれん……」

圭一郎は口の中で呟《つぶや》いた。けれ共《ども》、頼み難いことを頼みにし独り決めして置いて、後でまたしても千登世を失望させてはと考えた。そう思えば思う程、金縁眼鏡の男がうらめしかった。

「ほんとうに雇ってくれるといいが……」

圭一郎は思わず深い溜息《ためいき》を洩らした。

「悄気《しょげ》ちゃ駄目ですよ、しっかりなさいな。」

こう千登世は気の張りを見せて圭一郎に元気を鼓舞《つけ》ようとした。が、濡れしおれた衣服の裾がべったり脚に纏って歩きにくそうであり、長く伸びた頭髪からポトリポトリと雫《しずく》の滴《したた》る圭一郎のみじめな姿を見た千登世の眼には、夜目にも熱い涙の玉が煌《きら》めいた。

運好く採用されたのだったが、千登世はその夜のことを何時《いつ》までも忘れなかった。

「わたし泣いてはいけないと思ったんですけれど、あの時――だけは悲しくて……」

彼女は思い出しては時々それを口にした。

千登世は食後の後片づけをすますと、寛《くつろ》いだ話もそこそこに切り上げ暗い電燈を眼近く引き下して針仕事を始めた。圭一郎は検温器を腋下《わきした》に挟んでみたが、まだ平熱に帰らないので直ぐ寝床に這入った。

壁一重《かべひとえ》の隣家の中学生が頓狂《とんきょう》な発音で英語の復習をはじめた。

What a funy bear!

「ああ煩《うる》さい。もっと小さな声でやれよ」兄の大学生らしいのがこう窘《たしな》める。

中学生は一向平気なものだ。

Is he strong?

「煩さいったら！」兄は悍《いき》り立った金切声で叱《しか》り附《つ》けた。

圭一郎と千登世とは思わず顔を合せて、クスクス笑い出した。が、直ぐ笑えなくなった。その兄弟たちの希望に富む輝かしい将来に較《くら》べて、自分達の未来というものの何んとさびしい目当てのないものではないかという気がして。

やがて、夜番の拍子木の音がカチカチ聞えて来る時分には、中学生の寝言が手に取るように聞える。夢にまで英語の復習をやってるらしい。階下でも内儀さんが店を閉めた。四辺《あたり》は深々と更けて行く。筋向うの大学の御用商人とかいう男が酔払って細君を呶鳴《どな》る声、器物を投げつける烈《はげ》しい物音がひとしきり高かった。暫らくすると支那《しな》蕎麦屋《そばや》の笛が聞えて来た。

「あら、また遣って来た！」

千登世は感に迫られて針持つ手を置いた。

千登世は、今後、この都を去って何処かの山奥に二人が侘住《わびずま》いするようになっても、支那蕎麦屋の笛の音だけは忘れ得ないだろうと言った。――駈落ち当時、高徳の誉高《ほまれたか》い浄土教のG師が極力二人を別れさせようとした。そのG師の禅房に曽《か》つて圭一郎は二年も寄宿し、G師に常随してその教化を蒙《こうむ》っていた関係上、上京すると何より真っ先きにG師に身を寄せて一切をぶちまけなければ措《お》けない心の立場にあったのだ。G師の人間的な同情は十分持ちながらも、しかし、G師自身の信仰の上から圭一郎の行為を是認して見遁《みのが》すことはゆるされなかった。G師は毎夜のように圭一郎を呼び寄せて「無明煩悩《むみょうぼんのう》シゲクシテ、妄想顚倒《もうそうてんとう》ノナセルナリ」……今は水の出端《でばな》で思慮分別に事欠くけれど、直《すぐ》に迷いの目がさめるぞ、こうした不自然な同棲《どうせい》生活の終《つい》に成り立たざること、心の負担に堪えざること、幻滅の日、破滅の日は決してそう遠くはないぞ、一旦《いったん》の妄念を棄《す》て別れなければならぬ。――こう諄々《じゅんじゅん》と説法した。圭一郎は生木を裂かれるような反感を覚えながらも、しかし、故郷の肉親に対する断ち難き愛染《あいぜん》は感じているのだから、そして心の苛責《かしゃく》は渦を巻いているのだから、そこの虞《おそれ》を衝《つ》かれた日には良心的に実際適《かな》わない感じのものだった。圭一郎がG師から兎《と》やこうきつい説法を喰っている間、千登世は二階で一人わびしく圭一郎の帰りを待ちながら、人通りの杜絶《とだ》えた路次に彼の下駄《げた》の音を今か今かと耳を澄ましている時、この支那蕎麦屋の笛を聞いて、われを忘れて慟哭《どうこく》したというのである。千登世にしてみれば、別れろ別れろと攻め立てられてG師の前に弱って首垂《うなだ》れている圭一郎がいじらしくもあり、恨めしくもあり、否、それにも増して、暗い過去ではあったがどうにか弱い身体と弱い心とを二十三歳の年まで潔く支えて来た彼女が、選《え》りも選《えら》んで妻子ある男と駈落ちまでしなければならなくなった呪うても足りない宿命が、彼女にはどんなにか悲しく、身を引き裂きたい程切なかったことであろう……。

支那蕎麦屋は家の前のだらだら坂をガタリガタリ車を挽《ひ》いて坂下の方へ下りて行ったが、笛の音だけは鎮まった空気を擘《つんざ》いて物哀しげに遥かの遠くから聞えて来た。一瞬間、何んだか北京《ペキン》とか南京《ナンキン》とかそうした異都の夜に、罪業の、さすらいの身を隠して憂念愁怖の思いに沈んでいる自分達であるようにさえ想《おも》えて、圭一郎もうら悲しさ、うら寂しさが骨身に沁《し》みた。

「もう寝なさい」と圭一郎は言った。

「ええ」

と答えて千登世は縫物を片付け、ピンを抜き髪を解《とか》し、寝巻に着替えようとしたが、圭一郎は彼女の窶《やつ》れた裸姿を見ると今更のようにぎょっとして急いで眼を瞑《つむ》った。

圭一郎の月給は当分の間は見習いとして三十五円だった。それでは生活を支えることがむずかしいので不足の分は千登世の針仕事で稼ぐことになり「和服御仕立《おしたて》いたします」と書いた長方形の小さなボール紙を階下の路次に面した戸袋に貼《は》りつけた。幸い近所の人達が縫物を持って来てくれたのでどうにか月々は凌《しの》げたが、その代り期日ものなどで追い攻められて徹夜しなければならないため、千登世の健康は殆《ほとん》ど台なしだった。

「こんなに髪の毛がぬけるのよ」

千登世は朝髪を梳《す》く時ぬけ毛を束《たば》にして涙含《なみだぐ》みながら圭一郎に見せた。事実、彼女の髪は痛々しい程減って、添え毛して七三《しちさん》に撫《な》でつけて毳《むくげ》を引《ひ》き捲《む》しられた小鳥の肌のような隙間《すきま》が見えた。圭一郎の心の底から深い憐れさが泌み出して来るのであったが、彼女の涙も度重なると、時には自分達の存在が根柢《こんてい》から覆《くつが》えされるような憤りさえ覚えた。そう言って責めてくれるな！と哀訴したいような、苦しいのはお互いさまではないか！とこう彼女の弱音に荒々しい批難《ひなん》と突《つ》っ慳貪《けんどん》な叱声《しっせい》を向けないではいられないエゴイスチックな衝動を感じた。

酷《ひど》い夏瘦《なつや》せの千登世は秋風が立ってからもなかなか肉付が元《もと》に復らなかった。顔はそうでもなかったけれど、といっても、二重顎《にじゅうあご》は一重になり、裸体になった時など肋《ろっ》骨《こつ》が蒼白《あおじろ》い皮膚の上に層をなして浮んで見えた。腰や腿《もも》のあたりは乾草《ほしくさ》のようにしなびていた。ひとつは栄養不良のせいもあったが……。

圭一郎はスウスウ小刻みな鼾《いびき》をかき出した細っこい彼女を抱いて睡ろうとしたが、急に頭の中がわくわくと口でも開いて呼吸でもするかのように、そしてそれに伴った重苦しい鈍痛が襲って来た。彼はチカチカ眼を刺す電燈に紫紺色のメリンスの風呂敷《ふろしき》を巻きつけて見たがまた起《た》って行って消してしまった。何も彼《か》も忘れ尽して熟睡に陥《お》ちようと努めれば努める程弥《いや》が上にも頭が冴《さ》えて、容易に寝つけそうもなかった。

立てつけのひどく悪い雨戸の隙間を洩るる月の光を面に浴びて白い括枕《くくりまくら》の上に髪こそ乱して居れ睫毛《まつげ》一本も動かさない寝像《ねぞう》のいい千登世の顔は、さながら病む人のように蒼白かった。故郷に棄てて来た妻や子に対するよりも、より深重な罪悪感を千登世に感じないわけには行かない。そう思うと何処からともなく込み上げて来る強い憐愍《れんびん》がひとしきり続く。かと思うとポカンと放心した気持にもさせられた。

全体これから奈何《どう》すればいいのか？　また奈何なることだろうか？　圭一郎は幾度も幾度も寝返りを打った。――

崖の下

　二月の中旬、圭一郎と千登世《ちとせ》とは、それは思いもそめぬ些細《ささい》な突発的な出来事から、間借している森川町新坂上の煎餅屋《せんべいや》の二階を、どうしても見棄《みす》てねばならぬ破目に陥った。が、裏の物干台の上に枝を張っている隣家の庭の木蓮《もくれん》の堅い蕾《つぼみ》はやや色づきかけても、彼等の落着く家とては容易に見つかりそうもなかった。

　圭一郎が遠い西の端のY県の田舎に妻と未だほんにいたいけな子供を残して千登世と駈落《かけお》ちして来てから満一年半の歳月を、様々な懊悩《おうのう》を累《かさ》ね、無愧《むき》な卑屈な侮らるべき下劣な情念を押包みつつ、この暗い六畳を臥所《ふしど》として執念深く生活して来たのである。彼はどんなにか自分の仮初《かりそめ》の部屋を愛し馴染《なじ》んだことだろう。罅《ひび》の入った斑点《はんてん》に汚れた黄色い壁に向って、これからの生涯を過去の所為と罪報とに項《うな》低れながら、足に胼胝《たこ》の出来るまで坐《すわ》り通したら奈何《どう》だと魔の声にでも決断の臍《ほぞ》を囁《ささや》かれるような思いを、圭一郎は日毎《ひごと》に繰返し押詰めて考えさせられた。

圭一郎は先月から牛込の方にある文芸雑誌社に、この頃偶然事から懇意になった深切な知人の紹介で入社することが出来た。彼の歓喜は譬《たと》えようもなかった。あの三多摩壮士あがりの逞《たくま》しく頬骨《ほおぼね》の張った、剛慾《ごうよく》な酒新聞社の主人に牛馬同様こき使われていたのに引きかえて、今度はずいぶん閑散な勿体《もったい》ないほど暢気《のんき》な勤めだったから。しかしそれも束《つか》の間《ま》、場慣れぬせいも手伝うとは言え、とかく世智《せち》に疎《うと》く、愚図《ぐず》で融通の利かない彼は、忽《たちま》ち同輩の侮蔑《ぶべつ》と嘲笑《ちょうしょう》とを感じて肩身の狭いひけめを忍ばねばならぬことも所詮《しょせん》は致し方のない悉《みな》わが拙《つたな》い身から出た銹《さび》であった。圭一郎は世の人々の同情にすがって手を差伸べて日々の糧を求める乞丐《こじき》のように、毎日毎日、あちこちの知名の文士を訪ねて膝《ひざ》を地に折って談話を哀願した。が、智慧《ちえ》の足りなさから執拗《しつよう》に迫って嫌われてすげなく拒絶されることが多かった。時には玄関番にうるさがられ脅し文句を浴《あび》せられたりした。彼はひたすらに自分を鞭《むち》うち励ましたが、日蔭者《ひかげもの》の身の、落魄《らくはく》の身の僻《ひが》みから、夕暮が迫って来ると味気ない心持になって、思い悩んだ眼《まな》ざしを古ぼけて色の褪《あ》せたくしゃくしゃの中折帽《なかおれぼう》の庇《ひさし》にかくし、歯のすり減った日和《ひより》の足を曳擦《ひきず》って、そして、草の褥《しとね》に憩う旅人の遣瀬《やるせ》ない気持を感じながら、千登世を隠蔽《いんぺい》してあるこの窖《あなぐら》に似た屋根裏を指して帰って来るのであった。——彼女との結合の糸が、煩《わずら》わしい束縛から、闇地《やみち》を曳きずる太い鉄鎖とも、今はなっているのではないかしら？　自分には分らない。彼は沈思し佇立《たちどま》って荒い溜息《ためいき》を吐《つ》くのであった。精一杯の力を出し生活に血みどろになりながらも、一度自分に立返ると荒寥《こうりょう》たる思いに閉《とざ》されがちだ。何処《どこ》からともなく吹きまくって来る一陣の呵責《かしゃく》の暴風に胴震いを覚えるのも瞬間、自らの折檻《せっかん》につづくものは穢悪《あいあく》な凡情に走《は》せ使われて安時ない無明《むみょう》の長夜だ。自分はこの世に生れて来たことを、哀《かな》しい生存を、狂乱所為多き斯《か》く在ることの、否定にも肯定にも、脱落を防ぐべき楔《くさび》の打ちこみどころを知らない。圭一郎はまたしても、病み疲れた獣のような熱い息吹《いぶき》を吐き、鈍い目蓋《まぶた》を開いて光の消えた瞳《ひとみ》を据え、今更のように辺《あたり》を四顧するのであった……。

「何《な》にを今から、そんなに騒ぐんだい！　まだ家も見つかりはしないのに！」

或《あ》る日社から早目に帰って来た圭一郎の苛々《いらいら》した尖《とが》った声に、千登世はひとたまりもなく竦《すく》み上《あが》って、

「見つかり次第、何時《いつ》でも引き越せるようにと思って……」と微《かす》かな低声《こごえ》で怖々《こわごわ》言って、蒼《あお》ざめた瓜実顔《うりざねがお》をあげて哀願するような眼付を彼に向け、そして片付けていたトランクの蓋をぱたりと蔽《おお》うた。

そのトランクは、彼女の養父の、今は亡くなった相場師の彼女へ遺《のこ》された唯一の形

見だった。相場師の臨終の枕に集うた甥《おい》や姪《めい》や縁者の人たちは、相場師が息を引き取った後で貰《もら》って行くべき物品を、貪狼《どんろう》の如《ごと》き眼をかがやかして刻一刻と切迫して来る今際《いまわ》の余喘《よぜん》の漂う室内の隅々までも見渡していた。彼等は目ぼしい物は勿論《もちろん》、ほんの我楽多《がらくた》までかっぱらって行ったのだが、相場師が壮年の時分に支那《しな》や満洲三界《まんしゅうさんがい》まで持ち歩いて方々の税関の検査証や異国の旅館のマークの貼《は》りつけてある廃物に等しいこの大型のトランクだけは、流石《さすが》に千登世に残された。これは養母の在りし日の栄華の記念物である古琴《ふるごと》と共に東京へ携えて来たのであった。

千登世は貧しい三、四枚の身のまわりのものを折り畳んでそのトランクに納めていた。声を荒げて咎《とが》め立てした後で堪《たま》らない哀傷が彼の心を襲うた。圭一郎等は、住慣れたこの六畳にしばしの感慨をとどめていることはゆるされない。移転は一刻も猶予できない切羽詰った状態に置かれていた。つい最近のことである。千登世が行きつけの電車通りのお湯が休みなので曽《か》つて行ったことのない菊坂のお湯に行って隅っこで身体《からだ》を洗っていると直《す》ぐ前に彼女に斜に背を向けた銀杏返《いちょうがえし》の後鬢《うしろびん》の階下の内儀さんにそっくりの女が、胡散臭《うさんくさ》くへんに辺《あたり》に気を配るようにして小忙《こぜわ》しくタオルを使っていた。はっと見るとその人には両足の指が拇指《おやゆび》を残して他は一本も無いのである。彼女は思わず戦慄《せんりつ》を感じてあっと立てかけた声を呑《の》んで、じっとその薄気味悪い畸形《きけい》の足を凝視《みつ》めていた、途端、その女は千登世を振り返った。とやっぱり階下の内儀さんではないか！　刹那、内儀さんは歯を喰《く》い縛り恐ろしい形相をして、魂消《たまげ》て呆気《あっけ》にとられている彼女にものも言わず飛び退くように石鹼《せっけん》の泡も碌々《ろくろく》拭《ふ》かないで上ってしまった。これまで何回、千登世は内儀さんをお湯に誘ったかしれないが内儀さんは決して応じなかったし、夏でも始終足袋《たび》を穿《は》いて素足を見せないようにしていたので、圭一郎等も幾らか思い当たるふしもあったのであるが、兎《と》に角《かく》、その夜は二人はおちおち睡《ねむ》れなかった。果して内儀さんは翌日から圭一郎等に一言も口を利かなかった。千登世が階下へ用達しに下りて行くと桟《さん》も毀《こわ》れよとばかり手荒く障子を閉めて家鳴りのするような故意の咳払《せきばら》いをした。彼等は怯《おび》えて気を腐らした。内儀さんと千登世とは今日の日まで姉妹もただならぬほど睦《むつまじ》くして来たし、近所の人達が千登世のところへ持って来る針仕事を内儀さんは二階まで持って上ってくれ、急ぎの仕立がまだ縫い上ってない場合は千登世に代って巧《うま》く執成《とりな》してくれ一日に何遍《なんべん》となく梯子段《はしごだん》を昇り降りして八百屋酒屋の取次ぎまでしてくれたり、二人は内儀さんの数々の心づくしを思うと、心悸《しんき》の亢進《こうしん》を覚えるほど満《み》ち溢《あふ》れた感激を持っていた矢先だったので。故郷の家から圭一郎に送って寄越す千登世には決して見せてはならない音信を彼女には内密に窃《そ》っと圭一郎に手渡す役目を内儀さんは引き受けてくれる等、万事万端、痒《かゆ》いところに手の届くようにしてくれた思い遣《おもや》りも、その夜を境に掌《てのひら》を返すように変ってしまった。圭一郎の弱り方は並大抵ではなかった。「ちえっ！　他人の不具な足をじろじろ見るなんて奴があるものか！　女がそんな慎みのないことでどうする！」圭一郎は癇《かん》癪《しゃく》を起して眼を聳《そばだ》てて千登世に突掛《つっかか》った。「わたし悪うございました」と彼女は一度は謝りはしたが、眉《まゆ》をぴりぴり引吊《ひきつ》り唇を顫《ふる》わして「こんな辛《つら》いこったらない、いっそ死んでしまう！」とか「そんなにお非難《せめ》になるんなら、たった今わたしあなたから去って行きます！」とか、ついぞ反抗の色を見せたことのない千登世も、身に火の燃え付いたように狂わしく泣きわめいた。二人は毎日毎日、千登世の針仕事の得意を遠《とお》去《ざか》らない範囲の界隈《かいわい》を貸間探しに歩《ある》き廻《まわ》った。探すとなればあれだけ多い貸間もおいそれとは見当らない。圭一郎は郷里の家の大きな茅葺《かやぶき》屋根の、炉間《ろのま》の三十畳もあるようなだだっ広い百姓家を病的に嫌って、それを二《に》束三文《そくさんもん》に売り払い、近代的のこ瀟洒《ざっぱり》した家に建て替えようと強請《せが》んで、その都度父をどんなに悲しませたかしれない。先々代の家が隆盛の頂にあった時裏の欅山《けやきやま》を坊主にして普請したこの家の棟上式《むねあげしき》の賑《にぎわ》いは近所の老人達の話柄になって今もなお伝えられている。「圭一郎もそないな罰当《ばちあた》りを言や今に掘立小屋に住うようになろうぞ」と父は殆《ほとん》ど泣いて彼の不心得を諫《いさ》め窘《たしな》めた。圭一郎は現在、膝を容《い》るる二畳敷、土鍋《どなべ》一つでらちあけよう、その掘立小屋が血《ち》眼《まなこ》になって探し廻っても無いのである。つい先夜、西片町のとある二階を借りに行った。夫婦で自炊さして貰いたいというと、少ない白髪《しらが》を茶筅髪《ちゃせんがみ》にした紫の被布《ひふ》を着た気丈な婆《ばあ》さんに顔を顰《しか》め手を振って邪慳《じゃけん》に断られての帰途、圭一郎は幾年前の父の言葉をはたと思い出し、胸が塞《ふさ》がって熱い大粒の泪《なみだ》が堰《せ》き切れず湧《わ》きあがるのであった。片端《かたわ》の足を誰にも気付かれまいと憔悴《やつれ》る思いで神経を消磨していた内儀さんの口惜《くや》しさは身を引き裂いても足りなかった。さては店頭に集まる近所の上さん連中をつかまえて、二階へ聞えよがしに、出て行けがしに彼等の悪口をあることないことおおっぴらに言い触らした。鳶職《とびしょく》である人一倍弱気で臆病《おくびょう》な亭主も、一刻も速く立退いて行って欲しいと泣顔《べそ》を掻《か》いて、彼等にそれを眼顔で愬《うった》えた。

世間は浅い春にも酔うて上野の山に一家打ち連れて出かける人達をうらめしい思いで見遣りながら、二人は惨《みじ》めな貸間探しにほっつき歩かねばならなかった。

二人は近所の口さがない上さん達の眼を避けるため黎明《れいめい》前に起き出で、前の晩に悉皆《すっかり》荷造りして置いた見窄《みすぼ》らしい持物を一台の俥《くるま》に積み、夜逃げするようにこっそりと濃い朝霧に包まれて湿った裏街を、煎餅屋を三町と距《へだ》たらない同じ森川町の橋下二一九号に移って行った。

全く咄嗟《とっさ》の間の引越しだった。千登世が縫物のことで近付きになった向う隣りの医者の未亡人が彼等の窮状を聞き知って買い取ったばかりのその家の目論《もくろん》でいた改革を沙汰《さた》止《や》みにして提供したのだった。家は三畳と六畳との二《ふ》た間《ま》で、ところどころ床板が朽ち折れているらしく、凹《くぼ》んだ畳の上を爪立《つまだ》って歩かねばならぬ程の狐狸《こり》の棲家《すみか》にも譬《たと》えたい荒屋で、蔦葛《つたかずら》に蔽《おお》われた高い石垣を正面に控え、屋後は帯のような長い長屋の屋根がうねうねとつらなっていた。家とすれすれに突当りの南側は何十丈という絶壁のような崖《がけ》が聳《そび》え、北側は僅《わず》かに隣家の羽目板と石垣との間を袖《そで》を巻いて歩ける程の通路が石段の上の共同門につづいていた。もし共同門の方から火事に攻められれば寸分の逃場はなし、また高い崖が崩れ落ちようものなら家は微塵《みじん》に粉砕される。前の日に掃除に来た時二人は屹立《そばだ》った恐ろしい断崖を見上げて気臆《きおくれ》がし、近くの真砂町《まさごちょう》の崖崩れに圧《お》し潰《つぶ》された老人夫婦の無惨《むごたら》しい死と思い合わせて、心はむやみに暗くなった。圭一郎は暫時《しばらく》考えた揚句涙含《なみだぐ》んでたじろぐ千登世を叱咤《しった》して、今は物憂く未練のない煎餅屋の二階を棄《す》て去ったのである。

崖崩れに圧死するよりも、火焔《かえん》に焼かれることよりも、如何《いか》なる乱暴な運命の力の為《た》めの支配よりも圭一郎が新しい住処《すみか》を怖《お》じ畏《おそ》れたことは崖上の椎《しい》の木立にかこまれてＧ師の会堂の尖塔《せんとう》が見えることなのだ。

駈落ちた当時、圭一郎は毎夜その会堂に呼寄せられて更《ふ》くるまで千登世との道ならぬ不虔《ふしだら》な生活を断ち切るようにと、G師から峻烈《しゅんれつ》な説法を喰《くら》った。が、何程捩込《ねじこ》んで行っても圭一郎の妄執の醒《さ》めそうもないのを看破《みやぶ》ったG師の、逃げるものを追いかけるような念はやがて事切れた。会堂の附近を歩いている時、行く手の向うに墨染《すみぞめ》の衣を着た小柄のG師の端厳な姿を見つけると、圭一郎はこそこそ逃げかくれた。夜半に眼醒めて言いようのない空虚の中に狐憑《きつねつ》きのように髪を蓬々《ぼうぼう》と乱した故郷の妻の血走った怨《うら》みがましい顔や、頭部の腫物《はれもの》を切開してY町の病院のベッドの上に横たわっている幼い子供の顔や、倅《せがれ》の不孝にこの一年間にめっきり痩衰《やせおとろ》えて白髪の殖《ふ》えたという父の顔や、凡《すべ》てしばしばの妹の便りで知った古里の肉親の眼ざしが自分を責めさいなむ時、高い道念にかがやいた、蒼天《そうてん》の星の如く煌《きら》めくG師の眼光も一緒になって、自分の心に直入し、迷える魂の奥底を責《せ》め訶《さいな》むのであった。そうした場合、圭一郎は反撥《はんぱつ》的《てき》にわっと声をあげたり、千登世をゆすぶり覚まして何かの話に仮託《かこつ》けて苦しみを蹶散《けち》らそうとするような卑怯《ひきょう》な真似《まね》をした。

ちょうど、引越しの日に雑誌は校了になり、二、三日は閑暇《ひま》なからだになった。

夜、膝を突き合せて二人は引越《ひっこ》し蕎麦《そば》を食べた。小さな机を茶餉台《ちゃぶだい》代りにして好物の葱《ねぎ》の韲物《あえもの》を肴《さかな》に、サイダーの空壜《あきびん》に買って来た一台の酒を酌《く》み交わし、心ばかりの祝《いわい》をした。

「大へん心配やら苦労をかけました。お疲れでございましょう」

と彼女は慌《あわただ》しく廻《めぐ》る身の転変に思いを唆《そそ》られてか潤んだ声で言った。

「いや、貴女《あなた》こそ……」

と圭一郎は感傷的になって優しく口で呟《つぶや》いた。千登世を慈《いつくし》んでくれている大屋の医者の未亡人への忘れてはならぬ感謝と同時に、千登世に向っても心の中で手を支え、項《うなじ》を垂れ、そして寝褥《ねどこ》に入った。誰に遠慮気兼ねもない心安さで手足を思うさま伸ばした。壁は落ち、襖《ふすま》は破れ、寒い透間《すきま》の風はしんしんと骨を刺すように肌身を襲うにしても、潤んだ銀色の月の光は玻璃窓《はりまど》を洩《も》れて生を誘うかに峡谷の底にあるような廃屋の赤茶けた畳に降りた。四辺《あたり》は闃《しん》と声をひそめ犬の遠吠えすら聞えない。ポトリポトリとバケツに落ちる栓のゆるんだ水道の水音に誘われて、彼は郷里の家の裏山から引いた筧《かけい》の水を懐しく思い出した。圭一郎はいきなり蒲団《ふとん》を辷《すべ》り出て机に凭掛《よりかか》り、父に宛てて一軒の家を持った悦《よろこ》びを誇りかに葉書にしたためたが、直《す》ぐ発作的に破いてしまった。

「あなた、今朝は、ゆっくりおやすみなさいね」

明《あく》る朝暁方《あけがた》早く眼ざめた二人は、どうにかして暗処をここまで辿《たど》りついて来た互いの胸の中を寝物語りにしていたが、間もなく千登世はこう言って寝床を離れた。すこし熱の出た圭一郎は組み合せた両掌《りょうて》で顔を蔽い、鈍痛を伴って冷える後頭部の皿を枕に押しつけていると、突如に崖上の会堂から磬石《けいせき》を叩《たた》く音が繁く響いて来た。圭一郎はあわてて拇指《おやゆび》で耳孔《みみあな》を塞いだ。が、黙目だ。G師につづく百人近い学舎に寄宿している帝大生の勤経《ごんぎょう》の声は押し払おうとても鎮まった朝の空気をどよもして手に取るように意地悪く聞えて来る。彼は忌々《いまいま》しさに舌打ちし、自棄《やけ》くそな捨鉢の気持で空嘯《そらうそぶ》くようにわざと口笛で拍子を合わせ、足で音頭をとっていた。が、何時《いつ》しか眼を瞑《つむ》ってしまった。「愛慾之中。……窈窈冥冥《ようようみょうみょう》。別離久長」嘗《か》つて学舎でG師に教わって切れ切れに諳《そら》んじている経文が聞えると、心の騒擾《そうぜん》は弥増《いやま》した。「顚倒《てんどう》上下。……迭相顧《てちそうこ》恋《れん》。窮日卒歳《ぐうにちそちさい》……愚惑所覆《ぐわくしょぶ》」――暫《しば》らくすると、圭一郎は被衾《ふすま》の襟に顔を埋め両方の拳《こぶし》を顳顬《こめかみ》にあて、お勝手で朝餉《あさげ》の支度をしている千登世に聞えぬよう声を噛《か》み緊《し》めてしくりしくり哭《な》いていた。彼は奮然として起き直り、敷蒲団の上にかしこまって両手を膝の上に揃《そろ》え、なにがなし負けまいと下腹に力を罩《こ》めて反衝するような身構えをした。

そうした毎朝が、火の鞭を打ちつけられるような毎朝が、来る日も来る日もつづいた。が、圭一郎もだんだんそれに馴《な》れて横着になっては行った。

　G師は、ともかく一応別居して二人ともG師の信念を徹底的に聴き、その上でうずった末梢的《まっしょうてき》な興奮からでなしに、真に即《つ》く縁のものなら即き、離る縁のものなら離るべしというのであったが、しかし、長く尾を引くに違いない後に残る悔いを恐れる余裕よりも、二人の一日の生活は迫りに迫っていたのである。父の預金帳から盗んで来た金の尽きる日を眼近《まぢか》に控えて、溺《おぼ》れる者の実に一本の藁《わら》を摑《つか》む気持で、圭一郎は一人の貪縁《つて》もない広い都会を職業を探して歩いた。故郷に援助を求めることも男のいっぱしで出来ないのだ。彼は一切の矜《ほこ》りを棄てていた。社会局の同潤会へ泣きついて本所横網の焼跡に建てられた怪しげなバラックの印刷所に見習職工の口を貰ったが、三日の後には解雇された。彼は気を取り直して軒先にぶら下っている「小僧入用」のボール紙にも、心引かれる思いで朝から晩まで街から街を歩いた。上野の市設職業紹介所には降る日も欠かさず通って行って、そして、迫り来る饑《ひも》じさにグウグウ鳴る腹の虫を耐えて渋面つくった若者や、腰掛の上に仰向けになっている眼窩《がんか》の落窪《おちくぼ》んだ骸《がい》骨《こつ》のようなよぼよぼの老人や、腕組みして仔細《しさい》らしく考え込んでいる凋《しぼ》んだ青瓢簞《あおびょうたん》のような小僧や、そうした人達の中に加《くわわ》って彼は控所のベンチに身を憩《やす》ませた。みんなが皆な、大きな声一つ出せないほど窶《やつ》れて干乾《ひから》びている。と中に、セルの袴《はかま》を穿《は》いて俺《おれ》は失業者ではないぞと言わぬ顔に威張り散らし、係員に横柄な口を利く角帽の学生を見たりすると、初めの間はその学生同様に袴など穿いて方々の職業紹介所を覗《のぞ》いていた時のケチ臭い自分の姿を新《あら》に喚起して圭一郎は恥ずかしさに身内の汗の冷たくなるのを覚えた。横手のガードの下で帽子に白筋を巻いた工夫長に指図されて重い鉄管を焦げるような烈日の下にえんさこらさと掛声して運んでいる五、六人の人夫を彼は半ば放心して視遣《みや》っていた。仕事に有付いているというだけで、その人夫達がこの上もなく羨望《せんぼう》された。また次の日には千登世と二人で造花や袋物の賃仕事を見つけようと芝や青山の方まで駈け廻って、結局は失望して、そうして湿っぽい夜更けの風の吹いて来る暗い濠端《ほりばた》の客の少《すくな》い電車の中に互いの肩と肩とを凭《よ》せ合って引っ返して来るのであった。

こうして酒新聞社に帯封書きに傭《やと》われた時分は、月半ばに余す金は電車賃しかなかった。その頃、ルバシュカを着た、頭に禿《はげ》のある豆蔓《まめづる》のように脊丈《せたけ》のひょろひょろした中年の彫塑家《ちょうそか》が編輯《へんしゅう》していた。ルバシュカは三日にあげず「奥さん、五十銭貸して貰えませんか」と人の手前も憚《はばか》らないほど、その男も貧乏だった。それでもそのルバシュカは、長い腕を遠くから持って来て環《わ》を描きながらゴールデンバットだけは燻《くゆら》していた。その強烈な香りが梯子段とっつきの三畳の圭一郎の室《へや》へ、次の間《ま》の編輯室から風に送られて漂うて来ると、彼は怺《こら》え難い陋《いや》しい嗜慾《しよく》に煽《あお》り立てられた。圭一郎は片時も離せない煙草《たばこ》が幾日も喫《の》めないのである。脳がぼんやりし、ガンガン幻惑的な耳鳴りがし、眩暈《めまい》を催して来ておのずと手に持ったペンが辷《すべ》り落ちるのだった。彼は堪《たま》りかねて、さりげなくルバシュカに近寄って行き、彼の吐き出すバットの煙を鼻の穴を膨らまして吸い取っては渇を癒《いや》した。

ルバシュカが昼食の折階下へ降りた間を見計って、彼は、編輯室に鼠《ねずみ》のようにするすると走って行って、敏捷《すばや》くルバシュカのバットの吸さしを盗んだ。次の日も同じ隙間を覗《うかが》って吸さしのコソ泥を働いた。ルバシュカは爪揚子《つまようじ》を使いながら座に戻ると煙草盆を覗いて、

「怪《け》ったいだなあ、吸さしがみんななくなる、誰かさらえるのかな。」

と呟いて怪訝《けげん》そうに首を傾《かし》げた。人の良いルバシュカは別に圭一郎を疑《うた》ぐる風もなかったが、圭一郎は言いあらわし難い浅間《あさま》しさ、賤劣《せんれつ》の性《しょう》の疚《やま》しさを覚えて、耳まで火のように真赤《まっか》になり、脊筋《せすじ》や腋《わき》の下にじりじりと膏汗《あぶらあせ》が流れた。

数日の後、ルバシュカは無心が度重なるというので、二人の子供と臨月の妻とを抱えている身の上で馘首《くび》になり、圭一郎は後釜《あとがま》へ据えられた。

……………………

圭一郎は、崖下の家に移って来た頃から、今度の雑誌社では給料の外《ほか》に、長い談話

原稿を社長の骨折りで他の大雑誌へ売って貰ったり、千登世は裁縫を懸命に稼いだりして、煙草銭くらいには事欠かないのである。彼は道ゆくにも眼を蚊の眼のように細めてバットの甘い匂《にお》いに舌を爛《ただ》らして贅沢《ぜいたく》に嗅《か》ぎながら歩くのである。電車に乗ろうとして、火のついているバットを捨て兼ね、一台でも二台でも電車をおくらして吸い切るまでは街上に立ちつくしているのであったが、急ぎの時など、まだ半分も吸わないのに惜気もなくアスファルトの上に叩きつけることもあった。そうした場合、熱き涙を岩石の面にもそそぎ――と言った、思慕渇仰に燃えた狂信的な古《いにしえ》の修行人の敬虔《けいけん》なる衝動とは異《ちが》った吝嗇《けち》な心からではあるけれども、圭一郎は、吸さしのバットの上に熱い涙を、一滴、二滴、ほうり落すこともあるのであった。

寄越す手紙寄越す手紙で郷里の家に起るごたごたの委細を書き送って圭一郎を苦しめぬいた妹は、海軍士官である良人《おっと》が遠洋航海から帰って来るなり、即刻佐世保の軍港へ赴いた。圭一郎は救われた思いで吻《ほっ》とした。けれども彼はY町の赤十字病院に入院しているという子供の容態の音沙汰《おとさた》に接し得られないことを憾《うら》みにした。いよいよ頭部の悪性な腫物《はれもの》の手術を近く施すという妹の最後の便りをその頃まだ以前の勤先である霊岸島浜町の酒新聞社に通っていた一月の月始めに受取って以降、彼はある不吉な終局を待受けて見たりする心配に絶えず気を取乱した。圭一郎は割引電車に乗って行って、社の扉のまだ開かれない二十分三十分の間を永代橋《えいたいばし》の上に立ち尽して、時を消すのが毎朝の定《きま》りだった。流れに棹《さおさ》して溯《さかのぼ》る船や、それから渦巻く流れに乗って曳かれ水沫《しぶき》を飛ばしながら矢の如く下って行く船を、彼は欄干に顎《あご》を靠《もた》し、元気のない消え入るようにうち沈んだ心地で、半眼を開いた眼を凝乎《じっ》と笹《ささ》の葉ほどに小さく幽《かす》かになって行く同じ船の上に何処《どこ》までも置いているのであったが、誰かの足音か声かに覚まされたもののように偶《ふ》と正気づいて俄《にわか》に顔を擡《もた》げ、遠く波濤《はとう》にけむる朝の光を帯びた広い海原を茫然《ぼうぜん》と眺めるのであった。そして、藍色《あいいろ》を成した漂渺《ひょうびょう》とした海の遥《はる》か彼方《かなた》に故郷のあることが思われ病児の身の上が思われ、眼瞼《まぶた》の裏は煮え出して啼泣《すすりな》け、歯はがたがたと顫えわななないた。

妹の最後の手紙には、病院には母が詰切《つめき》って敏雄の看護をしている趣きがしたためてあった。妻の咲子は仮病を使って保養がてらと称《い》ってY町の実家に帰っているが、つい眼と鼻の間である病院へ意地ずくで子供の重い病を見舞おうともしないこと、朝は一番の円太郎馬車で、夜は最終の同じガタ馬車で五里の石ころ道を揺られて帰る父は、そうした毎日の病院通いにへとへとに憊《つか》れていること、扁桃腺《へんとうせん》まで併発して、食物は一切咽喉《のど》を通らず、牛乳など飲ますと直ぐ鼻からタラタラと流れ出るそうした敏雄も可傷《いたわし》さの限りだけれど、父の心痛を面《まのあたり》に見るのはどんなに辛いことか、気の毒でとても筆にも言葉にもあらわせない、兄さん、お願いだから、お父さまに、ほんとにご心配かけてかえすがえすも済まないとたった一言書き送って欲しいと、妹はこまごまと愚痴《ぐち》っぽく書き列《なら》べた。そしてまた、切開後の結果の如何《いかん》に依《よ》っては敏雄の小学校への入学を一年延期したい父の意嚮《いこう》だとも妹は乱れがちな筆で末尾に書添えていた。

——その入学期の四月は、余すところ一週日もないのである。彼は気が気でなかった。ともすれば気が遠くなって銭湯で下足札を浴槽《ゆぶね》の中に持ち込むような迂闊《うかつ》なことさえしばしばだった。もういくら何んでも、退院だけはしてくれている筈《はず》なのだろうが？　圭一郎は、雑誌社の机で、石垣に面した崖下の家の机で、せめてハガキででも子供の今日この頃を確めようと焦った。幾度もペンを執ろうと身を起したが心は固く封じられて動こうとはしなかった。

圭一郎は黙然として手を拱《こまぬ》きながら硬直したようになって日々を迎えた。

桜の枝頭にはちらほら花を見かける季節なのに都会の空は暗鬱《あんうつ》な雲に閉ざされていた。二、三日霙《みぞれ》まじりの冷たい雨が降ったり小遏《こや》んだりしていたが、そうした或る朝寝床を出て見ると、一夜のうちに春先の重い雪は家のまわりを隈《くま》なく埋めていた。午《ひる》時分《じぶん》には陽《ひ》に溶けた屋根の雪が窓庇《まどびさし》を掠《かす》めてドッッッと地上に滑り落ちた。

「あっ！　あぶない！」

と圭一郎は、慄然《ぞっ》と身顫《みぶる》いして両手で机を押さえて立ち上った。故郷の家の傾斜の急な高い茅葺《かやぶき》屋根から、三尺余も積んだ雪のかたまりがドーッと轟然《ごうぜん》とした音を立てて頽《なだ》れ落ちる物恐ろしい光景が、そして子供が下敷になった怖ろしい幻影に取っちめられて、無意識に叫び声をあげた。

「どうなすったの？」

千登世はびっくりして隣室から顔を覗けた。

圭一郎は巧《たくみ》に出たら目な言いわけをしてその場を凌《しの》いだが、さすがに眼色はひどく狼狽《あわ》てた。彼は、その日は終日性急な軒の雪溶けの雨垂の音に混って共同門の横手の宏荘《こうそう》な屋敷から泄《も》れて来るラジオのニュースや天気予報の放送にも、気遣わしい郷国の消息を知ろうと焦心して耳を澄ました。

夜分など机に凭《よ》っているとへんに息切れを覚え、それに頭の中がぱりぱりと板氷でも張るように冷えるので、圭一郎は夕食後は直ぐ蒲団の中に腹匍《はらば》いになって読むともなく古雑誌などに眼を晒《さら》した。千登世が針の手をおくまでは眠ってはならないと思っても、体の疲れと気疲れとで忽ち組んだ腕の中に顔を埋めてうとうととまどろむのであった……「敏ちゃん！」と狂気のように叫んだと思うと眼が醒めた。その時は夜は随分更けていたが千登世はまだせっせと針を運んでいたので魘《うな》される圭一郎をゆすぶり醒ましてくれた。

「夢をごらんなすったのね」

「ああ、怕《おそ》ろしい夢を見た……」

確かに「敏ちゃん」と子供の名前を大声で呼んだのだが、千登世には、それだと判《わか》らなかったらしい。平素彼は彼女の前で噫《おくび》にも出したことのない子供の名を仮令《たとい》夢であるにしても呼んだとしたら、彼女はどんなに苦しみ出したかしれなかった。彼は息を吐いて安堵《あんど》の胸を撫《な》でた。圭一郎は夢の中で子供に会いに故郷に帰ったのだ。宵闇《よいやみ》にまぎれて村へ這入《はい》り閉まってる吾家《わがや》の平氏門を乗り越えて父と母とを屋外に呼び出した、が、親達は子供との会見をゆるしてくれない。会わしたところでまた直ぐ別れなければならないのなら、お互にこんな罪の深いことはないのだからと言う。折角子供見たさの一念から遥々《はるばる》帰って来たのだから、一眼でも、せめて遠眼にでも会わしてほしいと縁側で押問答をしていると、「父ちゃん」と筒袖のあぶあぶの寝巻を着た子供が納戸の方から走って現れた。「おお、敏ちゃん！」と声の限り叫んで子供に飛びかかろうとした時、千登世にゆすぶられてはっと眼が醒めた。

「どんな夢でしたの？」と千登世は訊《き》いた。

圭一郎は曖昧《あいまい》に答えを逸《そら》して、いい加減に胡麻化《ごまか》した。

もし夢の中で妻の名でも呼んだら大へんだという懸念に襲われ、その夜からは寝に就く時は惕々《びくびく》して手を胸の上に持って行かないように用心した。僅かに眠る間にのみ辛《かろ》うじて冀《ねが》い得らるる一切の忘却——それだのに圭一郎の頭は疲れた神経の疾患から冴《さ》え切って、近所の鶏の鳴く時分までうつらうつらと細目を繁叩《しばたた》きつづけて寝付けないような不眠の夜が幾日もつづいた。

一ケ月の日が経《た》った。ある温暖《あたたか》い五月雨《さみだれ》のじとじと降る日の暮方、彼が社から帰って傘をすぼめて共同門を潜《くぐ》ると、最近向うから折れて出て仲直りした煎餅屋の内儀さんが、窓際で千登世と立話をしていたが、石段を降りると圭一郎の姿を見つけるなり千登世に急ぎ暇乞《いとまご》いして、つかつかと彼の方へ走って来て、ちょっと眼くばせすると突き当るようにして一通の手紙を渡してくれた。圭一郎は千登世の眼を偸《ぬす》んで開いて見ると、まだ到底全治とは行かなくとも兎に角に無理して子供が小学校へあがったという分家の伯父からの報知だった。圭一郎は抑えられていた圧石《おもし》から摩脱《すりぬ》けられたような、活《い》き返った喜びを感じた。

やがて何喰わぬとりすました顔をして夕餉《ゆうげ》の食卓に向った。彼は箸《はし》を執ったが、千登世はむっちりと黙りこくって凝乎《じっ》と俯向《うつむ》いて膝のあたりを見詰めていた。彼は険悪

な沈黙の圧迫に堪えきれなくて、

「どうしたの?」と、自分の方から投げ出して訊いた。

「あなた、先刻、内儀さんに何を貰いました?」と、彼女はかしらをあげたが眼は意地くねて悪く光っていた。

「何にも貰やしない」

千登世は冷静を保って「そう、そうでしたの」と嗄《しわが》れた声で言った。圭一郎を信じようとする彼女の焦躁《しょうそう》がありありと面に溢れたが、しかし彼女は到底我慢がしきれなかった。睫毛《まつげ》一ぱいに濡《ぬ》らした涙の珠《たま》が頻《しき》りに頰を伝って流れた。

圭一郎はとても隠せなかった。

「そうでしょう。だったら何故《なぜ》かくすんです。何故そんなにかくしだてなさるんです。お見せなさい」

仕方なく圭一郎は懐から取出して彼女に渡した。彼女は巻紙持つ手をぶるぶる顫わしながら、息を引くようにして眼を走らせた。

「ほんとうにすまないわ!」と千登世は声を絞って言うなり、袂《たもと》を顔に持って行って畳の上に突っ伏した。肩先が波のように激しくゆらいだ。「ね、あなた、あなたはお国へお帰りなさいな。わたしのことなどもうお諦《あきら》めなすって、お国へ帰って行って下さい。わたし、ほんとうに、お父さまにもお子さんにもすまないから……」

泣《な》き腫《は》れて充血した気味悪い白眼を据えた顔をあげて彼女にそう言われると、圭一郎は生きていたくないような胸苦しさを覚えた。が、威嚇《おど》したり、賺《すか》したりして、どうにかして彼女の機嫌を直し気を変えさせようと焦りながらも、鞄《かばん》を肩に掛け、草履袋を提げ、白い繃帯《ほうたい》の鉢巻した頭に兵隊帽を阿弥陀《あみだ》に冠《かぶ》った子供の傷々《いたいた》しい通学姿が眼の前に浮かんで来ると、手古摺《てこず》らす彼女からは自然と手を引いてひそかに圭一郎は涙を呑むのであった。

圭一郎の心は、子供の心配が後から後からと間断なく念頭に附《つ》き纏《まと》うて、片時も休まらなかった。

子供は低脳な圭一郎に似て極端に数理の頭脳に恵まれなかった。同年の近所の馬車屋の娘っこでさえも二十までの加減算は達者に呑み込んでいるのに、彼の子供は見かけは悧巧《りこう》そうに見える癖に十までの数さえおぼつかなかった。圭一郎は悍《たけ》り立って毎日の日課にして子供に数を教えた。「一二三四五六七、さあかずえてごらん」というと「一二三五七」とやる。幾度繰り返しても繰り返しても無駄骨だった。子供はとうとう泣き出す。彼は子供を一思いに刺し殺して自分も死んでしまいたかった。小学時代教師が黒板に即題を出して正解《とけ》た生徒から順次教室を出すのであったが、運動場からは陣取りや鬼ごっこの嬉戯《きぎ》の声が聞えて来るのに圭一郎だけは一人教室へ残らなければならなかった。彼の家と仲違《なかたがい》している親類の子が大勢の生徒を誘って来てガラス窓に顔を押当てて中を覗きながらクックックッとせせら笑う。負け惜しみの強い彼はどんなに恥悲しんだことか。そうした記憶がよみがえると、このたわけもの奴《め》！と圭一郎は手をあげて子供を撲《う》ちはしたものの、悲鳴をあげる子供と一緒に自分も半分貰い泣いているのであった。また子供はチビの因果が宿って並外れて脊丈が低かった。子供が学校で屹度《きっと》一番のびりっこであることに疑いの余地はない。圭一郎は誰よりも脊丈が低く、その上に運わるく奇数になって二人並びの机に一人になり、組合せの遊戯の時間など列を逃げさせられて、無念にも一人ポプラの木の下にしょんぼりと指を銜《くわ》えて立っていなければならなかった。それにも増して悲しかったのは遠足の時である。二列に並んだ他の生徒達のように互に手と手を繋《つな》いで怡《たの》しく語り合うことは出来ず、弁当袋を背負って彼は独りちょこちょこと列の尻《し》っぽに小走りながら跟《つ》いて行く味気なさはなかった。こうしたことが、痛み易い少年期において圭一郎をどれほど萎縮《いじ》けさしたことかしれない。——圭一郎は、一日に一回は、必ずそうした自分の過ぎ去った遠い小学時代に刻みつけられた思い換えのない哀しい回想を微細に捕えて、それをそっくり子供の身の上に新に移し当《あ》て嵌《は》めては心を痛めた。とまた教師は新入生に向ってメンタルテストをやるだろう。「××さんのお父さんは何していますか？」「はい。田を作って居られます」「××さんのは？」「はい。大工であります」「大江さんのお父さんは？」と訊かれて、子供はビックリ人形のように立つには立ったが、さて、何んと答えるだろう？　「大江君の父ちゃんは女を心安うして逃げたんだい。ヤーイヤーイ」と悪太郎にからかわれて、子供はわっと泣き出し、顔に手を当てて校門を飛び出し、吾家の方へ向って逸散に駈け出す姿が眼に見えるようだった。子供ごころの悲しさに、そんな情《なさけ》ない悪口を言ってくれるなと、悪太郎共《ども》に紙や色鉛筆の賄賂《わいろ》を使うて阿諛《へつらう》ような不憫《ふびん》な真似もするだろうがなどと子供の上に必定《ひつじょう》起らずにはすまされない種々の場合の悲劇を想像して、圭一郎は身を灼《や》かれるような思いをした。

「あなた、奥さんは別として、お子さんにだけは幾ら何んでも執着がおありでしょう？」

千登世は時偶《ときたま》だしぬけに訊いた。

「ところがない」

「そうでしょうか」彼女は彼の顔色を試すように見詰めると、下唇を噛んだまま微塵《みじろ》動《ぎ》もしないで考え込んだ。「だけど、何んと仰言《おっしゃ》っても親子ですもの、口先ではそんな冷たいことを仰云《おっしゃ》ってもお腹《なか》の中はそうじゃないと思いますわ。今に屹度、お子さんが大きくなられたらあなたを訪ねていらっしゃるでしょうが、わたしその時はどうしようかしら……」

千登世は思い余って度々制《おさ》えきれない嗟《なげ》きを泄《も》らした。と忽ち、幾年の後に成人した子供が訪ねて来る日のことが想われた。自分のいかめしい監視を逸《のが》れた子供は家じゅうのものに甘やかされて放縦そのもので育ち、今に家産も蕩尽《とうじん》し、手に負えない悪漢となって諸所を漂泊した末父親を探して来るのではあるまいか。額の隠れるほど髪を伸ばし、薄汚い髯《ひげ》を伸ばし、ボロボロの外套《がいとう》を羽織り、赤い帯で腰の上へ留めた、足首のところがすり切れた一双のズボンの衣匣《かくし》に両手を突っ込んだような異様な扮装《いでたち》でひょっこり玄関先に立たれたら、圭一郎は奈何《どう》しよう。まさか、父親の圭一郎を投げ倒して猿轡《さるぐつわ》をかませ、眼球が飛び出すほど喉吭《のどぶえ》を締めつけるようなことはしもしないだろうが。彼は気が銷沈《しょうちん》した。

圭一郎は子供にきつくて優し味に欠けた日のことを端無《はしな》くも思い返さないではいられなかった。彼は一面では全く子供と敵対の状態でもあった。幼少の時から偏頗《へんぱ》な母の愛情の下に育ち不思議な呪《のろ》いの中に互に憎み合って来た、そうした母性愛を知らない圭一郎が丁年《ていねん》にも達しない時分に二歳年上の妻と有無なく結婚したのは、ただただ可愛《かわい》がられたい、優しくして貰いたいの止み難い求愛の一念からだった。妻は、予期通り彼を嬰児《えいじ》のように庇《かば》い劬《いた》わってくれたのだが、しかし子供が此世《このよ》に現れて来て妻の腕に抱かれて愛撫《あいぶ》されるのを見た時、自分への寵《ちょう》は根こそぎ子供に奪い去られたことを知り、彼の寂しさは較《くら》ぶるものがなかった。圭一郎は恚《いか》って、この侵入者をそっと毒殺してしまおうとまで思い詰めたことも一度や二度ではなかった。

——圭一郎が離れ部屋で長い毛糸の針を動かして編物をしている妻の傍に寝ころんで楽しく語り合っていると、折からとんとんと廊下を走る音がして子供が遣って来るのであった。「母ちゃん、何していた？」と立ちどまって詰《せ》めるように妻を見上げると、持っていた枇杷《びわ》の実を投げ棄てて、行きなり妻の膝の上にどっかと馬乗りに飛び乗り、そして、きちんとちがえてあった襟をぐっと開き、毬栗頭《いがぐりあたま》を妻の柔かい胸肌に押しつけて乳房に喰いついた。さも渇していたかの如く、ちょうど犢《こうし》が親牛の乳を貪《むさぼ》る時のような乱暴な恰好《かっこう》をしてごくごくと咽喉を鳴らして美味《うま》そうに飲むのだった。見ていた彼は妬《ねた》ましさに見震いした。

「乳はもう飲ますな、お前が痩せるのが眼に立って見える」

「下がおらんと如何《どう》しても飲まないではききません」

「莫迦《ばか》言え、飲ますから飲むのだ。唐辛しでも乳房へなすりつけて置いてやれ」

「敏ちゃん、もうお止《よ》しなさんせ、おしまいにしないと父ちゃんに叱《しか》られる」

子供はちょいと乳房をはなし、じろりと敵意のこもった斜視を向けて圭一郎を見たが、妻と顔見合せてにったり笑い合うとまた乳房に吸いついた。目鼻立ちは自分に瓜二つでも、心のうちの卑しさを直ぐに見せるような、偽りの多い笑顔だけは妻にそっくりだった。

「飲ますなと言ったら飲ますな！　一言いったらそれで諾《き》け！」

妻は思わず両手で持って子供の頭をぐいと向うに突き退けたほど自分の剣幕はひどかった。子供は真赤《まっか》に怒って妻の胸のあたりを無茶苦茶に掻《か》き挘《むし》った。圭一郎はかっと逆上《のぼ》せてあばれる子供を遮二無二おっ取って地べたの上におっぽり出した。

「父ちゃんの馬鹿やい、のらくらもの」

「生意気言うな」

彼は机の上の燐寸《まっち》の箱を子供目蒐《めが》けて投げつけた。子供も負けん気になって自分目蒐けて投げ返した。彼はまた投げた。子供もまたやり返すと、今度は素早く背を向けて駈け出した。矢庭に圭一郎は庭に飛び下りた。徒跣《はだし》のまま追っ駈けて行って閉まった枝折戸《しおりど》で行き詰まった子供を、既《すんで》の事で引き捉えようとした途端、妻は身を躍らして自分を抱き留めた。

「何を乱暴なことなさいます！　五つ六つの頑是ない子供相手に！」妻は子供を逸速く抱きかかえると激昂《げっこう》のあまり鼻血をたらたら流している圭一郎を介《かま》いもせず続けた。「何をまあ、あなたという人は、子供にまで悋気《やきもち》をやいて。いいから幾らでもこんな乱暴をなさい。今にだんだん感情がこじれて来て、とうとうあなたとお母さんとのような取返しのつかない睨《にら》み合いの親子になってしまうから……ね、敏ちゃん、泣かんでもいい。母さんだけは、母さんだけは、お前を何時《いつ》までも何時までも可愛がって上げるから、碌でなしの父ちゃんなんか何処《どこ》かへ行って一生帰って来んけりゃいい」

このような憶《おも》い出《で》も身につまされて哀しく、圭一郎は子供に苛酷《かこく》だったいろいろの場合の過去が如実に心に思い返されて、彼は醜い自分というものが身の置きどころもない程不快だった。一度根に持った感情が、それは決して歳月の流れに流されて子供の脳裏から消え去るものとは考えられない。甘んじて報いをうけなければならぬ避けがたい子供の復讐《ふくしゅう》をも彼は覚悟しないわけにはゆかなかった。

圭一郎は息詰るような激しい後悔と恐怖とを新にして魂をゆすぶられるのであった。そして捕捉しがたい底知れない不安が、どうなることであろう自分達の将来に、また頼りない二人の老い先にまで、染々《しみじみ》と思い及ぼされた。

同じ思いは千登世には殊に深かった。

「わたし達も子供が欲しいわ。ね、お願いですからあんな不自然なことは止して下さいな」

「………」

「手足の自由のきく若い間はそれでもいいけれど、年寄ってから、あなた、どうなさるおつもり？　縋《すが》ろう子供のない老い先のことを少しは考えて見て下さい。ほんとうにこんな惨めなこったらありゃしませんよ。とりわけ私達はこうなってみれば誰一人として親身のもののない身の上じゃありませんか。わたし思うとぞっとするわ」

千登世は仕上の縫物に火熨斗《ひのし》をかける手を休めて、目顔を嶮《けわ》しくして圭一郎を詰《なじ》ったが、直ぐ心細そうに萎《しお》れた語気で言葉を継いだ。

「でもね、仮令《たとい》、子供が出来たとしても、戸籍のことはどうしたらいいでしょう。わたし、自分の可愛い子供に私生児なんていう暗い運命は荷なわせたくないの。それこそ死ぬよりも辛いことですわ」

圭一郎は急所をぐっと衝《つ》かれ、切なさが胸に悶《もだ》えて返す言葉に窮した。Y町で二人の恋愛が黙った悲しみの間に萌《きざ》し、やがて抜き差しのならなくなった時、千登世は、圭一郎が正式に妻と別れる日まで幾年でも待ち続けると言ったのだが、彼は一剋《いっこく》に背水の陣を敷いての上で故郷に闘いを挑むからとその場限りの偽りの策略で言葉巧みに彼女を籠絡《ろうらく》した。もちろん圭一郎は千登世を正妻に据えるため妻を離縁するなどという没義道《もぎどう》な交渉を渡り合う意は毛頭なかった。偶然か、時に意識的に彼女が触れようとするY町での堅い約束には手蓋《てぶた》を蔽うて有耶無耶《うやむや》に葬り去ろうとした。ばかりでなく圭一郎は、縦令《たとい》、都大路の塵芥箱《ごみばこ》の蓋を一つ一つ開けて一粒の飯を拾い歩くような、うらぶれ果てた生活に面しようと、それは若い間の少時のことで、結局は故郷があり、老いては恃《たの》む子供のあることが何よりの力であり、その羸弱《かよわ》い子供を妻が温順《おとな》しくして大切に看取《みと》り育ててくれさえすればと、妻の心の和平が絶えず禱《いの》られるのだった。こうした胸の底の暗い秘密を覗かれる度に、われと不実に思い当る度に、彼は愕然《がくぜん》として身を縮め、地面に平伏《ひれふ》すようにして眼瞼を緊《し》めた。うまうまと自分の陋劣《ろうれつ》な術数《たくらみ》に瞞《だま》された不幸な彼女の顔が真正面に見戍《みまも》っていられなかった。

圭一郎は、自分に死別した後の千登世の老後を想うと、篩落《ふるいおと》したくも落せない際限のない哀愁に浸るのだった。社への往復に電車の窓から見まいとしても眼に這入る小石川橋の袂で、寒空に袷《あわせ》一枚で乳母車を露店にして黄塵《こうじん》を浴びながら大福餅《だいふくもち》を焼いて客を待つ脊髄《せきずい》の跼《かがま》った婆さんを、皺《しわ》だらけの顔を鏝塗《こてぬ》りに艶装《めか》しこんで、船頭や、車引や、オワイ屋さんにまで愛嬌《あいきょう》をふりまいてその日その日の渡世を凌《しの》ぐらしい婆さんの境涯を、彼は幾度千登世の運命に擬しては身の毛を弥立《よだ》てたことだろう。彼は彼女の先々に涯《はて》知れず展《ひろ》がるかもしれない、さびしくこの土地に過ごされる不安を愚《おろか》しく取越して、激しい動揺の沈まらない現在を、何《ど》うにも拭《ぬぐ》い去れなかった。

圭一郎は電車の中などで水鼻洟《みずばな》を啜《すす》っている生気の衰え切って萎《しな》びた老婆と向い合わすと、身内を疼《うず》く痛みと同時に焚《や》くが如き憤怒《ふんぬ》さえ覚えて顔を顰《しか》めて席を立ち、急ぎ隅っこの方へ逃げ隠れるのであった。

陽春の訪れと共に狭隘《せせこま》しい崖の下も遽《にわか》に活気づいて来た。大きな斑猫《ぶちねこ》はのそのそ歩き廻った。渋紙色をした裏の菊作りの爺《じい》さんは菊の苗の手入れや施肥に余念がなかった。怠けものの配偶《つれあい》の肥《ふと》った婆さんは、これは朝から晩まで鞣革《なめしがわ》をコツコツと小槌《こづち》で叩いて琴の爪袋を内職に拵《こしら》えている北隣の口達者な婆さんの家の縁先へ扇骨木《かなめ》の生籬《いけがき》をくぐって来て、麗《うらら》かな春日をぽかぽかと浴びながら、信州訛《なまり》で、やれ福助が、やれ菊五郎が、などと役者の声色《こわいろ》や身振りを真似て、賑かな芝居の話しで持切りだった。何を生業に暮らしているのか周囲の人達にはさっぱり分らない、口数少く控え目勝な彼等の棲家へ、折々、大屋の医者の未亡人の一徹な老婢《ろうひ》があたり憚《はばか》らぬ無遠慮な権柄《けんぺい》ずくな声で縫物の催促に呶鳴《どな》り込んで来ると、裏の婆さん達は申し合せたようにぱったり弾んだ話しを止め、そして声を潜めて何かこそこそと囁き合うのであった。

天気の好い日には崖上から眠りを誘うような物売りの声が長閑《のどか》に聞えて来た。「草花や、草花や」が、「ナスの苗、キウリの苗、ヒメユリの苗」という声に変ったかと思うと瞬《また》く間に「ドジョウはよござい、ドジョウ」に変り、やがて初夏の新緑をこめた輝かしい爽《さわや》かな空気の波が漂うて来て、金魚売りの声がそちこちの路地から聞えて来た。その声を耳にするのも悲しみの一つだ。故郷の村落を縫うてゆるやかに流れる椹野《ふしの》川《がわ》の川畔の草土手に添って曲《まが》り迂《くね》った白っぽい往還に現れた、H県の方から山を越えて遣って来る菅笠《すげがさ》を冠った金魚売りの、天秤棒《てんびんぼう》を撓《しな》わせながら「金魚ヨーイ、鯉《こい》の子……鯉の子、金魚ヨイ」という触れの声がうら淋《さび》しい階調を奏でて聞えると、村じゅうの子供の小さな心臓は躍るのだった。学校から帰るなり無理強いにさせられる算術の復習の憶えが悪くて勝ち気な気性の妻に叱りつけられた愁い顔の子供の、「父ちゃん、金魚買《こ》うてくれんかよ」という可憐《かれん》な声が、忍びやかな小さな足音が、三百余里を距たったこの崖下の家の窓に聞えるような気がするのであった。

いつか梅雨《つゆ》期の蒸々《むしむし》した鬱陶《うっとう》しい日が来た。霧のような小雨がじめじめと時雨《しぐれ》ると、何処からともなく蛙《かえる》のコロコロと咽喉を鳴らす声が聞えて来ると、忽然《こつぜん》、圭一郎の眼には、都会の一隅のこの崖下の一帯が山間に折《お》り重《かさな》った故郷の山村の周囲の青緑にとりかこまれた、賑かな蛙鳴きの群がる蒼《あお》い水田と変じるのであった。そうして今頃は田舎は田植の最中であることが思われた。昔日の激しい労働を寄る年波と共に今は止していても、父の身神には安息の日は終《つ》いに見舞わないのである。何十年という長い年月の間、雨の日も風の日も、烈しい耕作を助けて父と辛苦《しんく》艱難《かんなん》を共にして来た、今は薄日も漏れない暗い納屋の中に寝そべって徒《いたず》らに死を待つようにして余生を送っている老年の運命にも、圭一郎は不愍《ふびん》な思いを寄せた。

鼠色のきたない雨漏《あまも》りの条《すじ》のいくつもついている部屋の壁には、去年の大晦日《おおみそか》の晩に一高前の古本屋で買い求めた、ラファエル前派の代表作者バアーンジョンの「音楽」が深い埃《ほこり》を被《かぶ》って緑色の長紐《ながひも》で掛けてあった。正面の石垣に遮られる太陽が一日に一回明り窓からぎらぎらぎらと射《さ》し込んだ。そして、額縁に嵌《は》められた版画の中の薔薇色《ばらいろ》の美しい夕映えに染められた湖水や小山や城に臨んだ古風な室《へや》でヴァイオリンを静かに奏でている二人の尼僧を、黒衣の尼さんと、それから裾を引きずる緋《ひ》の襠《うち》かけを纏うた尼さんの衣を滴《したた》る燦《きらび》かな真紅に燃え立たせた。圭一郎は溢れるような酔い心地でその版画を恍惚《こうこつ》と眺めて呼吸をはずませ倚《よ》り縋《すが》るようにして獲《え》がたい慰めを願い求めた。現世の醜悪を外に人生よりも尊い蠱惑《こわく》の芸術に充足の愛をささげて一すじに信を獲る優れた悦びに心を駆って見ても、明日に、前途に、待望むべき何《ど》れ程の光明と安住とがあるだろう？　とどのつまり、身に絡まる断念の思いは圭一郎の生涯を通じて吹《ふ》き荒《すさ》むことであろうとのみ想われた。

…………………………

曇り日

「……ちょっと休んで下さい」

永年の文学生活の祟《たた》りで書痙《しょけい》に罹《かか》って手の不自由な先生は折ふし小説の口述をすることがあるが、その日も顔面神経の痛みを辛抱して二階の書斎で連載ものの口述に呻《しん》吟《ぎん》の最中、出し抜けにこう言って座蒲団《ざぶとん》を枕に仰向けになった。先生の大きな黒檀《こくたん》の机の左側に置かれた剝《は》げた朱塗りの小机に縋《すが》って筆記していた私は、ペンを擱《お》いてバットに吸口を挿しながら、ひっそりと鎮まった室内へ聞えて来る隣家のボンボン時計の十一という数をかぞえた。その時、窓下の竹垣に沿った小路に下駄《げた》の音が乱れて、

「母ちゃん、母ちゃん、このうち、こわいうちよ、ゆうべおこったうちよ、こわかったわね、お母ちゃん……」

と、幼い女の児《こ》の無邪気な高い声が聞えた。つづいて「しッ、お黙りッ！」と窘《たしな》める母親の声も聞えたような気がした。私は不意に竦《すく》み上って直《す》ぐ居ずまいを直しちら

と R先生の顔を偸《ぬす》み見た。先生は瞼《まぶた》を閉じていた。どうか睡《ねむ》っていて貰《もら》えたのならと心で禱《いの》られたが、最早私の胸はどきどき鼓動が昂《たか》まって、昨夜のわれながら不仕合せな狂乱が、浅間《あさま》しく、恥ずかしく、殊に有名な小説家のR先生の門札に対して近所の人達が常々注視を集めているだけに、私はほんとうに何や彼《か》とお詫《わ》びの気持から俯向《うつむ》いてしまった……

私がR先生の知遇を辱《かたじけの》うして足掛四年になる。先生経営の雑誌の編輯《へんしゅう》助手として入社して間もなく、私と私の女のおゆきとは、社を兼ねた先生の南榎《みなみえのき》町《ちょう》のお宅に引き取られて、そしてR先生は手賀沼《てがぬま》畔の本邸から月二、三回上って来られる丈《だけ》で、私達は謂《い》わば大樹の下に憩うて日々の渡世に心配なく、いたって暢気《のんき》な留守番役をつとめていた。やがて大阪の在所から内藤という青年が玄関番に来て、私は雑誌の用事以外はいつも三畳に引籠《ひきこも》って勉強できた。おゆきは、こちらへご厄介になる前森川町に住んで居た当時の、ひどい窮迫時代に始めた針仕事を、今も私の机辺で毎日続けていた。つい二週間前、彼女は縫物を森川町の小泉家へ届けて夕方帰ると、思案顔して部屋へ這入《はい》って来た。

「あなた、わたしまたお嬢さんのご結婚の出立《いでた》ちのお祝いに招かれましたの。ご隠居さまも、お嬢さんのお仕度が気がかりで、昨日聖路加《せいろか》病院を無理にご退院なすって離れにおよっていらしたのですが、わたしを呼んで、今度こそ是非是非席につらなってほしいって、そう仰言《おっしゃ》ったんです。そりゃご隠居さまにとっては、眼に入れても痛くないお孫さんのお目出度《めでた》ですからね。わたし、帰る道々、どうしたものかしらと、ほんとに痩《や》せる思いをしましたの。何か好い智慧《ちえ》はないでしょうか？」

「好い智慧かって……」

と呟《つぶや》くなり私は赤面した。彼是《かれこれ》半年前のこと、小泉家の女隠居が手塩にかけて育てた縁つづきの娘さんの祝言《しゅうげん》の際もおゆきは出立ちの式に招待されたが、私は後で心ばかりの祝儀を届けることに決め当日は彼女を不参させた。理由はおゆきが紋服《もんぷく》は勿論《もちろん》やわらかい晴れ着らしいものを持ち合せないからで、それは所詮《しょせん》止むを得ないとして、ただ恩顧を受けている女隠居を急病という一本の手紙で欺いた不快な記憶は私の脳裏に執念《しゅうね》く消えないのに、再び偽りの口実を案じ出すことなぞ懲々《こりごり》だった。

「やはり、あの茶っぽい伊勢崎銘仙を着て行きなさい。あれでいいですよ。襦袢《じゅばん》とか、そういった肌に着けるものだけ綺麗《きれい》に洗濯してあれば、それでちっとも失礼ではないんだから、何んの構うことか、装《よそおい》に頓着《とんちゃく》せず謙遜《けんそん》な気持で黙って坐《すわ》っていればいいんだから」と、自分の意見に従わせようと私は声を励まして切々諭すように言った。

「だって、あの伊勢崎なんか平素何度も着て伺っているんですもの。いくら何んだって、あんな洗《あら》い晒《ざら》しの銘仙なんか、ご親類の皆さん大勢集まっていらっしゃる晴れのお座敷へ、いくら何んだって……」と、おゆきは言下に撥附《はねつ》けたが、じっと膝《ひざ》の上に視線を落し多少もじもじしていたのち、急に開き直って一直線に切り出した。

「ね、あなた、お願いですから、わたしに百五十円ほど下さらない？　わたし、月賦にしてでもお返ししますから、一生のお願いですから、我儘《わがまま》言って済みませんけれど、どうか助けて下さい。錦紗《きんしゃ》の揃《そろ》いと長襦袢とで百五十円かければ、立派に人さまの前へ出られますから。それもこの場限りの間に合せというわけではなく、少し地味な柄を選んで置けば、わたしの一生道具になりますから……」

「百五十円？……何んて大胆な、惨酷だよ！　惨酷だよ！」

私は度胆を抜かれて蒼《あお》ざめた顔を上下左右に激しく振って叫んだが、唖然《あぜん》として遽《にわか》に言葉も継げなかった。R先生から月々過分に頂く、編輯手当、筆記料、いろいろの場合のお心付の小遣等を、私は小心翼々と溜《た》めていた。と言って私は何も物慾熾《ぶつよくさかん》なひたむきに銭財を憂う質《たち》とばかしも言えないが、故郷とは絶縁状態のこの際、見かけは岩乗《がんじょう》でも身うちが割に弱く発熱などした折は明日あらばと思うような経験も持って居り、且《かつ》は女も連れていることだし、不時の災厄が何時《いつ》も見えざる一寸先きに待ち伏せていそうな臆病心《おくびょうしん》の屛営《へいえい》から、時には男の癖にお台所へ出て瓦斯《ガス》の火を細めるようなさもしい真似《まね》までして一国《いっこく》に積んで来た貯金の小山を、今一挙に崩そうとかかったおゆきに対して、私は一方なく狼狽《ろうばい》して更に防衛の悲鳴を揚げずには済まされなかった。

「森川町時代の貧乏の味を忘れたのか。僕が、片道の電車の切符に出来心を起して、人混みの中を車掌風情に引摺《ひきず》られて、あの時はお前も声を立てておいおい泣いたじゃないか。貧すれば鈍すと言うものの、思うて見ても無念でならん！　金が敵《かたき》の世の中だよ！　お互に火の中水の底をくぐって来て、やっとこれだけの蓄えが出来たのを、それもお前なぞに委《まか》せて置いたら、一銭だって残っちゃいないんだ。お前が奢《おご》ったおかずなどこしらえた時は、僕は勿体《もったい》なくて却《かえ》って飯が咽喉《のど》を通らない。悧巧《りこう》げに見えても女なんて大概どこか筒抜《つつぬ》けだ。みんな僕が蔭《かげ》で引《ひ》き緊《し》め引き緊めして来たせいなんだよ。それというのも、兎《と》もあれ、お前を連れていると思えばこそじゃないか。この涙の出るような貯金の中から着物を買うから百五十円出せなんて、正気の沙汰《さた》でしゃあしゃあと言い出せるお前の根性が恐ろしいよ。恐ろしいより憎い！　自滅だよ！　何んと心得ているんだ！　阿呆奴《あほうめ》！」

私の荒々しい剣幕に取りつく島を見喪《みうしな》ったおゆきは、小泉家への言訳を私になすりつけ、仏頂面して口を噤《つぐ》んだ。その場は聞流しに凌《しの》げたが、しかし疚《やま》しさ以外の名案が私にあろう筈《はず》はない。気づまりな日が経《た》った。針の手を休めて壁を睨《にら》みながら、台所でお炊事をしながら、洗濯物を庭先の竿《さお》にひろげながら、坐臥《ざが》の間《まま》に間も、絶えず思いあぐねた彼女の哀訴的な湿っぽい溜息《ためいき》が、一日は一日と深くなって行った。私は強いて石に化《な》ろうと努めていた。そうして後三日と押迫った日の午後、おゆきは私の机辺に慌《あわただ》しく帰って来ると耳うちするように、

「わたし、貸衣裳店《かしいしょうてん》へ行って見ましたの。」と、低声《こごえ》に言った。

「ああ、成程、そいつはいい思いつきだな。」と、私も習作のペンを投げて思わず膝を乗り出した。

ところがですね、とこう当惑の微笑を浮べて前置きしたおゆきから、貸衣裳店の規定というのは、錦紗どころで悉皆《しっかい》一日十四円はまだ忍べるとして、貸す衣裳は午頃《ひるごろ》先方が宅へじかに届け、夕方また先方が受取りに出向いて来る云々《うんぬん》と聞かされて見ると、私は即座にまいって俛《うなだ》れた。編輯室へ出入する編輯同人や居合す書生の内藤への手前、狭い玄関先に上り込まれて、やれ裾《すそ》を擦《す》り切らしたから、やれ泥はねを上げたから、と苦情の出た挙句、幾ら幾らの損料の追加をでも談判されるような目に遭ったら、それこそ型なしの恥辱で、思うだに生きた心地はしないのであった。

一膳《いちぜん》の夕食を申訳に鵜呑《うの》みにした彼女は、銭湯に行くとことわってまたそわそわ戸外へ出た。私は暗い電燈の下に肱枕《ひじまくら》して身ゆるぎもせず横になっていた。思うともな

く私共が不倫の恋に陥《お》ちて倶《とも》に東京に身を匿《かく》した当時のおゆきに銘仙の二《ふ》タ揃《そろ》いより持ち合せてなかったことに想《おも》い到《いた》ると、彼女もよくよく薄倖《はっこう》な年月に耐えていたことが、今更のように痛感され、やがてまた、私との初期の生活の一端は彼女の半生の境涯に輪を掛けた惨めなものに違いなかった。森川町の借二階で窮策尽きたすえ、おゆきが（和服御仕立いたします）と書いたボール紙を戸袋に貼《は》りつけた時、真っ先に仕立物をさしてくれたのは小泉の女隠居であった。ばかりでなく隠居さんは身寄りの人々や近所の奥さん方におゆきの腕を吹聴《ふいちょう》してくれ、それから私達が借二階を追い立てられてほとほと困った際、早速住居を提供したのも隠居であった。森川町を去ってからも隠居さんとの間は日々に疎くなるほうではなく、一度私が患った時は俥《くるま》で見舞ってくれ、昵懇《じっこん》な間柄の或《ある》博士を紹介したりした。それというのも悉《ことごと》くおゆきが隠居さんの気に入りだからで、従って今度おゆきが種々悩んでいる心事を掬《く》むまでもなく私とて如何《いか》にも行かせて遣《や》りたい衷心の思いに変りはなかった。先刻夕食の箸《はし》を持ちながら今縫いがかりのお召《めし》の重ねがもし隠居さんの知辺《しるべ》の家のでなかったら一日ぐらい拝借出来るものを、後から火熨斗《ひのし》で坐り襞《ひだ》を丁寧に熨《の》して置けばなどと飛んだ間違いを呟いたおゆきの情《なさけ》ない言葉を思い返すと、果ては私はじっと構えてはいられない苛立《いらだ》たしさに攻め立てられて来た。折から不図《ふと》、今頃宵の改代町あたりをほつき歩いているおゆきが眼先に映って見えた。是非ないこととは分っていながら女ごころの悲しさ未練から、一軒一軒古着屋の軒先に吊《つ》るされた古着を覗《のぞ》いているうち、どんな柄がお好みですか、どうかご覧になるだけでも、といった調子で瀬戸物の火鉢を前に不景気にふるえている主人に遮二無二《しゃにむに》店内に引っ張り込まれて、棚に蔵《しま》った品物を引き下して突きつけられ、パチパチ十呂盤《そろばん》だまをはじいたりして、お客さん、全く正札でして、いやお値段のところはどうも、じゃご愛嬌《あいきょう》にこれこれお引きしときますが、こう猫撫声《ねこなでごえ》でじりじり詰め寄られて弱り抜いたおゆきが漸《ようよ》う、では、のちほど、そう言って逃げ出そうとすると、何んだ、品物にケチをつける気か、営業妨害だよ！　えーい、幾らにまけろと言うのだ？　はっきり買値だけは言って貰おう！　と顔の四角な眉《まゆ》の濃い金歯の男に引攫《ひっつか》まれてたじろいでいるおゆきの姿——私の脊筋《せすじ》に一種冷たい戦慄《せんりつ》が伝《つたわ》った。矢庭に迎えに走って行こうと跳ね起きたが、何時《いっ》の間にこっそり外出したのか内藤が見えないので、庭木戸から出るため彼処此処《あそこここ》戸締りに手間取っていると、勝手口の外で女の咳払《せきばら》いがした。

私は息を呑んで彼女を呼び寄せ、望み通りの着物を買ってやる旨を述べて、

「あなたも僕と一緒になってから、薬一服のまず、従順に好く働いて来ましたから、ご褒美の意味で……」と、胸中の衝動を口に出して附け足した。

「そう、ほんと？　おーお、うれしい！」

今の今まで槓杆《てこ》でも動かないと思い込んでいた矢先、おゆきはびっくりして包み隠せぬ喜びに少したしなみを欠いた不体裁な声を出したが、さすがに唇は顫《ふる》え両眼はいっぱいの涙で濡《ぬ》れていた。私も頓《とみ》にほぐれた自分の心に満足を覚えて、その夜は過重な荷を卸《おろ》した気易さに伴う久しぶりの熟睡が摂《と》れた。

中二日置いた当の日の早朝からおゆきは頻《しき》りに高島屋へ電話で羽織の催促をした。袷《あわせ》と長襦袢とは自身が徹夜で縫うとして時日がないので羽織の仕立だけは裁縫部へ頼んで置いたのである。正午近くなると私も気が気でなく近所の公衆電話まで行ってやったりしているうち、ようやく届いた濃い紫地に同じ薄色で小菊を横につらねた羽織を、納戸地に白と茶の縞《しま》を染出した袷に重ねたおゆきを、私は江戸川の停留場まで送って行った。

「裾など踏まれたりしないよう好く気をつけて、帰ったら直《す》ぐに畳んで置くんですよ。」

安全地帯のはずれに佇《たたず》んで彼女に注意を囁《ささや》いて、電車が動き出すと私は引き返した。物心ついて此方《こっち》十何年かの間、現に私と一しょになってからも、錦紗が着て見たい、錦紗錦紗と言いつづけたことであるが、その夢寐《むび》の間にも願った多年の思いが叶《かな》ったと言って、安物のペラペラをさながら遍身綺羅《へんしんきら》——かの如《ごと》く打《う》ち悦《よろこ》ぶおゆきの心情を思い遣れば、かえすがえすも残念な残り少ない貯金のさびしさもまた慰められると言おうか? とは言って見るだけのこと、憑物《つきもの》の落ちた後のような頗《すこぶ》る生気に乏しい眼をにぶく見開いたまま私は山吹町の通りに立ち留って、工事中の路上の真黒《まっくろ》な煤烟《ばいえん》を噴き恐ろしい唸《うな》り声《ごえ》を立てて廻転《かいてん》しながら地形ならしをしている蒸気転圧機《スティーム・ローラアー》の巨体をぼんやり見ていたが、ふと我に還《かえ》ってその足で市ケ谷の高台の方に或《ある》劇作家を訪《おとな》い、居催促に坐り込んでいる他の大雑誌や新聞の記者連の中に小さくなって恒例の談話原稿を三枚乞《こ》うた時は、日は疾《と》っくに暮れていた。晩餐《ばんさん》をすすめられたが私は辞した。小泉の女隠居が私のために特にことづけるに定《きま》っているお土産——海老《えび》、鶏卵焼、蒲《かま》鉾《ぼこ》、きんとん、寄せ物、等ぎっしり詰めて水引の掛った大きな折詰を、おゆきは机の上に置いて私の帰りを待っているのだと思えて、私は晴れやかな気持で、踵を宙に息《いき》喘《せ》いで帰って来たのであった。

が、襖《ふすま》を開けるが早いか、行《い》き也《なり》、

「横着者奴《め》!」

こうした罵声《ばせい》の爆発と共に、そこに錦紗を脱ぎ飛ばし肌襦袢と腰巻とのだらしない恰好《かっこう》で蝦蟇《がま》のように咽喉と白い腹部とをヒックヒック動かしていたおゆきの前に、折詰を蹴散《けち》らそうとは、お互に緊張し切った今日の楽しい一日の終りに、かかる破綻《はたん》が待ち設けていようとは、まア、何んという思いそめぬ不幸であろう！　私は自らを憫《あわ》れみおゆきを憫れんだが、同時に人間の不聡明《ふそうめい》を呪《のろ》わずにはいられなかった。私はがたがた総身をふるわせながら、急ぎ寝巻の浴衣《ゆかた》を引っ掛けて襟前を抑えている彼女を引き据えて、到来物の類はちゃんと仏壇に供えて置き、主人に見せない限りよし腐りが入ろうと指一本触れない田舎の家の古い習いを引合いに、なお口汚く罵《ののし》り喚《わめ》いた。

「そうだから、お前なぞ、将来田舎の家へ連れては帰れないさ。百姓は百姓でも、ちったあ作法のある家だぞ。とりわけお袋など一ト通りや二タ通りの気むずかしさではないんだから、お前との折れ合いで、おれが始終板挟みの苦労を見るに決っているから、お前はY町の場末あたりへかくまって置くより外《ほか》仕様があるまい。幼い時から下等な躾《しつけ》ばかしで自堕落放題に育って来ているんだから、新しく品のある真似は得覚えまい！」

「だって、そんなこと、今の場合に持ち出して、どうのこうのってがみがみ仰言らなくたっていいでしょう。わたし、四、五時間も畏《かしこ》まり通しに畏まって疲れて帰って来て、夕飯の支度をすれば遅くなるし、それに内藤さんもお腹《なか》を空かしているので、一ト折食べて貰って、わたしも先方で箸をつけなかったので、お鮨《すし》を少し頂戴《ちょうだい》していたんですもの。あなたは、内藤さんに食べさしたのが癪《しゃく》に触るんですか。そんな食餓《くいが》鬼《き》みたいなことをつけつけ仰言るなんて、あなたにも似合わない」と、彼女は滅多になく興奮して対抗した。

「黙れ！」と、私は大喝を浴びせたが、喰《く》い千切ってやりたいほど肚《はら》の中は煮え返っても、俄《にわ》かに愛憎がつき何も言いたくなくなって、暫《しば》らく胸へ頭を押しつけ腕を組んでいた。

「おい、僕の言い分を聴け。……R先生鞠養《きくよう》の恩に、いいや、僕は先生の徳を謝そうなんて、そんな生意気な心は毫《ごう》もない。僕の分際で報いられるような小っぽけなものでなし、ただただ尋常にお受けしとればいいが、R先生への気持とは全然別に、僕も十人もの編輯同人の中に混って、この頃では平助手の分に過ぎた扱いを受けていてさえ、三十過ぎての仕末の悪い僻《ひが》みから自分の職分も忘れ、時には屈辱だとも口惜《くや》しいとも思うこと、もっと同人の多かった先頃にはしばしば瞼の熱くなることさえあったね。けれど、泣くも笑うもお前と一緒だと思えばこそ、共苦労だと思えばこそ、夫婦の礼譲、そんなものに只管《ひたすら》慰安を求めようとして来てるんだ。それが分らんのか。何も今度の着物を恩に着せるわけじゃないが、全体の生活にもちっと敬虔《けいけん》の心があるなら、僕におなご共《ども》の食べ残りを……」ここまで言って来るとか、っと感極まって、

「この馬鹿野郎、出て行け、馬鹿奴、出て行け、何処《どこ》へでも行っちまえ！　さあ出ろ！」と、私は大粒の涙を撒《ま》き散らし声を絞って哮《たけ》び狂った。

「あーれ、止《よ》して下さい、矢部さんの二階から」と、おゆきの声で木立で遮った構えの大きい隣家を見ると、何時《いつ》か編輯室の前庭の藤棚の小鳥へ刳抜銃身《くりぬきじゅうしん》の空気銃を一発放ったので危険だと思えて膺《こ》らしめのため厳しく叱《しか》り飛ばしてやった腕白者の中学生が、三、四人の女中ときゃっきゃっ囃立《はやした》てながら欄干に身体を乗り出して此方を覗き込んでいた。「矢部へ聞えたら何んだ、あの小僧野郎威張るな」と、ひと声ふた声自棄《やけ》に叫ぶ私の口許《くちもと》に掌《てのひら》を掩《おお》おうとするおゆきを突き飛ばし、障子をしめて電気を消した。丁度その時門の外で「どう遊ばしたんでございましょう」「ほんとうに」かく言い交ろう声と声とは、右隣りのしもた屋の上品な老夫人と筋向いの工学博士の奥さんだった。すると私の室《へや》から二尺と離れない竹垣へ誰か懐中電燈をぱっと照した。それは紛れなく矢部の玄関にいる壮士である。壮士も中学生と一緒に先達《せんだっ》て私の一喝に逢《あ》ったのだから、或《あるい》は意趣返しに交番へでも届けに行きそうな虞《おそれ》を私は感じて立所《たちどころ》に怯《ひる》んだが、そうなれば正直に謝罪しようと観念し下腹に力を入れて暗い室の中に眼を瞑《つむ》って長いこと坐っていた。

十二時過ぎ私は寝床に就いた。おゆきは幾度も手を支《つ》いてお詫びを言い、ご飯を炊き鑵詰《かんづめ》を買って来て懸命に機嫌を取り、私も食後おゆきの剝《む》いてすすめる土産の林檎《りんご》の小片を意気地なく口に入れた頃は、いくぶん涙の後の欠伸《あくび》に似たものを感じなくもなかったが、依然ゆるせる気持ちになれないどころか、不足の思いは矢鱈《やたら》に募る一方で、生別離した先妻への義理からでも彼女を籍には入れないことを重ねて心に誓った。そして、眼を閉じてむっつりと、宵の口から散歩に出たという内藤の帰りを一時まで待って見たが、何時《いつ》ものように友達のところへ泊ったのだと思って、私は門扉《もんび》の横柄子《よこざる》を挿し改めて眠りに陥《お》ちようと焦った。明日はR先生が午前に上京されて筆記がある予定だったから。にも拘《かかわ》らず脳髄神経は冴《さ》えるばかりか、ずきずき疼《うず》くのであった。自分の人生では、常に同一の軌道を、しくじったしくじったという後悔の繰返し、日々刻々の下司《げす》の後思案が嘆かれるばかりで。

とろとろと仮睡《まどろ》むと夢に魘《うな》され、そんな半睡状態の中に、バリンバリンという音にはっと意識が分明になり、反射的に片膝立て半円状に背中を丸めて硝子戸《ガラスど》を透《すか》して外を見た私は、ざま見ろ、と舌打ちした。内藤が下駄穿《げたば》きのまま竹垣に飛びついては滑り落ち、飛びついては滑り落ちしていた。ややあって、しだれ柳に飛びつく蛙《かえる》の熱心さで、竹垣の上に枝を延べている隣家の木蓮《もくれん》の枝にのぼり上り、と見る間にすばしこく便所の亜鉛屋根を伝うて二階の硝子戸を開けた。

確かに内藤とは思ったが、それにしても、二階のR先生の夜具など入っている押入れを開けたらしく、その震動で先生の箪笥《たんす》の取手《とって》が一斉に踊り出して、こいつは泥棒だったのか、失敗したという錯覚を起した刹那《せつな》、私は真っ先におゆきの顔に蒲団を被《かぶ》せ掛け、騒ぐな騒ぐなと言い含めて、先刻鑵詰の蓋《ふた》を開けた時使って座側《わき》に置きっ放しであった金鎚《かなづち》を振り上げて、部屋の二尺幅程の入口の襖を柱に押しつけ、「誰だ！誰だ！」と、眦《まなじり》を裂いて身構えた時は、もう切羽詰った恐怖が自分を死物狂いにしていた。

「Kさん、僕ですよ。内藤ですよ。どうも相済みません、遅くなって。」

「ちぇっ！　やっぱし内藤さんか、馬鹿にしてやがらあ……」

内藤はみしりみしり梯子段《はしごだん》を降りると手さぐりに電燈を点《つ》け、そこに近寄った私の血相に飛び出た大きな酔眼を見張って、両方の手の指をひろげ、傴僂《せむし》のように頭を両肩の間にぴょこんと縮め、おどけた身振りで二、三歩あとじさりながら言った。

「イヨーッ、ウワーハ、そいつでぽかんとやられちゃかないませんや。Kさん僕を説教とでも思ったかよ？　だったら、おいおい静かにしないとお互のためになりませんぞ、犬をお飼いなさい、とやってやるところだったな。内藤として一世一代の不覚を取りよった。」

「戯談《じょうだん》じゃない。もう夜明け前の三時じゃないの。世間が物騒だから、風声鶴唳《ふうせいかくれい》だよ。ほんとに過敏になってるんだもの。」と嬉《うれ》し涙《なみだ》が出、おゆきも蒲団の中で笑い出したので、私も可笑《おか》しくなって笑いこけたが、次いでむらむらと烈《はげ》しい憤りが湧《わ》いて声が尖《とが》った。「全体、今まで何処にいたんだ。二十かそこいらで毎晩毎晩カフェ歩きをやるなんて、てんでお話しにならないね。そんな薄っぺらな快楽を追う時間をアテネ・フランセへ通ったらどうだ。中途で止したりして、今に思い知るぜ。」

「まあ、Kさん、そうまで怒んなさんな。僕折角ありついたビールの酔いがけし飛んでしまう。おまけに今夜はカフェ万国で相棒の喧嘩《けんか》に加勢しちゃって、Kさんに言えんとこへ二時間も打ち込まれてたんや。篦棒《べらぼう》な話しや。そこを出されてまたおでん屋へ寄ったりして、親父《おやじ》を騙《だま》して送らせた十円はおおかた使《つこ》うたんや。ほんま酔いの退くのが惜しまれらあ。僕も日がな一日玄関番しとって、くさくさして来て、退屈で退屈で、夕飯がすみさえしたら、ぶらりっと一ト歩きして来んことにゃ睡れないよ」

内藤は、浮れ立ってグジャグジャと口速に、投げ遣りな口を利いた。お互に居候の身だと思ってなるだけ遠慮しているのに附け込んで内藤は最近いちじるしく私共を見くびっていた。何処まで図太い奴だろう、いまがた二階の押入れが開いたのも道理、これから火を埋《い》けて寝よう心算《つもり》で其処《そこ》に大びらに抛《ほう》り出したR先生の執筆用の行火《あんか》に、私はじろり横眼をやったが好感が持てなかった。

「ぶらりっとするぶんに差支えはないが、僕達の門限は十二時かっきりじゃないの。僕は一時まで待ってたよ。それを真夜中の三時頃のこのこ帰って来て、それでも僕等を敲《たた》き起すならまだ素直だよ。竹垣を乗り越え、屋根を匍《は》って、二階の戸をこじ開けるなんて、おっ魂《たまげ》消た話しですよ。屹度《きっと》遅くなる下心で予《あらかじ》め鍵《かぎ》を掛けないで出て行ったんだろうが、内藤さんもずいぶん不可《いけ》ませんねえ！」

「いや、予め鍵を掛けないなんて、そんなこと絶対にないよ。誤解しちゃいかん。僕八時頃一度帰ったんやが、何《な》に嘘《うそ》やない。けれど……」

「八時頃……？」私はぎょっとして内藤の眼色を窺《うかが》った。

「そしたら、Kさんいきり立って滅法な大声で奥さんを叱っているんだもの。僕、極りが悪うて入れやしないやないか。矢部さんの家じゃ誰か外へ出て聞いていたよ。……ね、Kさん、今日まで言わなんだが、Kさん酷《ひど》いよ、一《ひと》つ釜《かま》の飯を喰う人間がとご自身言う口の下から、Kさん僕のカフェ歩きをR先生に讒言《ざんげん》したね。Kさん、そうやろ？　僕先生にKさんに心配かけちゃいかんちゅうてお目玉を頂戴したっけが、その代り頼むから奥さんを怒って僕に心配かけるな。僕あれが嫌いで嫌いでならん。ほんま気分の腐蝕《ふしょく》に堪《た》えんや。有体に言えばKさん二人の啀《いが》み合いを聞くたんびに、

僕ここが一日も迅《はよ》う出たいんや。それとなく近日R先生に職業口を頼もうと思うてい
ますが、チー、ううん」
　瞬間、ぐっと息の根が止り崩れるようにどしんと私は廊下の上に坐り込んでしまった。言われたことがいちいち身に覚えのある私の悄《しょ》げ垂れた頭の上に、内藤は傲然《ごうぜん》と机の上に腰かけ両肘を突ん張り股倉《またぐら》を拡げた大兵《だいひょう》の身体を屈《こご》みかかって、きびしい口調でこう凝りに凝ったという風の怨言《うらみごと》を述べ立てた。

…………………

ものの十分も休息していたR先生は、身体を支え起し何かしら己れを叱咤《しった》するようにして再び口述を始めた。が、私の眼先は昏《くら》んでしまった。階下からは内藤の原稿紙を引き裂く音が聞えた。今朝、内藤は『万ちゃんの金鎚』という題の短篇小説を書くのだと言った。先日R先生に切符を頂いて、内藤と私とおゆきとの三人で赤坂の葵館《あおいかん》に活動写真を見に行った時、映画に出て来る万ちゃんという自転車乗りのべそ面が私の顔に似ていると言って、内藤は私の袖《そで》を引っ張った。驟雨《にわかあめ》に逢った帰りの電車の中でも、古い中折帽《なかおれぼう》を阿弥陀《あみだ》に冠り、二本の吊革にぶら下って頤《あご》を突き出しはあはあ息を吐いている私を「芋鼻の上に円《まる》い眼鏡を載っけたKさんの横顔には、こうやってえんさこらさペタルを踏む万ちゃんのご精ご念力が見えるですな。」と、内藤は前の

めりにハンドルを握る手真似をしてからかった。私の前に腰掛けていた鳥打帽に角帯の活動帰りの小僧さんたちが、日頃から一番嫌いで腹が立つ容貌《ようぼう》の批評にあって、が内藤の粗野なふざけとは別箇《べっこ》に、隠険《いんけん》卑屈な見たからに胡散臭《うさんくさ》い色に動いてくる醜い眼の表情の一点に於《お》いては殊に思い当たる気がして、うろたえて一段と顰《しか》めた私の顔を見てくすりくすり笑った。その日以後、私が、年甲斐《としがい》もなくうっかりして心の隙《すき》を見せる度毎《たびごと》に内藤は直ぐ狎《な》れ近づいて、万ちゃん万ちゃんと呼ぶのであったが、その万ちゃんが金鎚を提げたなどと、かれが得意とする、喧嘩腰、無鉄砲、愚昧《ぐまい》、獰猛《どうもう》、いずれとも評しようのない而《しか》も年に似合わず稀《まれ》に悪達者な筆で、昨夜のことを洩《も》らさず書き尽して、R先生の本邸にいる仲善しの書生に送られては、なんぼ身から出た錆《さび》とは言え実際助からないと思うと、また、秘密の沈黙を守ろうとそうした自分の表裏が、R先生のあの研《と》ぎ鍛えた眼に映らずに、虚偽を切断されずに措《お》かれるものか、飽《あく》迄《まで》隠し立てしようとするこましゃくれた不遜が省《かえりみ》られて、私の頭は混乱と錯綜《さくそう》とで耳鳴りがして来て、一行進めば漢字が思い出せず、一行進めば仮名遣《かなづかい》が分らなくなり、その都度頸首《くび》まで赧《あか》くして先生に教えられて、喘《あえ》ぎ喘ぎやっと三枚ばかし書いた。

「あとは明日にしましょう。それから恐縮ですが、この戸籍謄本に照して、相続届けを代書人にこさって貰って、この鞄《かばん》に入れて置いてくれませんか。どうかお願いしますよ。」

R先生は例のいたわり深い慇懃鄭重《いんぎんていちょう》な口調で言い置いた。おゆきも二階に上ってお手伝いし、マスク手套《てぶくろ》、春のインバネスで身を固めた渠《かの》先生は、不惑を越えて涯底を尽そうとする智慧が、苦悩の刺戟《しげき》を浄化して、その悲劇的暗示に充《み》ちた魁梧《かいご》の風貌には主観を抑えるものの温柔な威厳を湛《たた》え——そういったようなR先生は、銀頭の握り太い籐《とう》のステッキを右手に、袱紗包《ふくさづつみ》の薬瓶を左手に、草履を穿《は》いて、威風堂々とS社の会議へ出て行った。

私はおゆきの準備していた大福餅《だいふくもち》を三つ食べ、渋茶を一杯飲んで、蝙蝠傘《こうもりがさ》を突いて大通りへ出た。空が曇っている切り何んにも変ったことはない。私は牛込区役所前の代書屋に行った。そこで三十分余り待たされた後、書類の風呂敷包《ふろしきづつみ》を持って北町停留場の十字路まで来かかると、四辺《あたり》は通行禁止で百重千重の警戒振りであった。私は直ぐ朝刊で見た学習院卒業式に成らせられた畏《かしこ》き辺《あたり》の御還幸の途上だとわかって、人垣を押し分けて前の方に立ったが、咄嗟《とっさ》に眼くるめく異常な感激に五体がわなないて来た。

あれは何年前であったろう、季節は何んでも師走《しわす》と憶《おぼ》えているが、まだ摂政宮《せっしょうのみや》でおわした当時、父母に手向い苦学を志して都会に出奔していた私は、本郷元町の通りで最敬礼の頭を上げると畏れ多くも賤《しず》が民《たみ》に御手を挙げ給うて御答礼を賜《たま》わったのであった。私は恐懼《きょうく》して啜《すす》り哭《な》いたのであったが、今その時の感動が新《あらた》に潮《うしお》のように胸壁を圧してみなぎり来るのを覚えた。あれから帰国して、妻を迎え、子供が出来、数年の後その妻子も棄《す》てておゆきと東京へ落ち延びるような、およそ流るる十年からの歳月にいろいろの転変を経、億兆の民のひとりとして至極面目ない頑魯《がんろ》の身を敢《あえ》てここまでそびいて来たことも、ひとえにこの国土に生を享《う》くるものの値遇《もうあ》うて過ぐるなき御仁慈に因《よ》るもの、多々のごとくすてずして、阿摩《あま》のごとくにそいたまう——されば今、斉《ひと》しく光闡《こうせん》こうぶる地上の群萌群生《ぐんもうぐんじょう》ども、飛ぶ小虫、蠕動《ぜんどう》のたぐいから、路上の石、路傍の草も心せよ！　街路樹の枝頭で春にうかれてチョンチョンさえずる身のほど知らずの雀《すずめ》らもしばらくは声を鎮めよ！

私はよごれた足袋《たび》を脱いでふところにねじ込み、襟前を掻き合せ、羽織の襟の折目も正して、今か今かと両脚を揃えて込み上げる恭敬の感情を堰止《せきと》めていた。

「……君、君、ちょっと……」

私は群衆の射《さ》すような視線を浴びながら手近い角店《かどみせ》の横側を奥へ入った低い石垣の下の共同水道の傍へ連れられて行って、取り調べを受けた。私は満面の筋肉を引歪《ひきゆが》め膝頭をがたがた震わせながら、住所、姓名、職業を言って、それから風呂敷の包みを解いて謄本なぞ見せて吃《ども》り吃り陳述した。

「ほう、腸出血、そうですか、いや、別に、ただ君の顔色が、そんな風で大へん悪いものだから、卒倒でもされてはと思って……外《ほか》に手紙のようなもの持っちゃいませんね?」

そう訊《き》いて、私の両方の袂《たもと》を握ったり懐へ手を当てたりしたが、その時、パタ、パタ、パタタタタとお先触《さきぶれ》のオートバイの音が聞えると「君、もうじきですよ、気をつけてお拝みなさい」と早口に優しく言い棄てて、褐色の鼻下髯を頰骨《ほおぼね》の外に逆立てた小づくりのお巡《まわ》りさんは、剣柄《けんぺい》を摑《つか》むと向う傾きに靴裏の鋲《びょう》を見せて駈《か》け去った。

突然、五臓六腑《ごぞうろっぷ》をひきつけられる苦痛に襲われて、二、三回くるくる爪立《つまだ》ってまわったが、うううと一つ呻き声をあげた儘《まま》、我手を以《も》って我身を引上げんとしたが、依怙地に其処《そこ》が動けなかった。

時節柄、直訴状でも携えて居はしないかと疑《うた》ぐられたのである。あれほどの多人数の中でたった一人。心、痛むとやせん! 身、痛むとやせん! が、やはり私のどこかに直犯的な嘆かわしい形相が仮りにも認められるのなら、何んとも恐れ入るほかない。愁い多ければ定めて人を損ずるというが、触《ふ》ればう人毎へ、闇《やみ》をおくり、影を投げ、傷《いた》め損ずる、悪性さらにやめがたい自分であることが三十三年の生涯で今日という今日は、真に眼にみ、耳にきき、肝に銘じて思い知らされた有り難い気持ちから、落ち切った究竟《きゅうきょう》の気持から、業因《ごういん》の牽《ひ》くところ日月不照――千歳の闇室に結跏《けっか》して無言の行をこいねがう、かような猛《たけ》き懺悔改悛《ざんげかいしゅん》のこころで、室穴に差すしばしのみひかりをおろがむこと香光荘厳《こうこうそうごん》の御車のひびきのきこえなくなるまでボロ洋傘に凭《もた》れ掛《かか》って私は一心不乱にうなじを垂れていた。

不幸な夫婦

妻が外出する度毎《たびごと》に、ついぞ一遍だって機嫌のいい顔を見せたことのないのみか、何か意地悪い厭《いや》がらせを言わずにはいられない私も、「待て待て、今日と言う今日だけは、よろしく男性的であれ、でないと自分の心の底をあまりに深く看破《みすか》されるぞ！」と、廊下伝いに母屋から離れに帰りながら、こう決心しなければならなかった。

妻は敬三(妻の実弟で幼少時代から同村の柳川家の養嗣子《ようしし》になっている)の結婚の日が明日なので、それへ行くために母屋の廂部屋《ひさしべや》で、長袖《ながそで》を肩にはねめくって畳の上に長く尾を曳《ひ》いた帯を抱きかかえながら姿見と睨《にら》めっこをしていた。

やがて、妻は、離れの開戸を開けて、閾側《しきいがわ》に手をついて、夫の機嫌を損じさせまいと、一入慇懃《ひとしおいんぎん》にお辞儀をしながら、

「それじゃ、妾《わたし》、行って参ります」と、言った。

「ああ、そう、じゃ敬三君にもおじさんにもよろしく言ってお呉《く》れ。それから私は

かねがね言ってるように決して悪意で行かないんじゃないんだから、その訳を言ってお詫《わ》びをしてお呉れよ、くれぐれもね」と、私は言った。

「ええ、畏《かしこ》まりました。だけど良二さん、心配なさらなくってもいいのよ。敬さんだっておじさんだって貴方《あなた》の人ぎらいは十分承知していますわ」と、妻は言って、嫣然《にっこり》笑った。

其処《そこ》へ「母《カッ》チャン母チャン」と、子供の駈《か》けて来る足音がすると、「それじゃ」と妻は再び言って、而《そ》して母屋へ去ると、車に乗る気色《けしき》立った音が離れへ聞えて来た。

私は円窓から外へ顔を覗《のぞ》けた。車夫は俯伏《うつぶせ》するように前のめりになって、饅頭笠《まんじゅうがさ》でもって川下から吹《ふ》き捲《ま》くって来る雪片交《ゆきまじ》りの荒風と対抗しながら、時には焦《じ》れた牛のように立往生をしたりした。而して、幌《ほろ》が風船玉のように膨らんで、「キャアキャア!」と、子供のふるえ上る喚《わめ》き声《ごえ》が、風に送られて聞えて来た。私は頗《すこぶ》る痛快な気持がした。すこしの怪我《けが》ぐらいですむものなれば、今、あの俥《くるま》がひっくり返って、妻が結婚式へ行かれなければいい、などと空想しながら……。

私は手荒く障子を閉めると、敷っ放しになっている寝床の中にもぐり込んだ。私の胸は随分苦しかったけれども、この場合、習慣的に自己を反省することは出来た。そうすると、いろいろのことが、あとからあとからと偲《しの》び出されて来た。……

——それは、油蟬《あぶらぜみ》のギャーンギャーンと焼けつくように啼《な》いている真夏の或日《あるひ》のことであった。暑さぐらいに敗《ま》けるものかと私は頑張って、一枚張りの古い経机《きょうづくえ》に齧《かじ》りつくように押《お》し縋《すが》って、翻訳小説に読み入っていると、其処へ子供の手を引いたお守《もり》が、一通の父宛の封書を持って来た。裏をかえすと、「柳川辰之助」とある。私ははっと胸を躍らしながら開封すると、縦長く二つに折った大半紙の中程の「今般豚児《とんじ》と小笠原家の長女との婚約相整い」と言う文面が、真っ先に眼を放射した。と、それを傍で縫物をしている妻の膝《ひざ》の上へ、叩《たた》きつけるように投げつけた。直様《すぐさま》、私の胸は早鐘を打ち出した。けれども、凝乎《じっ》とそれを押し鎮めようと、全身に力を入れた。その時突然、「母《カッ》チャン、ヨイ、オッパイオッパイ」と、子供が乳を強請《せが》み出した。

「おい、彼方《あっち》へ連れといで、今、大切なところを読んでいるところなんだから」と、殊更に私は声を優しくして言った。

しかし、妻は、膝の上にのっかろうとする子供を片手で払い払い、返事もしないで、手紙の上に眼を据えていた。子供はわっと泣き出した。途端、私は、

「連れて行けと、一言《ひとこと》言ったら連れて行け！　この莫迦者《ばかもの》！」と、大喝一声した。

妻は魂消《たまげ》て、子供を小脇《こわき》にかかえ、片手に手紙を摑《つか》んだまま、母屋の方へ行《い》って了《しま》

った。私は、自分の心に何《な》んとも言えない苦笑を感じた。

　小笠原家と言うのは、村としては、さして富んだうちではないけれど、時々、田舎新聞がその歴史を謡《うた》う程の、由緒ある家柄であった。今もなお旧城趾《きゅうじょうし》に長屋門のうちを構えて、維新以来、戸長と呼ばれたその始めから、ずっと村長の椅子《いす》を他人にゆずらない程の権威を持っていた。その家の長女——と言うのは、自分が嘗《かつ》て村の駅で見て驚異を覚えたその娘に違いはなかった。それは、決して都会の近代的美人に見ることの出来ないある美しさ、本統にそれは字義通り「谷間の白百合《しらゆり》」と言った印象を与えるにはばからなかった。

　こんなことを思うと、私は、自分の義理ずくめでした惨めな早婚が、新《あら》たになさけなくなって、最早立っても坐《すわ》ってもいられないで、声を挙げて号泣でもしたかった。そして、先《ま》ず心に浮んで来たことは、義弟の結婚式には、旅行するかまたは仮病を使うかして、決して行きはしないと言うことであった。と言うのは、学校は半途で止めたのらくら者の、親の胆焼《きもや》きちょう評判のみの矢鱈《やたら》に高い、それに容貌《ようぼう》の極めて醜い自分と言うものを、人々の面前に晒《さら》すことの悲しさ恥ずかしさもさる事ながら、自分は、義弟の花嫁と自分の妻とを比較して見ることは、それは絶対に堪《た》え得られることではなかったのだ！

私はくやし紛れに、東京の哲学者のA先生へ宛てて、手紙を書こうとした。ペンを持ちながらも、在るに在られない苦しい感情がこんぐらかって湧《わ》いた。いっそのこと妻子を捨てて、上京して大学でも卒業して、非常に立派な妻を持って、そして彼等を見かえしてやろうかしら――こんな風な途徹もない事を、二枚程書いた、そうすると、不図《ふと》、こうした感情の激動を他人に見せることが大変賤《いや》しいことだと言う風に思えて来て、それをくしゃくしゃに丸めて、口の中に押し込んで自棄《やけ》に噛《か》むと、インキの汁でむっとして、今度は青い唾《つば》を原稿紙の上にペッペッと吐き出した。

其処へ夕餐《ゆうげ》の案内に来た妻は、序《ついで》に次の間《ま》の四畳半に寝床を延べようとして、室《へや》の隅っこに畳んで重ねてあった蒲団《ふとん》を、ひろげて小忙しそうにさばくと、妻の垢《あか》まみれになった括《くく》り枕が、躍り上るように閾を越えて机の傍まで転がって来た。と、それに極めて下品な感じの衝動に襲われた自分は、その枕をおっとるや、妻を目蒐《めが》けて投げつけた。枕は妻の肩のあたりを掠《かす》って、床《とこ》の間《ま》の大きな花瓶を倒した。

「それぱっかしのことで、そんなに短気を出すってことがあるもんですか！　何故《なぜ》そんなに今日は怒りっぽいのです！」

妻は真っ赤に怒って、畳の上に満ち満ちた花瓶の水の仕末もしないで、母屋の方へ行って了った。それぱかりでなく、夕餐のお給仕もして呉れず、お湯に浴《はい》っても流しに来なかった。

自分の心に動くさもしい根性を見抜かずに置かない悧巧《りこう》な妻に対して、今日短気を出すことは非常に男を下げることであらねばならないのだと言う用心も警戒も、もうこうなっては駄目だった。私は全身を火にして離れに戻って、今か今かと妻の来るのを待ち構えていた。間もなく、妻は、眠りついている子供を抱いて来て、蚊帳《かや》の中に入れると、「お寝《よ》りになりませんか」と、こわごわ机の傍に畏まった。と、同時に、私の右の手は、今夜に限って湯上りの化粧をした妻の左の頰《ほお》に、ピシャリと音をたてて飛んで行った。また、かえす平手は、右の頰にも飛んで行った。

「貴様の今夜の仕打ったら、あれや何んだい！　失敬な！　失敬な！」

三十女の彼女は、寝衣《ねまき》の袖で顔を覆って、子供のように肩で呼吸をしながら、しくりしくりと泣き出した。私はいよいよジリジリして来て、いやが上にも彼女を窘《たしな》めなければ、気がすまなかった。彼女は啜《すす》り声《ごえ》を煽《あお》られながらも、なおそれを母屋に聞えさしてはならないと、体全体でしゃくりしながら、畳の上に突っ伏して、咽《むせ》び入った。私は石のようになって、腕組みしたまま、それを瞶《みつ》めていると、彼女はしばらくして消え入るように言った。

「ああ、世の中にはどんなにか幸福な人もいるのに、妾達《わたしたち》は何故こんなに不幸なんでしょう！」

こう言った妻の詞《ことば》は、妻自身は夫に打たれたことの悲しさくやしさは別として、弟の妻になる可《べ》きその女の身の若さと幸福さとを羨望《せんぼう》して、泣いているのだと言う風に、私の心にピリッと強く反響した。と、私は、自分自身の影をまざまざとつきつけて見せられたような気持に襲われて、何とも言えない寂しさを感じて来て、首垂《うなだ》れるより外《ほか》なかった。そして、――この日を境として、私は、底の知れない憂鬱《ゆううつ》の深淵につき落されて了った。そして、刹那《せつな》と雖《いえど》もその深淵から匐《は》い上り得た日とては、時とてはなかった。

夏も終り頃の或日のことであった。突然、つねづね病弱であった柳川家のおじの妻が、海岸の病院で死んだとの通知に接した。私は妻と共に、一応柳川家へ行って、そして自分一人はおじや敬三やのあとを追って病院へ行き、何くれと世話を焼いて、おばのなきがらを骨にして村へ持ち帰った。しかし、葬式の日には自分は行かないで、父に行って貰った。それと言うのも、敬三の結婚式を避けようとする自分にとっては、そうすることによって、自分の成心《せいしん》になった厭人《えんじん》主義を、彼等に前ぶれをして置く必要があったから。

それから一ケ月経《た》ったある夜、突然、それは実に突然、H町の妻の父が危篤だと言う電報に接した。妻は子供を連れて、その夜の終列車でH町へ行った。翌日の夜汽車で自分が行った時は、父は昏睡《こんすい》状態の片息だった。

「義兄《にい》さん、親爺《おやじ》は今夜の夜がとても明けないって、先刻《さっき》医者が言ったんですよ。もう僕運命と諦《あきら》めました……それから、あとは、支那《しな》の兄が帰って来られるまで、三、四年でも僕達が此家《ここ》へ来て、留守居番をすることになったんです。周囲との交際上、母一人置くことも出来ないものだで」と、敬三は、いつも癖になっている、金縁眼鏡をはずして袖で拭《ふ》きながら、こう言った。

「そうですか、それは頗る好都合です……」私は胸へ突っかけて来る自分の心の乱れを悟られてはならないと、故意《わざ》と本心の好意からのように、「しかし、小笠原さんで不服じゃないでしょうか。大切なお嬢さんをおかあさんと同棲《どうせい》さしちゃ」と附《つ》け足した。

「いや、そんなことないんです。実は、昨日、雪子を××屋まで招《よ》んで、意見を訊《き》いて見たんですが、東京でなくっとも、H町で結構だって、大変喜んでいまさあ。ハハハハハハ――何しろまだほんの子供なんですからね」

敬三は、葉巻を燻《くゆ》らしながら、病室と離れとの間を、そわそわと往《い》ったり来たりして、鳥渡《ちょっと》も凝乎《じっ》としてはいなかった。それればかりではなく、母や妻が病人の枕辺で遺言の文句を繰返し合って泣いたりすると、

「泣いたって仕様があるもんか、莫迦！」と、叱《しか》りつけたりした。それがまた私にある反抗を覚えさした。けれども私自身といえども、いろんな雑念に囚《とら》われて、真に父の死を悲しみ得ない自己に気がつくと、何も彼《か》もが浅猿《あさま》しく、遣瀬《やるせ》なくなって来た。

翌朝、汐《しお》の満ちと一緒に病人の命は静かに縡切《ことぎ》れて了った。私は自分の自我が、本当に哀《かな》しかったが、兎《と》にも角にも鬼になれと言う気持を成功させて、父を自分の代りに差し出すのだと言うことを口実にして、まだ近所の人が来ないうちに裏門から出て、一番の上りで村へ帰った。そして、父に会葬に行って貰った。これで最早、私の厭人主義は、徹底的のものになった。敬三の結婚式に行かないことに不思議はないと、彼等を考えさするに十分だと思って、強いて意を安んじようとした。

「雪子さんが来年は厄年なんだから、忌中だけれど、十二月の初旬に婚礼をするんですって。……昨日三越から敬さんの礼服がとどいたんですよ。袴《はかま》は別であと二百八十円かかったんですって。長襦袢《ながじゅばん》なんか、まるで役者の着てるような華美《はで》な模様ですの。」

取越の四十九日の法要をすましての帰途、柳川家へ四、五日滞在して、そして帰って来た妻は、私に向ってこう言ったが、直様、夫の眼色を見て取った彼女は、しまった——と言う変な表情をした。

「敬三君は幸福だなあ！」

自分の心の鄙劣《さもし》さを見せまいと焦心しながらも、私は遂に黙っては能《よ》う居らなかった。

「…………」

「本統に敬三君は幸福だ！」

「…………」

結婚の当時は、他の女の顔を見ることさえ、夫婦の神聖な愛を瀆《けが》すことだと気がひけたそれ程だったことが、今更ら馬鹿馬鹿しい気がした。現にこの春三ケ月も上京していたのに、郷里に残して来た妻に対して、危険区域へ足を踏み入れてはならないと、ひどく謹慎していたことが、たまらなく阿呆《あほう》なことのように思えて来た。我が生に夕《ゆうべ》の影がさした時、どこかの詩人のように……我は若さを望む……と嘆いたとて何になろうぞ！　まだまだ青春が去ったとは言えない今日の日に、あらゆる享楽とあらゆる歓楽とをほしいままにして置かなければ、時はさっさと過ぎ行くではないか！…………

私は来る日も来る日も、机の前に、立膝を両手で抱いて、その中に頭を突き込んで、茫然《ぼうぜん》と自失して、泣き出したいような気持でもって、何も彼も手につかなかった。そうなると、妻の態度はいちじるしく変って行った。四、五冊の淑女画報を妻はいつしか隠したにとどまらず、新聞の婦人欄を毎日一応母屋で調べて見た上で、もし美人の写真とか、新郎新婦の写真とかが掲載されてあった日には、「今日は来ませんでした」と言って見せなかったりした。そればかりでなく、彼女自身は、以前とは打って変って、ちっとも素顔を見せないように化粧に注意したり、髪を都会風に結って見たり、襦袢の襟を三日にあげず掛け替えたり、低い鼻梁《はなばしら》を感づかれまいと、横顔を見せないように注意したりした。しかし、私は一日一日と悄《しょ》げ返って行った。夜は殊に味気ない太い溜息《ためいき》が、自然に吐き出された。

「ああ、僕は不幸な男だ！」

「…………」

「ああ、厭だ厭だ、人生は厭だ！」

「そんなに妾《わたし》がお嫌いなら、妾帰って上げましょう。あなたはまた若い別嬪《べっぴん》の奥さんをお貰いなさい……」

「何を馬鹿な、僕は決してそんな意味で……別の……。」

「白っぱくれなさらなくったって、妾、ちゃんと、あなたの今日此頃《このごろ》の御心の底は存じていますわ。……ほんとうに妾みたいな年増女が、あなたのような御若い方の妻になったのが、いけなかったのよ。いいわ、別れて上げてよ、別れて……」

妻は濡れた睫毛《まつげ》を繁叩《しばたた》いて、うらめしげにそう言った。

こうした別のある夜中、私は、やれくやしいと思う発作に、睡眠中の妻の髪をぐいっと摑んで引《ひ》き捲《むし》ると、妻は酷《ひど》く怒ってヒステリーになったように金切声を張り上げて、呶鳴《どな》った。

「別れてしまう別れてしまう、あなた見たいにいつまでもいつまでも若い女にばかり憬《あこが》れてるようなヤクザな男には、妾、もう懲《こ》り懲《ご》りだ。何だい、ご自分たら随分醜男《ぶおとこ》の癖に！」

「よし、帰れ、直《す》ぐ帰れ、一刻も置かんぞ、さあ帰って行け！」私は嚇《かっ》と逆上《のぼせ》て、手で撲《なぐ》ったり、足蹴《あしげ》にしたりした。

「……だけど、ああ、どうしよう、お父さんはああして亡くなられるし、帰ったって弟達も喜んでは呉れまいし、……」彼女は肩に波を打たせて、我を忘れて泣き出した。「……みんな仲好くして幸福に生きて呉れってお父さんは何度も何度も仰有《おっしゃ》ったのに……お母さんのお心を痛めるようなことをして呉れるなってあれだけ仰有ったけど……いいわ、妾、いっそのことお父さんのお傍へ行こうかしら……」

有繋《さすが》に私は、はっと自分の残忍性に気付いて、首垂《うなだ》れた。その刹那、籠《びく》の鮒《ふな》のように、口をアイラアイラと動かしながら死んで行った妻の父の顔を思い出して、彼女を愛して遣らなければと考えた。そして凝平と自己を持ち堪えて、「人生は?」と考える瞬間もあった。吾々愚《おろか》しの人間共《ども》が、幸福を幸福と言って求めるその幸福は、焚漂《ふんぴょう》し劫奪《きょうだつ》せられ、消散磨滅も常ない、それは本当に淡いものでなければならないのだ。めずらしい、うれしいは束《つか》の間《ま》で、やがて、敬三の生活にも、愛の懈怠《けたい》、幻滅の日が見舞わなくてかなおうぞ——と、かように思《おも》い做《な》して、私は、ここに依憑《いひょう》して、自己のみち足りない現在生活を、せめてもに肯定しようと、思わなければならなかった。

隣字出身の歴史家のS氏が、郷土史編纂《へんさん》の目的で帰省したと言う通知に接したので、私は直《すぐ》に伺候した。ところが、意外の話を聞いた。と言うのは、「俺《おれ》の先祖の中には南朝の大忠臣が居たんだぞ!」と、威張り散らす小笠原村長の先祖は、どうしてどうして南朝の大忠臣どころか、足利尊氏《あしかがたかうじ》の味方をして、一方ならず後醍醐《ごだいご》帝を苦しめ申した大逆臣であったことが、今夏催された大学の史料展覧会で新《あらた》に発見されたと言う事実をS氏は話してきかせた。私は手を叩いて、雀躍《こおどり》して歓んだ。鬼の首でも得たもののように、帰途早速一音寺の方丈を訪ねた。

「方丈様方丈様、小笠原の先祖には南朝の大忠臣がいたなんて言うのは、まるっきり嘘《うそ》っぱちですよ。それどころか、尊氏の一乾分で、どれだけ天皇に向って弓を引いたかしれない大逆臣も大逆臣、まるで始末におえない大逆臣だったそうですよ。……何《な》に嘘はありません。今しがたS先生に聞いた話なんですから」

「ほう、そうかよ、村長酒さえのめば祖先自慢をやらかしちゃ議員共を煙《けむ》に巻くちゅうことじゃが……ハハハハハそうかよ、こりゃおもしろい話を聞いた……フンフンそりゃS先生のおしられることに間違いはないて」

方丈にさえ話しておけば、忽《たちま》ち村会議員などにも知れ渡って、村長の鼻っ柱を打ちのめすには頗る好都合だと言う目論《もくろみ》でしたことだが、しかし、山門を出る時には、私は、自分のそうした卑劣な反抗と行為とを、我れながら賤しまずにはいられなかった。が、兎にも角にも、尠《すこ》し、溜飲《りゅういん》が下ったような気がした。

柳川家から結婚の日を通知して来て、その日は一同来て呉れ、殊に父と私とには御引受役を頼むということであった。私は人厭いを冒頭に、それに儀式に使う台詞《せりふ》も全くわきまえぬことを口実にして、年老《としと》って謡《うたい》も忘れたし、声もかいから駄目になったので是非御免を蒙《こうむ》ると言う父に嘆願して、行って貰うことに定《き》めた。

「お前はお接伴役に坐ることだけは断れ」私は、自分の妻が花嫁と同じ座敷に坐らせられて、そして障子を破って覗く若者達に勝手な批評を下されるであろうことを苦にして、こう詰《なじ》らなければいられなかった。

「お接伴には××の伯母さんが坐ることになってます」

「じゃお給仕をしたり、台所へ出たりしちゃいかんよ。離れへでもすっ込んでお居りよ」

「誰がそんな見っともないまねなんかするもんですか。……お給仕ならH町から芸者が五人来るんですって」

私の疑い深い根性は、それらの芸者の中に混って、手間の足りないために一寸位《ちょっとくらい》妻もお給仕をさせられないとも限らないと考えた。そう思うと、狂わしい程苦しくなった。

「今度、子供に怪我をさしたら、許しはしないぞ!」

私は、しちくどくこう言って、妻をおどした。と言うのは、H町の父の葬儀の日、子供を縁から落っことし額に尠し疵《きず》をこさって連れ帰った時、私は、彼女を父の面前でこっぴどく叱りつけた。で、こう言って繁く叱言《こごと》を喰わして置けば、妻は一寸も子供の傍を離れることが出来なくて、従って酒宴の手伝いをしなくてすむ訳であったから。――

……気分がクサクサして来たので、私は蒲団から出て、裏山の竹の藪中《やぶなか》を散歩した。

「ちぇっ!」と私は舌打をして、そして石塊《いしころ》を拾って、眼を瞑《つむ》って力一杯投げつけると、それが簇生《そうせい》した竹から竹へとぶつかって、カチカチと歯切れのいい音を立てるのが、自分の神経に気味よく響いたが、しかし、直ぐ馬鹿馬鹿しくなって、止《よ》して了った。

その夜は遅くまで寝つくことが出来なかったにもかかわらず、翌朝は夙《はや》くに眼が覚めた。割りに平静な気分で居られることが、うれしかった。川向うの水車の響きを聞きながら、暁のランプの弱った光で、仰向けのまま読むともなく東京の新聞に眼を晒していた。

去年の夏、讃岐《さぬき》の金毘羅宮《こんぴらぐう》にお詣《まい》りした時、四国の海岸からひろって帰った「京祇《きょうぎ》園《おん》、原××、香×」と薄墨で書いてある小さな素焼の瓶へさした黄色い小菊に、時に読書に疲れた眼を遣って、そしてほんにその時だけ身の秋にあることを知った程、それ程凡《すべ》てのものを忘れて暮した自分の心の姿を考えた。

私はがばと跳ね起きて、寝床をかたづけ、室内を綺麗《きれい》に掃除した。そして、暁の闇《やみ》を踏んで、大輪の白菊を折って、それを大砲のケースにさして机の傍に置くと、室内はくわっと明るくなったような気持がした。私は全身の勇を鼓《こ》して、「離山御書」の扉を開けた。

林の向うの小学校から、唱歌の声が聞えて来た。雨戸を繰《く》って外を見ると、今にも降り出しそうに四辺《あたり》は真っ暗であった。盆をくつがえす程どしゃぶり出して、これ見よがしの花嫁の行列が、台なしになってしまえばいいなどと思いながら、私は母屋に行って、味噌汁《みそしる》をあたため、すり大根をして、遅い朝餐《あさげ》を一人でした。すると、「ご免」と言う声が玄関でした。誰も居ないので、仕方なしに私は出て行った。

「柳川様から上りました」

こう言って、自転車を持った小僧が、妻から私に宛てた一通の手紙を差し出した。「俺にどうしても来て呉れと言うのに違いない」と思いながら封を開くと、「村の天満宮で神前結婚の儀式を上げることに突然定《きま》って、敬三が是非妾《わたし》へも親族の一人として列席して貰わなければと言うので、どうしても遁《のが》れ口上がないから、あなたには寔《まこと》にすまないけれど、妾が列席することを許して下さい。ついては、土蔵の箪笥にしまってある、百合の模様のあるのと、松の模様のあるのとの紫色の重ねを此者《このもの》へお渡し下さい」と、言う意味のことが書いてあった。

「突然定って」と言うことがあるものか。妻は前以《まえもっ》てそれを知っていて、そして自分にそれを言い出すことを怖れて、で、こうした遣り方をやったのだ。その証拠には、父の葬儀の時の帯や長襦袢やは柳川家まで持って帰って置いたと彼女が母に言っていたことを、自分は今記憶から呼び起して、さてはと合点《がてん》が出来るではないか——と思うと、私は憤怒《ふんぬ》から全く心の支配を失って了った。さればと言って、今となってはどうすることも出来なかった。直様《すぐさま》、土蔵に上って箪笥から礼服を引きずり出し、それをバラバラに乱して、くしゃくしゃに丸めて、風呂敷《ふろしき》に包んで、小僧に渡した。

私は足を宙に飛ばして、書斎に帰った。歯軋《はぎし》りをギイギイしながら、帰って来たら妻の奴を撲りつけて呉れよう、と悍《いき》り立った。けれどもそうしたことをしたなれば、もし妻がそれを敬三やおやじに訴えた場合、自分のこの面をさげてはいられないのだ！

と、忽ち、村としては、神前結婚などと言うレコード破りのその儀式を、われもわれもと村人達が押し寄せる天満宮の拝殿の、贅《ぜい》を極めた花嫁姿が眼に浮んだ。そしてその傍に、ちょこなんと、流行遅れの支度をした、脊丈《せたけ》だけは馬鹿にひょろひょろと高い、自分の妻を並べて想像した時、私は、狂乱のように「あッつ！　あッつ！」と喚き声を張り上げて、室内をころげまわった。

秋立つまで

春先から悩まされ通した筋向うの建築場の性急な雨滴のような鑿《のみ》や手斧《ておの》の音は何時《いつ》しか罷《や》んで、界隈《かいわい》はシインと鎮まっていた。

埃《ほこり》っぽい風に硝子《ガラス》障子の唸《うな》らない日は、暗いというより冷たい深夜は、何物にも心を掻《か》き乱されまいと勢い込むのであった。更に、肉の幸福を、浮世の財を卻《しりぞ》けた、定《き》まった形の何かが欲しい。が、結局、それは只々《ただただ》漠然たる渇望憧憬《かつぼうどうけい》か夢想に過ぎぬ。不図《ふと》われに還《かえ》っては過去が自分を侵すだけである。一体、何のゆえに自ら好んでこんな憂畏《ゆうい》苦痛の生活を択《えら》んだのだろうと怪しみ疑い、不平不満の念に堪《た》えなかった。

兎《と》も角《かく》、何を措《お》いても、別れた妻の咲子が、まだY町の生家に、あの胴の痩《や》せた頭でっかちの特別に羽根の薄い黒トンボが無数に栖《す》んでいる小暗い竹藪《たけやぶ》に向った長四畳の落間《おちま》にでも、肩身の狭い日々をくすぶっているとしたら、己が影——それは、咲子との生活をも、現在カツ子との生活をも、一様に、この上なく麗《うらら》かな日また日をかげらして来ている、私に揺曳《ようえい》する幸福に対する不可能性の影を、私は執念《しゅうね》く投げかけているように思えて、どうぞして一刻も早く明るい日向《ひなた》へ、一足飛《いっそくとび》に飛びのいて行って貰《もら》わないことには助からないような、一種の自利心が強く働くのであった。

いくらか脚気《かっけ》の気味で浮腫《むくみ》の見える脛下《すねした》を指で押したりして、口の中で独言《ひとりご》っていると、入口の襖《ふすま》を半分開けてカツ子が覗《のぞ》いた。

「何をそんなに、朝から晩まで、ぶつぶつひとりごとを言っていらっしゃるの。あなたのひとりごとが六畳まで聞えて来るんですよ。……此方《こっち》へいらっしゃいな、もう寐《やす》みましょうよ、こんなに夜も更けているのに」

「ああ、今行く、直《す》ぐ行きますからね」

私はどぎまぎしながら優しく言ってカツ子を追い払ったが、なぜか胸にこたうる心臓のひびきが異様に昂《たか》まった。私の独言は長い間の孤独の所産であるのだが、また得知らぬ生得のもので、はからず、故郷の子供が、暫時《しばらく》泣いていたと思うと、部屋の隅っこに胡坐《あぐら》をかいて、こころもち首を傾《かし》げ低声《こごえ》で独言を始めるのを見て「父ちゃんにそっくりだ」と咲子が笑止千万な顔をして言い言いしていたことや、そしてそんな場合、「敏ちゃん、浄瑠璃《じょうるり》の触《さわり》でもやってるの」と咲子が出抜《だしぬけ》に顔を出して調弄《からか》うと、子供ながらにテレて弱って苦笑していたことなど脳裏に浮んで、それからそれへと一《ひと》頻《しき》り不吉な想念に囚《とら》われた。

「あなた、いらして下さいな、お茶が淹《はい》りましたから。酒饅頭《さかまんじゅう》がありますのよ」

再び声が掛かると、私は妄《むなし》い念を断って、廊下を隔てたカツ子の居間に這入《はい》った。

――考えて見ると、彼是《かれこれ》六年近いカツ子との生活を、どうにか今日まで引摺《ひきず》って来ていた。過ぐる大晦日《おおみそか》の晩十一時であった。私はカツ子といっしょにおもてへ出た。一年最終の日の街衢《まち》の賑《にぎわ》いを覗《のぞ》いておくといっても目差す場所は日夕見飽いている最寄の神楽坂で、夜更の濃い紫色の靄《もや》の底の、聊《いささ》かの変りもないながらに平日と異《ちが》ってまだ盛り時の宵の口かのように靴、フエルト、下駄《げた》のふみなす交錯の音のざわめき、響きの間をくぐって、美しい五色の電燈にはえている聯合《れんごう》売出しの店頭や両側を埋めた露店やに目を留めたりして、二人は、見附《みつけ》まで下りると引返し坂の上でお汁粉を食べ、見切品の小皿類を三、四枚買ったり、漬物屋で佃煮《つくだに》を買ったりしてから、自動車、自転車、サイドカアなど乗物の洪水のごと押寄せる肴町《さかなまち》の電車の踏切をやっとの思いで横切った時分は、私はいい加減神経の疲労を覚えていた。横寺町の郵便局の前まで来かかった時赤城下の方から寺の鐘が聞えて来て、二人は同時に佇《たたず》んだ。おりから右側の楽器屋の店頭の大型の蓄音機の前に鴉《からす》のように集《たか》って快い奏楽に聞蕩《ききと》れていた群の中でも、除夜を告げる鐘の音に偶《ふ》とわれに戻ったらしく踵《きびす》を廻《めぐ》して歩み出す人もあった。

「もうお正月ですね。わたしも、とうとう三十になりました。あなたも、もう三ですよ」

お正月が来れば三十になる、お正月が来れば三十になると、彼女は疾《とう》から間《ま》がな隙《すき》がな、如何《いか》にもそれが私の所為《せい》かのように、ひどく情《なさけ》なさそうに愬《うった》えつづけて来たが、今は諦《あきら》めたのか、しみじみとした声で言った。

「あなた、憶《おぼ》えていらっしゃるでしょう。わたし達が上京した年のおおつごもりの晩でしたね。河野さんに頂戴《ちょうだい》したお釜《かま》を持って池の端を歩いていた時、上野の鐘が鳴りましたね。あれからまる五年の月日が経《た》ちました。早いものですね」

「そう、そう、五年の月日が経っちまった」と、私は深く息を呑《の》んだ。「……河野さんは何《ど》うしているかしら？」

口の中で事もなげに呟《つぶや》いたが、狼狽《ろうばい》して眼を足下に落した。でも瞬間の後は、面目を思う生やさしさとは似て似つかわぬ気持である。上京早々、私は北新堀河岸《かし》にある醸造雑誌に勤め、広告掛《こうこくがかり》の河野さんと仲好しになった。私は勤先では独身者らしく装うていたが、しかし、でっぷりと下脹《しもぶく》れの恵比須顔《えびすがお》した好人物の河野さんにだけは、Y県の片田舎に妻子のあることも、カツ子という女と駈落《かけお》ちして都会で難儀していることも、何時《いっ》しかありのままの身の上を包隠《つつみかく》さず打明けていた。歳尾《くれ》の二十七日に新年号を校了して、私は主人に十日間の慰労休暇を与えられた。身体《からだ》は暇になるし、若干のボーナスは貰ったし、私はどんなにか安らかな歳末を、間借している森川町の煙草屋《たばこや》の屋根裏で炬燵《こたつ》に入って過ごしたのである。大晦日の晩には、明るいうちに賃仕事の縫物に火熨斗《ひのし》を掛けて届けるところには届けたカツ子と連立《つれだ》って、かねての約束である河野さんを根津権現の裏に訪ねて、手あつき晩餐《ばんさん》の款待《もてなし》にあずかった。半生には波瀾《はらん》起伏も多かったであろうと想《おも》える河野さんの奥さんは、年の頃四十を越していて、確かに河野さんより四つ五つの年上で、盆の上にこぼれた菓子屑《かしくず》を指で拾って食べていられるところを見ても大層の倹約家《しまつや》で、ご自分は綿服の上に前垂《まえだれ》を附《つ》けていても、夫君には黄褐色のぴかぴか光る八端《はったん》の縕袍《どてら》など着せてあって、私はいろいろの意味で感服した。長尻《ながじり》して晩《おそ》くまでお邪魔した後、新世帯《あらじょたい》には事欠くことが多かろうと言って、肉鍋《にくなべ》、真新しいお釜、そのお釜の中にはいっぱいお餅《もち》まで入れて贈られて、私はカツ子と並んで玄関の三和土《たたき》に立って暇乞《いとまごい》のお叩頭《じぎ》をした時、この旅空でのおもいがけない知遇が勿体《もったい》なく、かたじけなく、感激の涙なしには辞し去れなかった。それから上野へ出ようとして、東照宮下の、空に映った街々の燈火の淡い反射と瞬《またた》く星の光とを水底に宿した不忍《しのばず》の池畔を、風呂敷《ふろしき》に包んだお釜は私が提げて肩を並べて通り過ぎつつあった。突然、頭上の丘陵の木立の中でゴーンと重々しい鐘が鳴った。「おお、除夜の鐘だ！」田舎者の私達は噂《うわさ》に聞く上野の除夜の鐘とはこれだと気附いて、刹那《せつな》二人は立止《たちどま》った。つづいて鐘の音は、上野の山々に谺《こだま》して後から後から湿《し》めやかに響き渡った。やがて二人は広小路に出て其処辺《そこらへん》の雑沓《ざっとう》を見物したすえ、切通坂《きりとおしざか》を通って、私はお釜を、左の手から右へ、右の手から左へ、かわるがわる持ち替え持ち替え、徒歩で森川町へ帰った。元旦の朝炊《た》いたお釜の飯が、これまでの薄鍋のまずい飯と格段に違って美味《おい》しかったことが忘られない。こうした年越と迎年のうちに七草過ぎて私はまた毎日通勤した。ところが丁度、平素の念願であったＦ雑誌に勤口《つとめぐち》が見つかり私は早速転職したが、その時の私の姑息《こそく》な手段が河野さんの逆鱗《げきりん》にふれ、それきりお宅の閾《しきい》が跨《また》がれなくなった。さて今度の新しい勤先に通い始めた二月の初旬、十箇月居馴染《いなじ》んだ煙草屋の二階がよんどころない事情から居辛《いづら》くなって同じ森川町の崖下《がけした》に荒《あ》れ頽《くず》れた一軒の家を見附けて越し、その年の十二月には牛込原町のＦ社の宿直住いになって移って行き、年が明けて早々矢来の山里へ、更に矢来中里へと、そして到頭Ｆ雑誌は今年二月限り廃刊となり、此儘《このまま》置いてやろうとの経営者Ｒ先生の慈悲に縋《すが》って、のみならず月々の生活費まで恵まれて、やがては感激もうすらぎ、空恐ろしいまでに他人の慈悲に狎《な》れ、恵みに狎れ、そうした現在の家へＦ社と共に転々と居を変えて来たのである。その都度、河野さんに頂いたお釜を大切に持《も》ち廻《まわ》って細い煙を立てた。今も役立てているのであるが、こまめに磨きをかけていた森川町時代の昔日の光沢は消《き》え褪《あ》せて、カツ子の無精から銹《さび》を出し、亀裂《ひび》が入って一度鋳掛屋《いかけや》の手を煩《わずら》わしたことさえある。追々《おいおい》、彼女の心にも銹が出、亀裂が入って来たのではないかしら？　私は慾目《よくめ》から迷妄から、半ば否定し、半ば肯《うけが》うのだが、カツ子の気持の詮索《せんさく》は姑《しばら》く差置くとして、郷里の村に打遣《うっちゃ》ってあった妻は、私がカツ子と駈落ちして一箇年半経《た》った森川町崖下の廃屋に侘《わ》び住む当時自ら離籍を迫ってY町の実家に帰ってしまったのである。後に残された小学校へ上ったばかりの子供は、私の両親に養育されて不自由を知らないとはいうものの、丹毒の恐ろしい手術の結果、頭部に数ケ所の禿《はげ》ができ、片眼を失明して黒眼鏡を掛けているという不幸を知って以来、私の絶望には限りが無かった。それはひどい悲しみであった。私は地びたに身を俯伏《ふふく》せんばかりにして泣《な》き喚《わめ》いた。そして、別れた妻、片輪の子供、老いた双親《ふたおや》、に対する謝罪的な良心の苛責《かしゃく》を感ずる毎《ごと》に、ただただ私の陋劣《ろうれつ》な手管にかかって引《ひ》き攫《さら》えられて来て起臥《おきふし》を共にしているカツ子に、昼夜の別なく反動を持って行った。女ごころにさしての滾《かわ》りも懈怠《けたい》もないにしろ、私の火の性、水の性、に乗《の》り憑《つ》かれては、彼女もまた覿面《てきめん》、火となり水とならざるを得ない。私が発作的に悩乱してカツ子に飛掛り顔の曲るほど擲《なぐ》りつけ噛みつくかした場合、彼女は歯の痕《あと》が紫色に膨《は》れ上った二の腕をまくって実に驚くべき劣等な罵言《ばげん》を投げかけることに躊躇《ちゅうちょ》しないし、三年前私が雑誌の用事で郊外の或《ある》小説家に詰切っていて降《ふ》り籠《こ》められて帰りの遅くなった夜など、橋が落ちて川に流されでもしたのではないかと気遣い豪雨を冒して不案内の新開街まで尋ね尋ね迎えに来た彼女も、この頃では変り果てた有様で、私は驟雨《しゅうう》に遭って飯田橋駅でものの一時間ほど立ち尽し、とうとう待つ人は来なくて濡《ぬ》れ鼠《ねずみ》のようになり、烈《はげ》しい息遣いをして女の冷たさを呪《のろ》い呪い帰って来る始末なのである。

それにしても森川町時代は、わが身ながら、こうもあわれではなかった。所詮《しょせん》、貪《たん》愛瞋憎《あいしんぞう》の意地悪い不可抗な煩悩《ぼんのう》を、私はどう急作し急修すればよいのか？　大体は何もわかっていることながら、よるひるつねにさびしい。……

私は殆《ほとん》ど誰にも会うことなしに幾箇月かの間打続けに引籠っていた。三方は壁で塞《ふさ》がれ、ぴったり締め切った庭に面した二枚の硝子障子には唐紙《からかみ》を貼《は》りつけてあるので従って外界の風物を眼から遮断した心安い三畳に、私は搔巻《かいま》き代りの古マントにくるまり、大抵は寝ころんで眼を瞑《つむ》り、所在ないままに自ら問うて自らの答に窮するような、そうした無為の一日一日の繰返しであった。と言えば、懶惰《らんだ》に似て、しかし何んでそれが願っていられよう。偶々《たまたま》跳ね起きて、壁際に据えた小机に向って見ても、忽《たちま》ち荒々しい気力に沮喪《そそう》を来《きた》し、ガクリと頸《くび》を折って俛首《うなだ》れてしまうのであった、両手を強く膝の上に攀《よ》じ屈するようにして。——私は十四、五歳から二十四、五歳までの十年間を、故郷の寒村で、牛飼や、芋掘《いもほり》や、荒地の開拓など、家業の手伝いをしていたため、指という指はすっかり節っくれてしまい、左の人差指は木伐りの際斧《おの》を打ち込んで骨を砕き村の隻目《めっかち》の漢法医が膏薬《こうやく》を間違えて半歳も患《わずら》ったのであるが、今なお厳冬の朝など微《かす》かな疼《うず》きを覚えるほどの、その慴《おび》えた芋虫のように短く縮かんだ人差指の無恰好《ぶかっこう》を私は都会の人の前では恥じろうて、右の手指で蔽《おお》い隠そうとすることが、独坐の場合にも習慣づけようとしていたのである。

或日も、私は怯《おじ》けた微笑《ほほえ》みを面に浮べて、兎《と》もすれば記憶はそうした若かった日をぼんやり辿《たど》りながら、重ねた手の甲に眼を落し、埒《らち》のない考《かんがえ》に耽《ふけ》っていた。咄嗟《とっさ》に火でもおっ付けられたかの如《ごと》く私は周章《あわ》てて手を引っ込めたが、腋下《わきした》から気味のわるい冷汗が一滴二滴手頸の辺まですべり流れて、体じゅうに鳥肌の寄るのが感じられた。——折から私の眼は、おおよそ十年まえの木枯《こがらし》の寒い晩、脱腸を病む子供をS市の私立病院に夫婦で連れて行こうとして、村の駅の吹曝《ふきさら》しの仄暗《ほのぐら》い歩廊で汽車を待つ間、妻の咲子がちょうど目を覚《さま》したねんねこに負ぶった背中の子供に、魔物の目玉のようなシグナルを指し示して何かささやいていた時の母性らしい姿を見出した。私は少時《しばらく》眼を挙げて咲子の可憐《かれん》な幻を懐しがって追ったのである。あの時は一年半かかりつけの医者に見限られて夫婦は興奮し切っていた。汽車に乗ると咲子は、川下《かわしも》の万吉という左官が脱腸した睾丸《こうがん》を両股《りょうまた》に挟んでカンガルーそのままの恰好して、いつも村の悪童共《ども》を呶鳴《どな》っている惨めなさまを子供の将来に当嵌《あては》めて、今度こそ名医の手で手術して根本的に癒《なお》してやると息まうのを、私は一生脱腸機を腰に巻いていても構わないから外科刀を子供の局部に刺し込むのは危険だと、相互にひどく言い募った果て、私が過って子供の指へ巻煙草の灰を落して、子供はわッと泣き出し、見る見る腸が睾丸いっぱいに滑り出て来た。と妻は耳の附根まで真赤《まっか》にして歯軋《はぎし》りして私の手の甲を爪切って血を出した。――追懐の念転々禁じ難きものがある。私は右手の甲を眼近に引き寄せ、歴々と残っている咲子の爪痕《つめあと》を見詰めると、しばしば経験する耳鳴りの伴う暗い暗い心地に落ち込むのであった。

籬《まがき》の上に枝を伸べている隣家の木蓮《もくれん》の蕾《つぼみ》は日増に赤みがかった紫色を加えた。が、吾家《わがや》の二坪程の中庭を蔽うていて藤棚のふじの蔓《つる》は枯れ死にでもしたのか萎《しな》びて一向芽ざしを見せないことが喞《かこ》たれたが、淅瀝《せきれき》と降り頻《しき》った霖雨《りんう》が霽《は》れ、生温《なまあたたか》い日が続くと、見る間に嬌艶《きょうえん》な花房のしだれを見せた。

「ああ、綺麗《きれい》ね」

「おお、美事ね」

垣根に沿うた路地を行き交う人々の高調子な讃歎《さんたん》の声が、足を留める気配が、日に何回か私が独居の三畳へ聞えた。だが春栄の果無《はかな》さ、花は散って、睡《ねむ》りを誘う慵《ものう》い蜂《はち》の唸り声は聞えなくなり、やはり蜜《みつ》を吸いに時おり舞い込む黄いのや白いのや蝶々《ちょうちょう》が絶えずあわただしく翅《はね》をはためかしているのは見えなくなった。そうして紙捻《かみより》のように巻いていた葉っぱがおくればせに漸次開き、晩春初夏の風に揺れるのが、陽《ひ》の当り加減で障子の面にゆらゆらと映って見えた。

こうした季節の変り目の風などに混って咲子のしなだれかかる賑かな声が何処《どこ》からともなく吹き送られて、はっと身の毛を弥立《よだ》てたためしも此頃《このごろ》は稀《まれ》で、というよりよくよく耳を澄まさないでは誰の声とも聴き分けにくい。ばかりか、否、もはや咲子の声の色音は私の耳に完全に甦生《よみが》えらない。眉目《びもく》の形さえが私の視覚には定《さだか》ではなかった。浅間《あさま》しい悶着《もんちゃく》の多かった八年間の夫婦生活に於《お》ける咲子の或時の些細《ささい》な仕草や或時の些細な言葉の跡を追う毎に襲われた離籍当時の、およそ精神の全部を占め尽した悔恨も歳月の経つにつれてうすらぎ、今はただ、眼裏耳裏、心の一局部にささやかな痕跡をのこしているにとどまる。しかし、実家に帰って何《ど》う身の振方を決めたことだろうと、それ ばかりは何かの拍子に一日に一回は必ず念頭を往き来した。彼女は豊裕でない里方に出戻って、母親は別に、兄や嫂《あによめ》にさまで優遇される道理はなかったから、彼女は二度びっくりして身の処決を急いだのだろうが、勿論《もちろん》彼女が再び新しい家庭の人となっていることに疑いはないとして、そこでは思いがけない幸福に待受けていて貰えたことだろうか？　咲子は最早膝に乳呑児《ちのみご》を抱いているのかもしれぬ。その赤ん坊に乳房をふくませながら、彼女は先きにお腹《なか》を痛めた今は詮方《せんかた》無い生き別れの子供を切々思い詰めて涙含《なみだぐ》むだろうが、私は垣根の外の砂利に乱れる子供づれの母親の駒下駄《こまげた》の音に耳を欹《そばだ》て、時偶《ときたま》日暮がたの街を散歩して、振り返って子供を呼ぶ世間の母親を見るにつけ、如何なる意味でも咲子の今日此頃が自分の想像裡《そうぞうり》にさまよいこんで、何か彼《か》か悲しみが忍び寄って来るのである。

　咲子の去りゆく日、簞笥《たんす》や長持の生れた町の家の玄関に運び返された日、そこの情景や、また、錠前《じょうまえ》や取手は歪《いびつ》になっており、煤《すす》ばんで変色したさような古調度を携えて三十過ぎての再婚なのだから、必定継子の二人や三人は居る家の後妻になって、咲子は苦労しているのかもしれん、屹度《きっと》、咲子は苦労しているのかもしれんなあ、そう私は頭を左右に傾《かし》げて独言を言った。そして、今更のように人の一生を台なしに蹈《ふ》みにじった、かほどまでに得手勝手な自分が、惕然《てきぜん》として省みられる。現在の生活が成り立てばそれでいい気に誇っていられるか！　曽《か》つて村の誰彼がくだらない出世に比べて私を三文《さんもん》の値打ちない人間に言触《ことふ》れた親類一統や近所の人たち、何んと憐《あわ》れな小ぜりあい、憐れな虚栄心に充《み》ちた郷党共《ども》に、私もまた無下に憐れな文名で以《もっ》て一面では酬《むく》いてやりたくて、なにくれと心身共に銷磨《しょうま》している有様であるが、して私の読み書きのお稽古《けいこ》に、過去の咲子の骨折は、どれほど与《あずか》って力あるものだったろう。故郷に居る日、秀抜の成績で大学を出た竹馬の友のドイツ行きを見送った当時、ひどく身を残念におもう余り、土蔵の中に蟄居《ちっきょ》し熱心に独学を始めた私に、咲子は同情して三度三度ご飯を運んでくれたり、Y町の本屋に走ってくれたりした。「お父ちゃん、只《ただ》今《いま》。古本屋をあちこち探し歩いて、漸《え》っとのこと見附けて来ました」と、セルロイドの玩具《おもちゃ》を悦しげに振っている子供を負ぶった汗ばんだ咲子が、土蔵の二階の金網を張った窓際の私の机辺に帰って来て、いそいそと包みをほどく年増女房らしい甲斐甲斐《かいがい》しさが、つい昨日のことのように想《おも》い回《めぐら》される。百姓の手助けを拒む私へ固陋《ころう》な苦情を持出す父母に対して、咲子はどんなに勇敢であったことか。でんでん太鼓に笙《しょう》の笛――梧桐《あおぎり》の蔭《かげ》の土蔵の壁に靠《もた》れた彼女の子守唄《こもりうた》が、今もなお、故郷の石垣の上の古い土蔵の中ならぬ、この矢来中里の三畳へ聞えるのであった。顧恋《これん》の情が潮のように迫って来て、私は身を扱いかね、すたすたと部屋の中を歩廻《あるきまわ》るのであった。

カツ子は、六畳で、昨日も今日もなく猫のように背中を丸めて針の手を動かしづめに動かしている合間《あいま》、彼女は絶えず私に問いかける。私は機械的に、時に不興気に、極《ご》く簡単な答えをする。私がわずらわしくなって三畳へ逃げて行くと、彼女は縫物を携えて後を追っかけて来るのであった。彼女は最近にわかに眼が翳《かす》み出したと言って、有無をいわせず私の眼鏡をふんだくり自分の眼に掛けて仕事をつづける風の所作をしたが、外して蔓《つる》を折畳むなり、恐ろしい混乱と悲哀の中に突き落されて、痙攣《けいれん》が口端を引《ひ》き吊《つ》った。

「わたしは、屹度、もう直き年寄のように眼が薄くなるでしょうよ」

不気味な沈黙が行き渡った。

「あなた、一体、さきざきは何《ど》うなさるおつもりです?」

「またか、煩《うるさ》いね。今の僕の心を掻乱《かきみだ》してくれるな。考えているんですよ、創作のことを。……乗り出した舟だから、ここ数年奮闘して見て、どうしても駄目な場合は故郷の山の家に遁世《とんせい》するからって、その時はあなたもいっしょに連れて行くからって、あれだけ日頃言って聴かしてあるじゃないの。どうしてまた、それが合点ゆかないのだろうね」

「いいえいいえ、違います。将来の暮し向きのことなんか今心配して言ってるのじゃありません。頼みにする子供の無いわたしの老い先を何うすればよいのです。わたし、お勝手口へ遊びにいらっしゃるお向いのあのお嬢さんを見るたんびに、わたしも一人ほしくて、寝ても醒《さ》めてもそればかり思って、日毎に気がへんになりそうですの。あなたは、どうしても、わたしに子供を産ませるのはお厭《いや》？」

「…………」

「あなたが、もし、わたしに子供を産ませないままで亡くなったら、わたし、あなたの死を悲しんではあげませんよ。いいですか。何んとかおっしゃいな、言ってごらんなさいな。……ええ、訊《き》かなくたって、あなたのお肚《なか》の中は分ってますよ。あなたは、わたしに子供を産ませては、国の子供さんに先々厄介かけて悪いと思って、子供さんに気兼して、憚《はばか》って、あんな×××な真似《まね》をなさるんでしょう。いいえ、いいえ、そうですよ。屹度屹度、そうですよ。わたしに寄辺がないと思って、軽蔑《けいべつ》していくら虐《いじ》めたって構わんと思って」

「…………」

「卑怯者《ひきょうもの》！　骨の髄までの利己主義！　イーイ、憎らしいとも。それに、わたしが妊娠したら、さしずめわたしの入籍のことでお父さまに頭を下げるのが厭なのでしょう。何んという冷酷！　イーイ」

　殺気立って蟀谷《こめかみ》にむくむくと幾条もの青筋を這《は》わして、歯をがちがち鳴らしながら座を蹴立《けた》てて突掛るカツ子の白まなこに一滴の血のしたたりを見た気がして、私の頭にもカーッと血が湧《わ》き上った。

「黙れ！　貴様、喧嘩《けんか》を売りに来たのか。この悍婦《かんぷ》野郎！　その言葉は何だ、その面付《つらつき》は何だ。どこでそんな悪態をおそわったのか。さすがは、あんな野鄙《やひ》な蛸入道《たこにゅうどう》爺《じじい》の相場師なんかの躾《しつけ》で育っただけあって、あなたも、いよいよ虎猫《とらねこ》や山犬の素地《きじ》を出して来たなあ。僕ら根が優しいんだから、虎猫山犬のような人外の性には敵《かな》わんや。何彼《なにか》といえば、俺《おれ》の神経を傷《いた》めつけて、小説の邪魔をしやがる。いいか、たとえ僕が少しでも認められる日が来ても、あなたの内助の功によるものは微塵《みじん》もない。兎《う》の毛のさきの塵《ちり》ほどもないぞ。断じてありゃせんぞ。そう言われて口惜《くや》しゅうはないか。上京当時の僕の苦労を忘れたのか。あの頃が今は徒《あだ》なことに思《おも》い做《な》せるかね。恩知らず奴《め》！　獄道者奴！　勝手にしろ！」

　と、怒りに任せて嘗《か》つて使ったことのない荒っぽい声で、鬱積《うっせき》した感情で打って掛った私は、知らず知らず泣いていた。

「ああ、先の女房は、も少し優しかった。先の女房の方がいい。どれだけいいかしれん。お前が、そんな人間と知っていたら、何もすきこのんで、こんな生活に入るのではなかったのに！」と、私は下腹を抑え、これまでおくびにも出さない言葉を大胆にぶちまけた。

「……と言っても、どうせ、五分五分の人間同志のことだから、先の女房が特別に優しく、お前が特別にきついとか、また、お前が特別に優しく、先の女房が特別にきついとか、そんなことは五十歩百歩なんだ。ただその場の行きがかりを誇張して考えてこうした生活に入ったのだが、一旦《いったん》の行きがかりを意地ずくで押進んだことが、何よりの間違いだったんだ。すべて己の迷いであった。今が今やっと眼がさめた」

気圧《けお》されて竦《すく》み上ったカツ子は、

「ご免なさい。ご免なさい」と、肩を顫《ふる》わして皺嗄《しわが》れた声で言った。

「勘忍して下さいな。この通り手をついて謝ります。わたしが悪うございました。ね、お願いですから、そんな怖ろしいことを言って下さいますな。それはね、わたし、お家《うち》へつれて帰って下さるのなら、お舅《とう》さまお姑《かあ》さまを大事にします。お家の仕来《しきたり》とおり麦刈りも田植えもします、子供さんも可愛《かわい》がって上げます。でも懐いて下さるかどうか、わたし、それが無性に心配でなりませんの。Y町の中学へ行くようになってごらんなさい、先の奥さんと眼と鼻の間だから、屹度呼び寄せたりしなさいますよ。

何んと言っても血を分けた母子ですもの。自分の産みの母親を追い出した憎い奴だとわたしが恨まれて、それもあなたが生きていらっしゃる間はわたしも気丈夫ですけれど、あなたに先立たれてひとりになった時、よぼよぼに老い込んだ年になって、わたし、子供さんに復讐《ふくしゅう》されたらどうします。今までこんなこと夢にも考えて見なかったのに、三十に手が届いたら、急に先が短くなったような気がして、不安で不安で堪《たま》らなくなりましたの。あなたは、上京当時の苦労が苦労がと二《ふ》たことめにはおっしゃるけど、あの頃は、それこそ明日の生活は迫っていても、みんな夢のようなものだったのです。私には、日々刻々、ほんとうの生活が、ほんとうの苦労が、この身に迫って来ている気がしてるんです。この世で誰一人、末期《まつご》の水を取って飲ましてくれる人が、わたしにはありませんのよ。わたしの身にもなって考えて見て下さい。そんな怖《こわ》い顔して頭から叱《しか》らないで。……それから後生ですから、先の奥さんに比較してわたしが何うのこうのって、そんな酷《ひど》いことおっしゃらないで下さい。こんな辛いこったらありゃしませんよ。何時《いつ》もお肚の中で言葉の端々から起居振舞《たちいふるまい》のすえまで先の奥さんに比較されて見られると思うと、だから二度目の人に嫁ぐのは、自然不幸を招くようになるって……」と、煮える涙で声を堰《せ》かれた。

「分ってる分ってる。ああ、そうかそうか。そういう風に穏《おだや》かに言えばよく分る。

固《もと》はといえば、悉《ことごと》く僕が悪い。一切僕の責任なんだ。……そりゃ僕だって将来子供にどんな手荒い目にあわされるかしれたものではない。が、僕にもいろいろ考《かんがえ》がある。万事僕を信じなさい。僕が行くところなら、たとえ地獄であろうとも、あなたも地獄まで跟《つ》いて来て、更に後悔あってはならん。諸共《もろとも》じゃないか。仮りにも負けて僕に背を向けて戸口三寸出たら、僕としては首を縊《くく》っても、お前を後へ戻しはしないから、それだけは言って置くぞ！」と、私は肚胸《とむね》を衝《つ》かれて言った。

カツ子は納得して機嫌を直したが、立所《たちどころ》に自分の強調した言句の裏に言いしれぬさびしい矛盾が襲撃して来た。カツ子は三月の中旬から四月へかけて、二回ほど、彼女の生れ故郷のS県H町へ、一度は実母の重患を見舞に、一度はその死の葬《とむら》いに、私を振り切って行ったのである。実母といっても、カツ子を産み落すと程なく他家へかたづき、そこでも次ぎ次ぎに大勢の子供が出来、カツ子にとっては永年晴れて母と呼べない筋合の裡《うち》に置かれていた。私がカツ子を知ったのは、彼女が第二の故郷であるY県Y町の、彼女の養家先の相場師夫婦が相次いで世を去った当時で、丁度、その頃実母の連合《つれあい》の人も亡くなり、だから互に枉屈的《おうくつてき》な環境から解放された母と娘とは易々と密会に似たものを始めたが、でも五十里を隔つH町とY町とは交通不便のため二十年間に前後加えてかぞえる程の対面に過ぎなかったとか。引続いて私たちは東京へ落ち延び、同棲《どうせい》一年近くも彼女は母のことを私に秘めていた。ずいぶん不幸な親子に違いなかった。母と娘とが取りかわす文通の頻繁さは駭絶《がいぜつ》に価《あたい》した。生活の渦中《かちゅう》に喘《あえ》いでいる私は、腹だたしくて触れたくなかった、必然カツ子の里心をそそるものとして。母はさまで行暮れた年でもないらしかったが、去年の秋前かに疾駆する郵便馬車に脚を轢《ひか》れて此方《こっち》、持病の心臓を悪くし、最早再び恢復《かいふく》の覚束ないおもむきを、昨今は異父弟妹から再三、話して置きたいことがあれば今のうちだという意味の手紙を寄越して、カツ子の帰国を促した。今生の別れがしたいしたいと言うカツ子の哀訴の言葉を浴びて、彼女に永遠の悔いを残さすことを恐れながら一日延ばし一日延ばししている一方、私は創作に熱中していた際とて、極度に興奮し切っていた。何んだ、単に死ぐらいのことが、と私はむしろ怒りに全身を震蕩《しんとう》させた。私は彼女の眼を掠《かす》めて郵便物を引裂いた。するうち或夜彼女が不在中突然受取った危篤の電報さえやぶき棄《す》てた。が、翌々日の電報で、カツ子は殆ど私の許しも乞《こ》わずに倉皇《そうこう》旅の仕度を整え山陰に向って出発した。一週間の後、彼女は二昼夜から汽車にゆられて帰り、中二日おいて死去の報に接した。彼女は仰向けに引っくり返り歯を剝《む》いて手足をばたばた畳に打ちつけ泣き喚いて、どうしても死顔を見納めなければと言い出し、思い止って欲しいといろいろ事情を言って泣いて頼む私と、双方で意地強く言い張り醜く傷つけ合ったすえ、それはそんな場合に別れ話まで持出したほど極端に冷たかった私の仕打が然《しか》らしめたよしなきことであるが、彼女は梳《す》いていた髪を握鋏《にぎりばさみ》でバシリと七、八寸も切って襖に投げつけ、そんな下品な真似までして私を威嚇《いかく》して、とうとう旅費万端を捲《ま》き上げるようにしてまた出向いて行った。――僕に叛《そむ》いて戸口三寸出たら――相互に渝《かわ》るまい思いで、微塵も違背を許さぬ思いで、こう言った口の下から、畢竟《ひっきょう》、即く可《べ》き縁のものは即き、離る可き縁のものは離るる人間の恐ろしい自我の催し、即き離れのたわいなさに突当って、段々訳がわからなくなって、私はそれきり固く口を噤《つぐ》んでしまった。逆上が鎮まるにつれて疲労を覚え、室《へや》の隅に重ねてあった蒲団《ふとん》にぐったり凭《よ》り掛《かか》って太い嘆息を泄《も》らした。

陽気が逆戻りして冷々《ひえびえ》した俄雨《にわかあめ》がぽちゃぽちゃと藤の葉を叩《たた》く不順な天候が続きがちに、そのまま鬱陶《うっとう》しい梅雨《つゆ》期に入った。私は感冒に罹《かか》り、六畳の窓際に伸べた蒲団の中に寝倒れてしまった。枕もとの手帳に梅雨日記を四、五行書くばかりを、せめてもの心遣《こころや》りの毎日の日課にした。余の時間は間断なしに寝返りを打って、昼夜の別なく思案を重ねたが、そのことの処理に就いては講ずる手段も取るべき方法も依然見出せなかった。

「困ったなあ、カツ子、どうしよう?」と、言って見るだけで私はまた深い無言に沈んだ。

同じ歎息《たんそく》を、この数年来、寝ても醒めても、私はどれほど洩《も》らしつづけたことだったか。それは咲子との結婚の媒酌人に用立てて貰った古い借金のことである。千円余りの額で、出奔当時は、月一回ぐらい屹度返済を迫って来たのを、私は空耳に聴き流し父に直接交渉したらどうだと鼻で扱《あし》らうようなことを書き送って、有耶無耶《うやむや》に葬ろうとしていた。自分をまんまと騙《だま》しぬいた媒酌人への反感から私はこの負債については、ずいぶん不健全な不道徳な考えも抱いていたところ、近頃では何かを決意したかのように債権者に黙り込まれて、そうなると私は気味が悪く反《かえ》ってうろたえ出した。懇意な印刷屋の公事好きの主人にそれとなく相談して、将来訴訟になった場合の不利と法定利子のことなど聞かされ、私は事々に気を腐らした。利子は利子を産み、現在では千八百円を越したことが計算され、十年後の莫大《ばくだい》な額に考え及んだりしては、出る息入る息にも重い溜息《ためいき》が混るのだった。

「思い切ってお父さまに打ち明けて下さいな。それより外《ほか》にとる道はありません。五十とか百とかなら、わたし達の手で何んとか工面できるにしても、そんな額の大金では、永久に払えっこありませんよ。ああ、あなたがそうして苦しんでいらっしゃるのを見ると、わたし生命《いのち》が縮まりそうですの。一刻も早くお父さまに打明けて下さいな。打遣っておいては大へんなことになりますよ。そんなこんなの心配や屈託ごとが、あなたのおからだに、一等毒なんですよ」

カツ子は忌々《いまいま》しげに捲《まく》し立てたが、されぱと言って、日頃農家の活計を知り尽している私には、山葵《わさび》とか、筍《たけのこ》とか果樹の類を栽培して爪に火を点《とも》すようにして厘毛《りんもう》を積んでいる吾家の、しかも近年頓《とみ》に傾きかけた老父の苦衷を察して、打明けようとする決心が鈍るのを何うしようもなかった。

六月××日——夜遅く銭湯から帰ると、行きなりペンを執った。蔵書、机、茶棚、二、三の貧弱な懸軸、すべて私の所有にかかる什物《じゅうもつ》を売払い、不足の分を村の信用組合で年賦法で借出し媒酌人へ償却して、自分は二度と故郷へは帰れないから葬式の費用と思って立て替えて、と親ごころをそそる狡《ずる》い卑屈な文句も並べた。これまでは行々《ゆくゆく》自分で始末しよう積りでいたが到底手も足も出ないことが分り、高ぶった心を棄《す》てて父上にお願いすると書加えてカツ子を追い立てて投函《とうかん》させた。

六月×××日——今日も雨。さすがに不孝者と思えて終日懊悩《おうのう》。寝耳に水の父母が、自分の子供に辛く当りはしないだろうかと僻《ひが》んで、気持の遣場《やりば》がない。カツ子が用達《ようた》しに出た間に、先日分家の伯父が送ってくれた「農村時報」という村の新聞を取出し、小学校に新築された御聖影奉安殿の前に村の有志の人たちと一しょに並んで撮った敏雄の写真を見る。洋服を着て、帽子をかぶって、眼鏡をかけている。父もなく、母もなく、情愛の欠乏した索寞感《さくばくかん》が、湛《たた》えてあるように思える顔を見ていると、頭がジーンと鳴って来て、直《す》ぐトランクの底に仕舞込んで鍵《かぎ》をかけた。

六月×××日――夜明方から歯痛。むしばの痛みでなく、はぐきの痛みである。中枢神経の衰弱が歯に及んだのであろう。一時押えの付薬をぬり、アスピリンを服用して、口を微《かす》かに開いて天井ばかり見て臥蓐《がじょく》。

夜の十時、恐れ恐れた父の手紙を手にした。

……………扨《さ》て承り候えば貴君度々御上京のため御金借用相成りし様御報知下されわたくし承知致《いたし》候。決して決して貴君の御無理は少しも御座無く、わたくしも考えて見ますとお金を貴君に余り差上げぬ為《ため》に貴君に御心痛致させ、実に気の毒千万、貴君は嘸々《さぞさぞ》お困りでしたろう。何と申してもわたくしお金沢山《たくさん》差上げ申したなら、貴君とて御借用は相成されまじく、思えば愚生《ぐせい》百千の咎《むち》を受ける心地致候。就ては何もわたくしの罪、如何ともわたくし支払可仕《つかまつるべく》候。何卒《なにとぞ》貴君余りお気に相掛け遊ばすな、何より御《お》身体《からだ》を大切に遊ばす様奉禱上《いのりあげたてまつり》候。書物等売れとか、貴君の御心遣《おこころづかい》有り難く存《ぞんじ》候え共《ども》、右は無用のこと無用のこと。

この際、我慢中されず御帰国相成りては如何。昼間では村人の手前おイヤなら夜中にお帰りになりてはどうでしょう。此儀《このぎ》母よりも申添え、かく遠路隔り居り候ては、いかに、いとおし、不憫《ふびん》と思うとも、存知の如《ごと》く助け難く候。已上《いじょう》。

父より

…………………

Y町の私塾で、あの胸にとどく白い顎髯《あごひげ》の、口を開けば義歯のがたがたゆれる老先生が、修身の時間かに、慈母手中ノ糸遊子身上ノ衣——そういった文句を教えた時、私は感極まって立てた書物の蔭に顔を伏せてしゃくり上げたことを憶《おぼ》えている。私とてその頃は人並には親思いであった。土曜には六里の山道を歩いて父母の家に帰るのが毎週の習いであった。日曜の午後は父母との別れがつらくて私はしくしく泣き出したものだ。「行けえ、行けえ、お父さんにお小遣は貰《もろ》うたんかい」と、性の合わない母も打ち捨てて置けず近寄って宥《なだ》め賺《すか》した。当時の父は、狭い部落で権勢をほしいままにして、僅《わず》かな人々の煽《おだ》てに乗り、親分気取りで卑小な慈善事業なども起し、名誉心の満足のためには日も夜も足らずであった。普請道楽が病いで、建てては壊し壊しては建て、そうした物入りから、私の学資さえ滞りがちで、月末に私は舎監室に呼ばれて休職中尉の虎鬚《とらひげ》を生やした舎監先生におあしの届いてないことで叱られて胸を痛めることも度重なった。私はやがて学業を棄て両親の膝下《しっか》に帰ったが、思うて見ると、それでも何かしら父母に孝養尽そう尽そうと、往時の少年の心はいっぱいだった。が忽如《こつじょ》としてその心の地盤は崩れ、父と子との間には、醜悪とも、浅間しいとも、形容の仕様ない争いが持ち上った。果ては互に同じ屋根の下に数箇月も固執して言葉ひとつ交さなかった。子の立場として、私は敗《ま》けて、他人に仲裁を頼み、父と仲直りするが早いか、十日と経たぬ間に、また衝突の嵐が見舞うのである。隔て心を棄てよう、従順になろう、と焦れば焦るほど葛藤《かっとう》の根は縺《もつ》れ絡んだ。父は子のために隠し子は父のために隠すのが人情であるべきを、父と私とは、出入りの人達に、臆面《おくめん》もなく相互の秘密を発《あば》き合って恥を恥と知らなかった。かような中に私は妻を迎えたが、父子の関係のむずかしさが胆に銘じて懲《こ》り固まっている私の子供の親になりたくない著しい感情に自然は否定を与えて、むしろ私の過失から敏雄は不幸にして産れ出た。これが早晩自分に敵対し出すのだと思うと、生れ立ての赤ん坊さえ愛せない上に、妻の過去の不身持ちに悲観して、私は幾度も自棄の上京を企てる度に、父は殆ど一金も恵んでくれなかった。私は私たち夫妻の間を繋《つな》ごうとする媒酌人に、半ば父への面当《つらあて》に、無謀な借銭を積んで来た。——私はこれまでに、一再ならず、陰に陽に、父の自省を迫って見たことだが、反撥《はんぱつ》に反撥を継いで来た父の思いそめぬ手紙は、私を動顚《どうてん》させずにはおかなかった。きょうの日まで親に後悔を求めて突進んだ子としてあるまじき身内の或ものは医《いや》し難い傷痍《しょうい》の痛みと変って私を喘《あえ》がせた。以前佞媚《ねいび》の言をつらねて父から貪《むさぼ》った者等は今は皆な悪声を放っていると聞く。そうした人間の機微を知らないあわれな父の晩年を私はどんなにも慰めてやりたいが、でも一時の興奮とは別に、私は内に喩《さと》して、相対的の人間としての父を、母を、双の腕をのべて我子よ我子よと呼ぶように思えても、買いかぶるわけには行かない。徒《いたずら》な悦服《えっぷく》はゆるされなかった。うっかりうつけて故郷に帰ろうものなら、過去に幾倍もの輪をかけた二重三重の憂目を父子の間に繰返さないと誰が保証し得よう。何んという打算！　何んという冷酷と無情！　何んという不孝！　……そうは言って来たものの、半面では、私は父を喜ばせようがための多少とも立身出世を夢みて、案の外《ほか》一生懸命であるかもしれなかった。が、父の命数は先きの程が知れている。と同時に、私の芸術、そう呼ぶのも恥しい私の芸術の先きの程も、もう知れ切っている。決して栄える性質のものではない。「滅入っちゃ駄目ですよ。滅入らないで下さい。ね、もっとしっかりした返事をして下さいな」とカツ子は始終励まし顔に言うのだが、私はこのことにかけては確かな返事が出来ない。……私は気持が鬱《ふさ》いで悲しくて書けそうもないから折返して父上に手紙は差上げません。切に切に御老体の御平安と御健康とを禱《いの》る。どうかどうか一日も長く

生きて下さい。唯《ただ》この思いを託すにとめて。（東京の子より）

…………………

七月×日――九時半寝床の上に坐《すわ》り直した。手を伸べて座側の窓を開けると、梅雨《つゆ》霽《ば》れの紺碧《こんぺき》の空から太陽の光と新鮮な空気が室の中に流れ込んで来た。横寺町から神楽坂にかけて、気のつかぬ間に今年もまた、中元売出しの意匠を凝らした華やかな装飾が施されたことを、朝食の時カツ子は私に告げた。

「今年は、お父さまにもお母さまにも、浴衣《ゆかた》を送って上げましょう。別にお父さまには、お酒の肴《さかな》になるものを添えて上げましょうね。あなたが、ああしてお父さまに御迷惑をおかけしたんですから、早く送らないとわたし気持が済みませんから」

カツ子は自分の蝦蟇口《がまぐち》を帯の間に挟んで出て行ったが、三越まで行ったと言って、午過ぎ風呂敷《ふろしき》の包みを抱いて帰って来た。彼女は外出の仕度も解かずに、浴衣地をくるんだ奉書紙の上に、父上さま母上さま、といちいち叮嚀《ていねい》に筆で書いたが、子供に贈るつもりの色鉛筆や手帳や紙挟みなど入ったボール箱は、ちょっと逡巡《ためら》うもののように私を見て、「お子さんの分はあなた、お書きになって？」と訊いた。気の毒でも彼女に書かすわけに行かないので、私が筆を受取ると、彼女は、すこし外方を向いて睫毛《まつげ》の涙を拭《ふ》いたが、何気ない風を装いながら油紙で荷拵《にごしら》えして、その足で飯田橋の停車場へ持って行った。

土用半ばの油蟬《あぶらぜみ》がミーンミーン鳴く或日の日ざかり、姉の一粒種の豊次が、突然来訪した。かれは暑中休暇を利用して、家の離れの二階建を貸しているY町の高等学校の教授とかの生地駿州《すんしゅう》江尻《えじり》在へ、その家族に連れられて来たのだが、目的の富士登山も、附近の名勝の探索もすみ、旁々《かたがた》、叔父さんに東京を見せて貰いたくぶらりっと上京した、そう豊次は言った。姉と私とは長いこと音信不通である。私の破廉恥《はれんち》な行いで顔に泥を塗られた姉は、もちろん旧弊な考えから私を赦《ゆる》し難く思っていた。Y町を発《た》つ時は、お母さんは叔父さんとこへ行けと言いはしなかったが、という豊次の正直な言葉が、私の心には底さびしく響いたが、しかし、かれには叔父と呼ぶ人の唯一人しかない私を、まる六年も疎遠に打過ぎていて、何んの前触れもなしに飄然《ひょうぜん》やって来られるのも、血縁の有り難さだと思われて、私はカツ子を氷屋へ走らせたりした。

「中学の二年生? そう。おじさんよりずっと背丈が高いのね……」

水道の水を浴びさしてから、カツ子がお愛想を言い言い手伝って着せた私の浴衣では、膝坊主が露《あらわ》れそうな程の長身を、私は雑多の感慨をもって頼もしく見上げた。

暗い陰気な室《へや》の中に時ならず陽光が射《さ》し込んだように、家の中は遽《にわか》に明るく、浮々《うきうき》と、賑かに見えた。カツ子も快活に、甲斐甲斐しく勝手で立ち働いた。

夕食がすんで爪楊子《つまようじ》を銜《くわ》え、古い鄙《ひな》びたY町にもようよう訪れかけた伝統の破壊、文化の建設のかずかず、乗合自動車さえ通い出したという近郊のふるさとの村の変遷、そんなことを取り留めなくぽつりぽつり聞き出しながら、私は茶湯台に向い合った豊次の地蔵眉《じぞうまゆ》の恰好《かっこう》や柔和な口許《くちもと》などに宿している死んだ義兄の面影をそのまま見出した。

「豊ちゃん、お父さんを覚えているかね?」

「別段覚えようと思うとらんかったから覚えとりませんが、そえでも写真を見りゃこねな顔じゃったぐらい思い出します」

「何年になるかなあ、ちょうど暑い時分であったが……」

「この八月十二日が七回忌に当るちゅうことで、秀郎の三周忌と合せて法事をするから、それまでにゃ戻って来いちゅうてお母さんが言いました。」

「ああ、そうそう、秀ちゃんが亡くなったんだってな!」

秀郎の身罷《みまか》ったことは、本郷に居たころ父の便りを読んで知った。豊次の黙《だ》んまりやと異《ちが》って秀郎は頗る剽軽《ひょうきん》もので、今にして思うと夭折《ようせつ》するだけにとても普通でないほど人なつこく、殊に、稚《いとけな》いながら兄の豊次に篤《あつ》かった。さして脾弱《ひよわ》な方とは思っていなかったが、豊次の話すところによると、小学校の教室で貧血から眩暈《めまい》を起し、その度に豊次が負ぶって帰るようなことは度々だったというのである。とうとう患いついて脳膜炎を併発して果てたこと、電話がかかって来て学校から豊次が帰って濡縁《ぬれえん》に腰掛けていると、姉は冷たくなった秀郎の亡軀《なきがら》を抱いて人力車でY町の病院から帰って来たこと、その死の前後を断片的に豊次から聞いているうち、義兄が九州の大学病院で死の床《とこ》に呻いている時、私の家に預っていた豊次と秀郎とを、私は自転車に乗ってY町から早取り写真屋を連れて来て写真に撮って義兄の許《もと》に送ったが、義兄は一と眼視《み》て、「上のほうは先きでおれを覚えているかもしれないが、下のほうは何も分るまい」と呟くなり、直ぐベッドの下に隠してしまったということなど憶い出して、私は声の自然と霑《うる》むのを感じた。

「豊ちゃんも、とうとう一人ぼっちだな、僕の田舎の子供も一人ぼっちだし、将来仲好く助け合ってくれないか、頼むよ」

私は、カツ子が座を外した時だったのでこう覚えず愚痴《ぐち》をこぼして、返事に窮した豊次の顔を見ると、極り悪くなった。

カツ子が果物の皮を剝《む》きながら代って話相手になってくれたので、私は腹這いになって夕刊を見ていた。旱天《かんてん》三旬、立秋も近づいたというのにここ数日来の炎熱、しかし、武蔵野の空をよぎる雲の色にも、わくら葉にそよぐ風の音にも何処《どこ》かほのかに秋の気は動いて田園の夏はゆたかにたけた、黒土のめぐみに旱魃《かんばつ》にもめげぬ稲の伸び、畑の収穫のすばらしさ——そうした文字を拾って行って、田園豊穣《ほうじょう》の景を載せた写真の、畑中に立っている大きな朝鮮牛に眼をやると、私は思い出したように、

「豊ちゃん、叔父さんとこの牛は、まだ生きているかね?」と、跳ね起きて訊いた。

「あ、あれかの、ありゃ去年の春休みにわたしが村へ行った時に売ってでありました」

「やっぱし売ったのか。飼い殺しにするとか言っていたのに、それかといって、年寄りや子供だけで、秣《まぐさ》の刈り手もないわけだからね」

亡《ほろ》び行く家が、予期通りその第一歩を踏み出した気がして、私は畏《かしこ》まって腕組みした。が、豊次はそれとも気づかずくすくす笑いながら、博労が来て牛部屋からひきずり出すと、眼の見えない老牛は、にわかに暴れ出し、博労が力一ぱい手綱を引っ張り鼻が千切れそうになっても、牛は四肢に力を入れて一歩も動こうとしないで、モーン、モーンと鳴きつづけた、と話して、

「そしたら、敏ちゃんが、青竹で、こら行け、こら行かんか、ちうて牛のお尻《しり》をど

やして、わたしゃおかしうておかしうて……」と、声を立てて笑い出した。

「……む、敏雄が牛のお尻を打ったのか。……あいつ、どうも低能らしいな」

私はにがにがしい泣き笑いの表情を浮べて言った。私にはもう暗然とするだけの勇気もない。ただ祖父母の手ひとつで育っている子供の危険を思い、父親として董督《とうとく》の責任を何等果し得ない自分には、およそ断腸の思いである………

翌朝、豊次の起きないうちに、前々から大切にして持っていた全集の揃《そろ》いを両脇《りょうわき》に抱えて、私は古本屋へ行った。春以来の入費《ついえ》で、遠来の甥《おい》をどんなに持成《もてな》したくも、そんな余裕のあろう筈はなかった。私は古本をお金に代えて小遣銭《こづかいせん》の足《たし》にし豊次を連れて明治神宮、泉岳寺、日比谷へと、それから宮城前で二人並んで叩頭《ぬかず》いた時、これが我子の敏雄であるならばと思わないわけには行かなかった。一杯の氷水や一皿の洋食を飲ませ食べさすにつけ、敏雄に真底済まない自責の感が拒めなかった。二日目からはカツ子が、浅草だの、上野だの、新宿だの処々方々の案内役を引受けたが、出がけには屹度、いろんなものを食べさしてお腹をこわすようなことがあってはと、遠廻《とおまわ》しに言い含める心理にも、私は切ない批評を加えていた。

「ツエッペリンを見てからお帰りなさいな。ツエッペリンが来るまでいらっしゃいな」

カツ子の引き留める声が哀愁深く聞えた。

空の巨船ツエッペリンとは何んなものか分らないが、ドイツの森の湖ボーデンゼーとかを出発してヨーロッパを飛び、ウラルの山嶮《さんけん》を越え、北氷洋のオーロラを荒寥《こうりょう》たるシベリヤの曠原《こうげん》を、一気に飛びこして、日本の北辺から南下して徐々に東京の空を訪れるという日もだんだん近づきつつあったから、中学生の心を牽《ひ》くには十分であったが、亡父の法要のこともあり、溜っている宿題も気がかりだし、それに何より母が懐しくなっているのであった。一週間滞在の後豊次は八月四日の朝カツ子ひとりに東京駅までおくられて帰郷の途《ど》に就いた。

茂るに委《まか》せ、廂板《ひさしいた》にまで鬱蒼《うっそう》と蔽いかぶさって、昼間も木下闇《このしたやみ》かのような藤棚の下を棲家《すみか》にする夥《おびただ》しい蚊の群が、長い手足を伸ばして襲いかかるので、三畳の硝子障子を締め、私は猿股《さるまた》一つの真っ裸になり、足を組み黙然と暑さに耐えていた。附近の家々は山や海に暑を避けていて、悉《ことごと》く雨戸を閉し、四囲《あたり》には物音ひとつしなかった。私は時々わが身を人里離れた山荘にでも置いているような気さえした。自分ひとりの胸に畳んで置くべき銷夏《しょうか》の日記を、手帳にしるしたりした。

猛暑遂《つい》に九十六度、きょうの立秋に記録破り――こう三段ぬきの大仰な見出しで、雨の望みなし、残暑ますます酷烈《こくれつ》、というきのうの予報が図に当って、きょう立秋なのに秋立たばこそ、朝来一トむらの草を揺がす風もなく、午前六時の気温は例年の平均七十三度を凌《しの》ぐこと四度、七十七度を示し、午前十時半遂に今年最高の九十五度余九十六度近きを示し云々《うんぬん》――と報じた新聞紙を読んでも、私は、颱風《たいふう》の発生、きょうの峠で涼しくなりそう、実はそんなことは左程この身に係《かかわ》りなく、ほんとは朝夕に常に心を至して何物かを断絶しようと念々執持の気持で己を剋《こく》しているのであった。

そうした日、また二、三日床《とこ》に就いた。一寸《ちょっと》頭痛がする、一寸発熱する、咳《せき》が出る、神経的消化不良、そうなると何等精神を転換する気勢もなくなり、消極的に心を虐使すること、心配と不安と、狭い観念に災《わざわい》されるばかりである。吸入、咽喉湿布、含嗽《うがい》からエバニン液等の素人療法に、カツ子は心を籠《こ》めた看護に手を尽した。夜半、彼女を起すのも気の毒になり、私は蚊帳《かや》を出て勝手に降り、氷枕の氷を入れ変えて来て後頭部に当て、磨《す》り硝子の窓の外の繁き露虫の鳴声、土の底に鳴く細い細い虫の声やらを聴きつつ、薄ら悲しい心地に浸った。やはり、二人共、生涯の危機、岐路が、一ト足二タ足の近くに迫ったことを思い、不図《ふと》、何時《いつ》の頃かカツ子の口を衝いて漏《も》れた、上京当時の苦労は苦労でも、それとは違って現在では、否、年取れば年取るだけ、己が人生生活の上にいよいよ惶《おそ》れの募って来ると言った言葉が、ほんの不用意の裡に改めて強く実感され、確かに教えられた私は、私と同じ衾《しとね》の中に汗だくだくで鼾《いびき》を掻いて寝ている間も、時として、夢の中で私に手を振り上げられて叱り飛ばされ慴《おび》えて泣き出したりする、今はすっかり脂気のぬけて一際表情の暗くなった彼女の瘦せほほけた顔を打戍《うちまも》って、烈《はげ》しい同情同感を禁じ得ないのであった。カツ子は、此頃しばしば、ほんとうに未来が在るでしょうか。教えて下さいな。わたしは、あなたの仰言《おっしゃ》ることなら、何んでも信じますから。此世だけなら、ただただおもしろおかしく享楽しなければつまらないと思いますわ。ほんとうに未来というものがあって、あなたと御一緒でしょうか?」と冗《くど》く冗く、睡眠している私に、衝動的に声を掛け、揺ぶり起し、呼び醒してまで、思い迷った愚鈍な問いをかける。私は彼女に自棄《やけ》を起させまいと、困惑の色を隠して、「在るとも、大丈夫在るから安心しろ。問う、家郷はいずれのところにかある?……未来の生処が希望なんだよ。命終れば楽な身になれる」と、子供だましの気休めを真実《まこと》しやかに言って聞かすのだが、語気を高めてそう言う背後で、その都度、自分は、本気に、そうだ、肉体の亡びが勝利なんだ、玉光る常夜の国へ！と呼ぶと、悲痛な幸福感が、ぞくぞくする程嬉《うれ》しく内に溢《あふ》れた。仮りにも現世を禱ってはならない。一つの声は更に励まして――帰去来《いざいなん》、魔郷にはとどまるべからず。曠《こう》劫《ごう》よりこの方流転して六道《ろくどう》ことごとくみなえたり。いたるところ余の楽なし。ただ愁嘆の声をきく。この生平をおえて後かの涅槃《ねはん》のみやこにいらん――と。然り、カツ子よ、行く先の分らぬことも、心細く覚ゆることも、将《は》た世路をはかなむな。孤独な私の伴侶《はんりょ》として、お前ほど、忍従性の強い、献身的な、貞淑な女も居ない。汝《なんじ》、一心正念にわれを思え。われよく未来世まで、汝を護《まも》らん…………

自分は、おおかた、近い将来に、砂ケ峠へ帰るであろう。カツ子も一しょに連れて行ってやる。砂ケ峠というのは、おれから日頃度々聞かされるもんだから、お前もどんなにか憬《あこが》れているじゃないか。そこは父の家から六、七丁も隔った山寄りの丘辺で、家の我楽多の入っている小屋があるが、それをおれ達の、いっそカツ子の住いに父から貰って置いてやる。あたりは、緑の濃い草原、落花のヒラヒラ舞うているような処《ところ》――決して暗い感じのところではない。おれが少年時代の唯一の好きな遊び場所であった。蕨《わらび》が生える、竹の子が生える、桑苺《くわいちご》や野苺がある、柿《かき》の木、桃の木は二本ある。二幅ほどの谷川が流れている。おれは、銭湯から夜更けての帰りがけ、お隣りの博士さんとこの風呂の水が、ちょうど栓を抜かれポコポコと下水溝に流れる弾力のある音を聴いては、それが砂ケ峠の谷川のせせらぎに思えて、立ち留って心を誘われるままに耳を傾けることはしばしばなのだ。

古里を、出でにし後は、月影を、昔も見きと、思いやらるる。

あそこで、思い出多い月をも一度眺め、本を読んだり、石臼《いしうす》をゴロゴロひいて団子をこさえたり、蠅《はえ》を叩いたり、午睡をしたり、養鶏や養蚕をしたりして、長い長い安息を楽しもう。そして平和な死の迎えを待つまでである。おれは時に、墓場の下から老耄《おいぼ》れたカツ子が砂ケ峠の家の襖の蔭でおれの名を呼び呼び忍び泣くのを耳にするように思えて堪《た》えない感じだが、畳みかけて言う、肉体の上に期待を持つなと。

それは、豊次が帰った翌日の夜であった。私たち二人は、先輩の未亡人を見舞うての帰途、未亡人が最近始めた商売が思うに任せないらしいことを話しながら、世田ケ谷裏の白い埃《ほこり》で埋った道を歩いていた。

「わたしは、あなたに先立たれても、商売なんかしませんね。素人の商売がうまく行ったためしがないんですもの」

「そうだよ。迷ったら駄目だよ」と、私は固唾《かたず》を呑《の》んだ。「お小遣は僕が用意して置いてやるし、お米も貰えるようにして置いてあげるから、砂ケ峠の家でじっとしているんですよ。いいか、老いて、死んで、身体にウジがわいたって構うものか!」

「ええ、そうよ」

彼女は小走りながら頷《うなず》いて、大股に歩く私に跟《つ》いて来た。その日の昼間、豊次さんが豊次さんがと、彼女が、私の血続きでありさえすれば、何か盲目的に取り縋ろうとするのが不憫やら腹立たしいやらごっちゃになって、私は狂人のように息巻いて彼女の間違いを詰《なじ》り、彼女が先達《せんだって》から愛《め》でていた草花を鉢から引っこ抜いて垣根に投げつけ、お前が常々草花の類にまで求めようとする根性がさもしいと散々叱りつけた興奮が、私に返って来た。私は、かねがね、彼女の老先に、或《あるい》はそんな場合がないとも限らぬという気がして、今という今、思い知らしてやろうと思って、炬燵の火で焼け死んだ叔母のことをカツ子を振り返り振り返り口早に話した。私が十九歳の冬の出来事であった。夜中に、きゃッ！　と一、二声異様な悲鳴が聞えて私が雨戸を繰ると、闇の中に川向うの薬師堂前の一人ものの叔母の家の真赤《まっか》な障子が眼に入った。父は跣足《はだし》のまま駈けつけ私も駈けつけ、近所の人達も寄って来たが、もう下す手がなかった。よほどの時間が経って父は、柄《え》の長い鳶口《とびぐち》で、ぷすぷす燻《けむ》る灰燼《かいじん》の中から真っ黒に焼《や》け爛《ただ》れた死体を引きずり出したことを、私は一種残酷を超越した心持で、文字通り火宅を出でずという意味を披瀝《ひれき》して言ったのであった。宿命という言葉を呪《のろ》え！　私はずいぶん残酷な話しをしてお前に可哀《かわい》そうだったけれど、期するところは、一体現レ二同一身——これが、最後の理想なのだから。

八月十二日——午前中にはじめて頼まれた短篇を書いた。

　きょうは義兄の祥月命日《しょうつきめいにち》である。私は裸にもならず、帯をかたく締め、三畳の机の前に坐っていた。おのずから回想は私を七年前に連れ戻す。私が父と一しょにF市の病院に馳《は》せ付け玄関を入ると、四階の窓から私達の門を入る姿を見附けた姉は玄関取着きの階段を二階まで出迎え、欄干に身を寄せて手招きした。義兄は既に、日除幕《ひよけ》を張った室の真中に、白木の横棺におさめられていた。姉が白布をとり、私と父とは掌を合せて拝んだ。午前の三時、義兄は早や末期《まつご》の近づいたことを姉に告げ、姉が、「どうしても生きられませんか」と言うと、「諦《あきら》めてくれ諦めてくれ」と喉頭結核で出ないかすれた声を絞って言葉をつづけ、「俺が死んだ後は、また良人《おっと》を持つがよい」と言って、力の限り目を開いて姉の返事を糺《ただ》した。「そないことをいたしますか。わたしは立派に独りで、豊次や秀郎を育てますから、安心して行って下さんせ」こう姉が涙ながらに手を取って誓うと、「そうか、独りでいってくれるか、それでは何《ど》うかそうしてくれ、子供の成長の日を待ってくれ」と言い終って微かなよろこびの笑いの唇を綻《ほころ》ばせた。僅か十町足らずの小地主として、絶えず小作人との折合いに心身を耗《す》り減らした義兄の一生は、悲惨に近いものであった。ややあって義兄はまた口を開き、小作人たちの機嫌を損じないよう万事に気をつけて、これが一番大事なことだからと二、三の注意を繰返したが、二十分と経たないうちに軽い太息を一、二度吐いて脈搏《みゃくはく》が絶えた――姉がこう話した時、私は廊下に飛び出し、腕を顔に押当てて号泣した。やがて霊柩車《れいきゅうしゃ》が来て、私達も別の自動車に乗り、郊外の火葬場に向った。街道から小径《こみち》にさしかかると、二人の人夫が棺桶《かんおけ》を舁《かつ》いで私達は後に従うた。日は傾いた。私達の足もとからは幾つかの長い塔のような影が伸びたり縮んだりした。山裾《やますそ》を迂回《うかい》し嶮岨《けんそ》な道を上って山の巓《いただき》に達した。茅舎《ぼうしゃ》の藁床《わらどこ》の上に腰をおろしていた御坊の手渡した鍵を貰って、私達は無言のまま打連れて山を下った。麓《ふもと》には湖のように静かなT川の流れに夕日が映り、それが林立した二タ抱えもある杉の樹間から遥《はる》かに俯瞰《ふかん》された。黒い夜鳥が頭上の枝からばさばさ翼音をさせて飛び立った。道が絶壁の突っ端に臨んだ時、漂うような夕《ゆうべ》の薄明に慄然と顫え、身をこごめて、姉に何かささやこうとする途端、「なに？」と、おどろに乱れた髪に蔽われた顔を捩《ねじ》向け、唇を嚙み、眦《まなじり》を高く吊って、真黒い色を湛えた窪《くぼ》い眼ではったと睨《にら》まれ、私の喉《のど》は詰《つま》り、舌は固くなって動かなかった。その時の憎悪と侮蔑《ぶべつ》に輝いた姉の眼の光りを私は終生忘れ得ないであろう。

嘗《かつ》て女学生時代の姉の文箱《ふばこ》の中に、義兄の恋文を見出した時の仰天の余りの××的反感、――それは少年の日の単なる遊戯に過ぎないものではないか。それを境に姉弟は何時《いつ》の日も呪詛《じゅそ》の真正中《まっただなか》にあった。

瀆神《とくしん》！　おれは今、一体、何を言い、何を考えようとしているのだ？　浅間しい人畜境の、溷濁《こんだく》した、暗い暗い嘆きが私を圧して、私は机に獅噛《しが》みついた。五体じゅうの筋という筋を一本一本引っこ抜かれるような苦痛に襲われ、私は抗争に顔をしかめて脇腹を抑えた。あの時、あの断崖《だんがい》から真逆さまに飛び降りて、千尋《せんじん》の底にこの骨も肉も打砕くべきであった。猛然とひと思いに穢域《あいいき》を去って永く昏迷《こんめい》の闇を滅すべきであったものを！

が、ここまで来て、私は、もう、一点のはからいもなかった。……

だいぶ久しくして急に部屋が暗くなったので我に返り振り仰いだ。硝子障子を細目に開けて見ると、隣家の高い樫《かし》の木の梢越《こずえごし》に、西と北との空からすさまじい夕立雲がむくむくと低く動き迫って、空気は微動だにせず沈んでいた。と見る間に、電光の閃《ひらめ》き、雷鳴の唸り、さっと陣風が襲うと、雹《ひょう》のような大粒の重い雨が沛然《はいぜん》とひからびた地上を打ち出した。庭も、家屋も、樹木も、街の方も、万象は逆巻く津浪《つなみ》のごとくに荒れ狂い、鳴動して、と、眼の前の硝子障子の一ト窓の、壊れたなりに無精して唐紙を貼りつけてあったのが、ひとたまりもなく打ち抜かれ、雨はポンプの水のように三畳に飛び込んで来て、私はたじろき気味に、小机をかかえて一歩後しざったが、背中が壁につかえてそのまま立ち竦んでしまった。

魍魎

七月の何日かであった、詩人にもその日は用事のない日であった。病いも小康を得ていた。

「今年は、どうしてまた、蟬《せみ》が鳴かないのだろうね？」

「そうですね、もう鳴かなければならない時ですがね。別に陽気が遅れているとも思えませんが……」

相槌《あいづち》を打った女の言葉がまだ終らない時、竹垣をへだてた路地向うの家の子供さんが夜店で売っているブリキでこさえた玩具《おもちゃ》の蟬を、ミーン、ミーンミーンと吹いたと思うと、其処《そこ》の樫《かし》の梢《こずえ》で本物の蟬が、ジジ、ジジ、……ジーン、ジーンジーン、と可愛《かわい》らしい産声をあげた。「おや、蟬が鳴いたのね！」と、二階の欄干のところに厚い本を持ったまま姉さんの女子大学生が室《へや》から飛び出して来て頓狂《とんきょう》な声で言った時と、かれと女とが、「おお、鳴いた鳴いた鳴いた！」と顔を見合せて言ったのとは同時であった。

「鳴きたい鳴きたいと思っていても、何か誘い出す力のようなものがなくては、蟬でも鳴けんものらしいなあ」と、詩人はひとりごとを言った。

去年の暑さは今年より烈《はげ》しかった。蟬もずいぶんよく鳴いた。四辺《あたり》は、終日、降るような蟬の声であった。詩人の故郷の姉の一人息子の中学生の豊次が十日ばかり東京に来ていたが、「おじさん、東京というところは、案のほか蟬がたんと鳴くところじゃのんた」と言った。その言葉が何時《いつ》までも詩人の耳に残っている。

豊次の噂《うわさ》も、つれづれに、二人の話題に上った。

「今年も、豊次さんは入らっしゃればいいのにね。おおかた、イク子さんのほうへでも海水浴に行っていらっしゃるでしょう」

イク子というのは詩人の妹で、良人《おっと》が海軍の軍人で、今は九州の軍港にいるのである。

「そんなことかも知れん」

「もう二度と東京へ入らっしゃることもないでしょうよ。今から思えば、あれも見せ、これも見せ、あれも食べさせ、これも食べさせしてあげればよかったと、わたしはそんな気がしてなりませんの」

女の声はさびしかった。

隣家の子供さんの迎えの笛で鳴きはじめた蟬は、今夏は余り鳴かず、やがていつの間にやら消えてしまった。そうした秋も闌《た》けた或日《あるひ》の午後、詩人は吾家《わがや》の狭い庭の藤棚の下に敷いた新聞紙の上に坐《すわ》って、半ば黄葉《こうよう》した藤の葉の間から零《こぼ》れ落ちる恵み深い日光に左の胸を晒《さら》しながら、愛蔵の書物を膝《ひざ》の上で開いていた。

（……労作のことを語ってお在《あり》でのようですが、私はあなたに労作をおすすめします。芸術を愛してください。あらゆる虚偽の中で、まだまだ芸術が最も虚偽に遠いものです。専心に、忠実に、それを愛することにつとめて下さい。芸術があなたを過《あやま》たすことはありません。態度のみが永久で、そして必要なものです。最早昔のような芸術家はありません。昔の芸術家の生活と精神とは、美の欲求の為《ため》に盲目な機械だったのです。それは神の機関で、それによって神自身が已《すで》に已《おのれ》を証《あか》したのです、そういう人々の為には所謂《いわゆる》この世界は無かったのです。誰もその人々の苦痛をすこしも知らなかったのです。毎晩彼等は悲しく寝ました。そして吾々が蟻《あり》の群を眺めるように、駭《おどろ》いた目を見ひらいて人生を眺めたのです……）

不図《ふと》われに返ると、何時《いつ》しか太陽は隠れて、うそ寒い風が藤の葉を動かしていた。ぶるぶる顫《ふる》える樫の木の白い葉裏も見えた。その時、ぬーッと詩人の目前に浮動するものがあった。

「どうじゃ？」その書物に書いてあることは偽りではないのか。よう考えて見たか？」

奇怪な形をした魍魎《もうりょう》が、かれの前に突っかかり、こう底力のある太い声で言って、険しい形相をして睨《ね》めつけた。ゲラ、ゲラ、ゲラッ、と詩人は気狂《きちが》い笑いをした。

「さあ返事をしろ」

詩人はすたすたと濡縁《ぬれえん》に駈《か》け上ろうとした。と忽《たちま》ち、何か目玉ばかり大きい疣蛙《いぼがえる》のような形に見えて来た魍魎は、気味悪い手を伸《の》ばしてむずとかれを捕えた。背中を押えつけられた詩人は、地べたに四《よ》つん這《ば》いに手足を伏せ、それでも滑り抜けようと身を悶《もだ》えた。

「御免ください。詩の作のことは、寝ても覚めても忘れてはいませんから。あなたの問う、この異国の半神の言葉——労作のことを語ってお在でのようですが、私はあなたに労作をおすすめします——ああ、何《な》んという強い魅力であろう。怠けようとは思いません。ですけれど、私は今病気なんですもの。それに………」

「違う違う。そんな毛唐《けとう》の書残した文殻《ふみがら》など焼いてしまえ。外道の教《おしえ》じゃ。馬鹿者めが、みんながみな神意に背いたものの当然の報いとは知らずに、病気なぞ言うて憐《あわれ》みを乞《こ》おうと言うのか。病む身にわしは同情はせんぞ。ソナタは種姓《すじょう》が卑しいから、何時《いつ》もあわれっぽいことを口にしたがる。一体、何んで詩が最善の道じゃ? 痴人の気休め、そらごと、たわごと、まことあるものでないことを、ソナタはその年をして、まだ悟らんのか。智眼《ちがん》くらいことじゃのう」

「…………」詩人は答えなかった。

「あら、そんな手荒なこと止《よ》して下さい。何んて苛酷《かこく》な、無情なことなさるんでしょう」と女の声がした。

「おい、お前の出る幕じゃない。引っ込め」と、詩人はかすれ声で叫んだ。

「いいえ、いいえ、わたしに言わして下さい」と女は影のような魍魎に取《と》り縋《すが》った。

「ほんとは、この人は、病気ぐらいに屈託してはいませんの。ただただ、闇《やみ》の中に一人でおっぽり出されたような生得《しょうとく》の孤独を悲しんで……だもんだから詩にかじりつくより仕様がないのです。詩の仕事を一心にやってゆけばいいと思っていますのよ。それこそ、まるで、捨て子のような孤独なんですもの」

「今の世に生きていて孤独で淋《さび》しくない人間が何処《どこ》にあるものか。ここで、そんなつまらぬこと言ってくれるな」と、詩人ははらはらして息も絶え絶えに言った。

「それにこの人は、言葉に尽せない気の毒な呪《のろ》いに取《と》り憑《つ》れているのです。ねえ、お願いですから、その手を離して上げて下さい」

女は、か細いとは言え永年労役に鍛えられた腕に力を籠《こ》めて魍魎の手に摑《つか》まったが、恰《あたか》も大樹をゆすぶるようなものであった。

「これ女、ソチは、この者の女房か。む、名は何んという?……千代子。年はいくつ?……三十二とな、子の年か、む」と魍魎はわざとらしい尊大な口調で言った。

「して女房、言うところの呪いの仔細《しさい》は?」

「どうぞ、それはお訊《き》きなさらないでください。でも、ただ、魑魅《ちみ》とか、魍魎とか、あなたなんかの類《たぐい》の怪しい惑《まど》わかしとちがって、愛とか、人情のほだされとか……」

「ようし、分った、一ト思いに、ソチが亭主の呪縛の縄を解いてやろう!」

魍魎が目くばせの合図をすると、口が耳まで裂けた二疋《にひき》の幽鬼がすーッと出て来て、行きなり女の左右から腋《わき》の下へ腕を入れ足を宙に吊《つる》し上げた。そうして、死物狂に詩人の名を呼んで助けを求める女を、難なく何処かへ拉《らっ》し去った。詩人は、のしかかった魍魎にしっかと押えられたまま不倶戴天《ふぐたいてん》の歯がみをすると、ゴクッと咽喉《のど》の奥で音がしてドロリとした赤い血の塊が込みあげて来た。咯《は》いた血の塊から温い湯気が立っておるのを見て、詩人は全く喪神してしまった。

「詩に執心することを思い切れ。そんなものに溺《おぼ》れているから、他人の栄華を羨《うらや》んだり、自分の不運を嘆いたりする。無明果業《むみょうかごう》の苦因を募らせるばかりじゃ」

この時、魍魎はゆるめた手で咳《せき》をする詩人の背中を撫《な》でていた。そして物静かに言いつづけた。時おり鼻をクンクン鳴らした。

「七年前にソナタが身命をかけて崇敬した坊さんの教に戻れ、ソナタはあの女と一しょになった時から、護持養育の恩を踩《ふ》み躙《にじ》って、坊さんに立《た》て衝《つ》き出した。坊さんはソナタの処女詩集が出た時、（ああ、あの男も、とうとう邪見に落ちたか）と深い溜息《ためいき》を吐《つ》いたが、ソナタもうすうす知ってるだろうが、それが世の常の溜息と思うか。それとも、ソナタが最初宗教に求めた心も嘘《うそ》ッぱちであったのか。ソナタという奴は、一も嘘なら二も嘘、三も嘘、嘘のかたまりか。ナニ、ナニ、坊さんの光顔が忘られん？　坊さんの写真は、袱紗《ふくさ》につつんで大事にして持っとる？　経文も時には読む？　ウ、そうか。そうそう、ソナタの頂戴《ちょうだい》した御写真には、――外ニ賢善精進《しょうじん》ノ相ヲ現ズルヲ得ザレ、内ニ虚仮ヲ抱ケバナリ――と書いてあったのう。（賢ぶった顔をせな）そう坊さんに教えられて、ソナタも昔は、うれしさを袖《そで》につつんだ人間ではなかったか」

「思い当る、分っとる！」と、詩人はしくりしくり泣き出した。

「ソナタは地獄に落ちるのが悲しいのか。破戒無戒の恥知らずめ！……今日を限り詩を棄《す》てろ。詩の精神などというものは、結局、あるがまま、なるがまま、常没常流転の相を一歩も出るものではない。永劫《えいごう》に救いの真実はない。ソナタが詩に生きるため、この七年間、どれだけ不自然なことを犯して来たことか。ここで一息つかざれば、千載にながく行くぞ！　さあ、オイラと一しょにも一度あのしんとした殿堂に行こう。無常のすがたには飽き飽きした。自分で自分を打ち立てるより外《ほか》、自分で真面目《まじめ》になるより外、他に進む道はないぞ！」

詩人は渋々ながら魍魎に手を引かれて、潜り戸を開けて竹垣の外へ出た。そこの露地に蔽《おお》いかぶさっている隣家の鬱蒼《うっそう》とした樫の葉裏を仰いで、魍魎は親しみにくい狡《ず》るそうな微笑を口もとに湛《たた》えていた。

「オイラも勿論《もちろん》、もとは坊さんの弟子なんだ。ちょっとの過失で破門されて、ツラ当てに自殺したんだ。死体を焼かれる時は、オイラ、棺の中で、手足の指をちぢめたり、跳ね起きて口から泡を吹いたり、大あばれにあばれてやった。知覚は失っていても、とても火に焼かれては熱かったね。オイラ、直《す》ぐ火葬場の山の樫の木の白い葉裏に取っ着いて魍魎になった」

「ほう、そうですか。魍魎の生活は気楽でしょうね」と、詩人は訊いた。

「いや、どうしてどうして、想像外だよ。とてもとても苦しい月日をおくって来たよ」

と、魍魎は如何《いか》にも苦しげな表情をして見せた。

……………………

詩人の心眼に映じた魍魎の幻像は夕暮の薄明の中に埋れて行って、やがて忽然《こつぜん》と消滅した。かれはぐったりとなって室に戻った。

途　上

六里の山道を歩きながら、いくら歩いても渚《なぎさ》の尽きない細長い池が、赤い肌の老松の林つづきの中から見え隠れする途上、梢《こずえ》の高い歌い声を聞いたりして、日暮れ時分に父と私とはY町に着いた。その晩は場末の安宿に泊り翌日父は私をY中学の入学式につれて行き、そして我子を寄宿舎に托《たく》して置くと、直《す》ぐ村へ帰って行った。別れ際に父は、舎費を三ケ月分納めたので、先刻渡した小遣銭を半分ほどこっちに寄越せ、宿屋の払いが不足するからと言った。私は胸を熱くして紐《ひも》で帯に結びつけた蝦蟇口《がまぐち》を懐から取出し、幾箇かの銀貨を父の手の腹にのせた。父の眼には涙はなかったが、声は潤んでいてものが言えないので、私は勇気を鼓して「お父《と》う、用心なさんせ、左様なら」と言った。眼顔で頷《うなず》いて父は廊下の曲り角まで行くと、も一度振り返ってじっと私を見た。

「おい君、君は汁の実の掬《すく》いようが多いぞ」

と、晩飯の食堂で室長に私は叱《しか》られて、お椀《わん》と杓子《しゃくし》とを持ったまま、耳朶《みみたぶ》まで赧《あか》くなった顔を伏せた。

当分の間は百五十人の新入生に限り、朝毎《あさごと》おかしいぐらい早目に登校して、西側の控所に集まった。一見したところ、それぞれ試験に及第して新しい制服制帽、それから靴を穿《は》いていることが十分得意であることは説くまでもないが、でも私と同じようにに山奥から出て来て、寄宿舎に入れられた急遽《きゅうきょ》な身の変化の中に、何か異様に心臓をときめかし、まだズボンのポケットに手を入れることも知らず、膝坊主《ひざぼうず》をがたがた顫《ふる》わしている生徒も沢山に見受けられた。一つは性質から、一つは境遇から、兎《と》角《かく》苦悩の多い過去が、ほんの若年ですら私の人生には長く続いていた。それは入学式の日のことであるが、消魂《けたたま》しいベルが鳴ると三人の先生が大勢の父兄たちを案内して控所へ来、手に持った名簿を開けていちいち姓名を呼んで、百五十人を三組に分けた。私は三ノ組のびりっこから三番目で、従って私の名が呼ばれるまでには夥《おびただ》しい時間を要した。或《あるい》は屹度《きっと》、及第の通知が間違っていたのではないかと、愬《うった》えるようにして父兄席を見ると、木綿の紋付袴《もんつきはかま》の父は人の肩越しに爪立《つまだ》ち、名簿を読む先生を見詰め子供の名が続くかと胸をドキつかせながら、あの、嘗《かつ》て小学校の運動会の折、走っている私に堪《たま》りかねて覚えず叫び声を挙げた時のような気が気でない狂いの発作が、全面の筋肉を引《ひ》き吊《つ》っていた。その時の気遣いな戦慄《せんりつ》が残り、幾日も幾日も神経を訶《さいな》んでいたが、やがて忘れた頃には、私は誰かの姿態の見よう見真似《みまね》で、ズボンのポケットに両手を差し、隅っこに俯向《うつむ》いて、靴先でコトコトと羽目板を蹴《け》って見るまでに場馴《ばな》れたのであった。二年前まではこの中学の校舎は兵営だったため、控所の煉瓦《れんが》敷《じき》は兵士の靴の鋲《びょう》や銃の床尾鈑《しょうびはん》やでさんざん破壊されていた。汗くさい軍服の臭《にお》い、油ッこい長靴の臭いなどを私は壁から嗅《か》ぎ出した。

　日が経《た》つにつれ、授業の間の十分の休憩時間には、私は控所の横側の庭のクローウヴァーの上に坐《すわ》って両脚を投げ出した。柵外《さくがい》の道路を隔てた小川の縁の、竹藪《たけやぶ》にかこまれた藁屋根《わらやね》では間断なく水車が廻《まわ》り、鋼鉄の機械鋸が長い材木を切り裂く、ぎーん、ぎんぎん、しゅッしゅッ、という恐ろしい、ひどく単調な音に、そしてそれに校庭の土手に一列に並んでいる松の唸《うな》り声《ごえ》が応じ、騒がしい濤声《とうせい》のように耳の底に絡んだ。水車が休んでいる時は松はひとりで淋《さび》しく奏でた。その声がしばしばのこと私を、父と松林の中の道を通って田舎から出て来た日に連れ戻した。受験後の当座は、毎晩父が風呂《ふろ》に入るとお流しに行く母の後について私も湯殿に行く度、「われの試験が通らんことにゃ、俺《おれ》ァ、近所親類へ合す顔がないが」と溜息《ためいき》を吐《つ》き、それから試験がうかればうかったで、入学後の勉強と素行とについて意見の百万遍を繰返したものだのに、でも、あの松林を二人きりで歩いて来た時は、私の予期に反して父は何ゆえ一言の忠告もしなかったのだろう？　その場合の、無言の父のほうが、むしろどんなにか私の励みになっていた。

何かしら斯様《かよう》な感慨が始終胸の中を往来した。私は或時《あるとき》舎生に、親のことを思えば勉強せずにはおられん、とつい興奮を口走って、忽《たちま》ちそれが通学生の耳に伝わり、朝の登校の出合がしら「やあ、お早う」という挨拶《あいさつ》代りに誰からも「おい、親のことを思えば、か」と、揶揄《やゆ》されても、別に極《きま》り悪くは思わなかった。夜の十時の消燈ラッパの音と共に電燈が消え皆が寝しずまるのを待ち私は便所の入口の燭光《しょっこう》の少《すくな》い電燈の下で教科書を開いた。それも直ぐ評判になって、変テケレンな奴だという風評も知らずに、口々に褒めてもらえるものとばかり思い込み、この卑しい見栄《みえ》の勉強のための勉強を、それに眠り不足で鼻血の出ることを勉強家のせいに帰して、内心で誇っていた。冷水摩擦が奨励されると毎朝衆に先んじて真っ裸になり釣瓶《つるべ》の水を頭から浴びて見せる空勇気を自慢にした。

西寮十二室という私共の室《へや》には、新入生は県会議員の息子と三等郵便局長の息子と私との三人で、それに二年生の室長がいたが、県会議員や郵便局長が立派な洋服姿で腕車を乗り着けて来て室長に菓子箱などの贈物をするので、室長は二人を可愛《かわい》がり私を疎《うと》んじていた。片輪という程目立たなくも室長は軽いセムシで、二六時中蒼白《あおじろ》い顔の眉《まゆ》を逆立てて下を向いて黙っていた。嚥《の》み込んだ食べものを口に出して反芻《はんすう》する見苦しい男の癖に、反射心理というのか、私のご飯の食べ方がきたないことを指摘し、口が大きいとか、行儀が悪いとか、さんざ品性や容貌《ようぼう》の劣悪なことを面と向って罵《ののし》った。私は悲しさに育ちのいい他の二人の、何処《どこ》か作法の高尚な趣、優雅な言葉遣いや仕草やの真似をして物笑いを招いた。私の祖父は殆《ほとん》ど日曜日毎に孫の私に会いに来た。白い股引《ももひき》に藁草履を穿いた田子《たご》そのままの恰好《かっこう》して家でこさえた柏餅《かしわもち》を提げて。私は柏餅を室のものに分配したが、皆は半分食べて窓から投げた。私は祖父を来させないよう家に書き送ると、今度は父が来出した。父の風采《ふうさい》身なりとも祖父と大差なかったから、私は父の来る日は、入学式の前晩泊った街道筋の宿屋の軒先に朝から立ちつくして、そこで父を掴《つか》まえた。祖父と同様寄宿舎に来させまいとする魂胆を勘付いた父は、「俺でも悪いというのか、われも俺の子じゃないか、親を恥ずかしう思うか、罰《ばち》当《あた》りめ！」と唇をひん曲げて呶《ど》鳴《な》りつけた。とも角、何は措《お》いても私は室長に馬鹿にされるのが辛《つら》かった。どうかして、とても人間業《にんげんわざ》では出来ないことをしても、取り入って可愛がられたかった。その目的ゆえに親から強請した小遣銭で室長に絶えず気を附《つ》けて甘いものをご馳走《ちそう》し、また言いなり通り夜の自習時間に下町のミルクホールに行き熱い牛乳を何杯も飲まし板垣を乗り越えて帰って来る危険を犯すことを辞しなかった。夜寝床に入ると請わるるままに、祖父から子供のおり冬の炉辺のつれづれに聞かされた妖怪変化に富んだ数々の昔噺《むかしばなし》を、一寸法師の桶屋《おけや》が槌《つち》で馬盥《ばだらい》の箍《わ》を叩《たた》いているると箍が切れ跳ね飛ばされて天に上り雷さまの太鼓叩きに雇われ、さいこ槌を振り上げてゴロゴロと叩けば五五の二十五文《もん》、ゴロゴロと叩けば五五の二十五文儲《もう》かった、といった塩梅《あんばい》に咄家《はなしか》のような道化た口調で話して聞かせ、次にはうろ覚えの浄瑠璃《じょうるり》を節廻しおもしろう声色で語って室長の機嫌をとった。病弱な室長の寝小便の罪を自分で着て、蒲団《ふとん》を人の目につかない柵にかけて乾かしてもやった。こうしてとうとう荊棘《いばら》の道を踏み分け他を凌駕《りょうが》して私は偏屈な室長と無二の仲好《なかよ》しになった。するうち室長は三学期の始頃《はじめごろ》、腎臓の保養のため遠い北の海辺に帰って間もなく死んでしまった。遺族から死去の報知を受けたものは寄宿舎で私一人であった程、それだけ私は度々見舞状を出した。室長の気の毒な薄い影が当分の間は私の眼光にこびりついていた。が、愕然《がくぜん》としてわれに返ると、余り怠けた結果、私は六科目の注意点を受けていたので、俄《にわか》に狼狽《ろうばい》し切った勉強を始め、例の便所の入口の薄明の下に書物を披《ひら》いて立ったが、そうしたことも、何物かに媚び諂《へつら》う習癖、自分自身にさえひたすらに媚び諂うた浅間《あさま》しい虚偽の形にしか過ぎないのであった。

辛うじて進級したが、席次は百三十八番で、十人の落第生が出たのだから、私が殆どしんがりだった。

「貴様は低能じゃい、脳味噌《のうみそ》がないや、なんぼ便所《せんち》で勉強したかって……」

学年始めの式の朝登校すると、控所で、一と塊になって誰かれの成績を批評し合っていた中の一人が、私を弥次《やじ》ると即座に、一同はわっと声を揃《そろ》えて笑った。

二年になると成績の良くないものとか、特に新入生を虐《いじ》めそうな大兵《だいひょう》のものとかは、三年生と一緒に東寮に移らなければならなかったが、私は運よく西寮に止まり、もちろん室長でこそなかったにしろ、それでも一年生の前では古参として猛威を揮《ふる》う類に洩《も》れなかった。室長は一年の時同室だった郵便局長の伜《せがれ》は東寮に入れられて業腹《ごうはら》な顔をしていた。或日食堂への行きずりに私の袖《そで》をつかまえ、今日われわれ皆で西寮では誰と誰とが幅を利かすだろうかを評議したところ、君は温順そうに見えて案外新入生に威張る手合だという推定だと言って、私の耳をグイと引っ張った。事実、私はちんちくりんの身体《からだ》の肩を怒らせ肘《ひじ》を張って、廊下で行き違う新入生のお辞儀を鷹揚《おうよう》に受けつつ、ゆるく大股《おおまた》に歩いた。そうして鵜《う》の目鷹《たか》の目であらを見出し室長の佐伯に注進した。毎週土曜の晩は各室の室長だけは一室に集合して、新入生を一人一人呼び寄せ、いわれない折檻《せっかん》をした。私は他の室長でない二年生同様にさびしく室に居残るのが当然であるのに、家柄と柔道の図抜けて強いことで西寮の人気を一身にあつめている佐伯の忠実な、必要な欠くべからざる腰巾着《こしぎんちゃく》として、鉄拳制裁や蒲団蒸しの席につらなることが出来た。一番にも二番にも何より私は佐伯の鼻意気を窺《うかが》い、気に入るよう細心に骨折っていた。

或夜、定例の袋敲《ふくろたた》きの制裁の席上、禿《はげ》と綽名《あだな》のある生意気な新入生の横づらを佐伯が一つ喰わすと、かれはしくしく泣いて廊下に出たが、丁度、寮長や舎監やの見張番役を仰付《おおせつ》かって扉の外に立っていた私は、かれが後頭部の皿をふせたような円形の禿をこちらに見せて、ずんずん舎監室のほうへ歩いて行ったのを見届け、確かに密告したことを直観した。私はあとでそっと禿を捉え、宥《なだ》め賺《すか》し誰にも言わないから打明けろと迫って見たが、禿は執拗《しつよう》にかぶりを掉《ふ》った。次の日もまた次の日も、私は誰にも言わないからと狡い前置をして口説《くど》いたすえ、やっと白状させた。私はほくほくと得たり顔して急ぎ佐伯に告げた。赫怒《かくど》した佐伯に詰責されて禿は今度はおいおい声を挙げて泣き出し、摑まえようとした私から滑り抜けて飛鳥のように舎監室に走った。三日おいてその日は土曜の放課後のこと、舎監室で会議が開かれ、ピリピリと集合図の笛を吹いて西寮の二年生全部を集めた前で、旅行中の校長代理として舎監長の川島先生が、如何《いか》に鉄拳制裁の野蛮行為であるかを諄々《じゅんじゅん》と説き出した。川島先生が息を呑《の》む一瞬のあいだ身動きの音さえたたず鎮まった中に、突然佐伯の激しい啜《すす》り泣きが起《おこ》った。と、他人《ひと》ごとでも見聞きするようにぽツんとしていた私の名が、霹靂《へきれき》の如《ごと》くに呼ばれた。

「一歩前へッ！」休職中尉の体操兼舎監の先生が行き成り私を列の前に引《ひ》き摺《ず》り出した。

「き、き、君の態度は卑怯《ひきょう》だ。甚だ信義《すんぎ》を欠く。た、た、誰にも言わぬなんて、実《づっ》——に言語道断であるんで、ある。わすはソノ方を五日間の停学懲戒《ちょうかい》に処する。佐伯も処分する考《かん》げえであったが、良心の呵責《かしゃく》を感ずて、今ここで泣いだがら、と、と、特別に赦《ゆる》す！」

二度という強度の近眼鏡を落ちそうなまで鼻先にずらした、鼠《ねずみ》そっくりの面貌《めんぼう》をした川島先生の、怒るとひどく吃《ども》る東北弁が終るか、前々日の午前の柔道の時間に肩胛《けんこう》骨《こつ》を挫《くじ》いて、医者に白い繃帯《ほうたい》で首に吊って貰っていた腕の中に私は顔を伏せてヒイと泣き出したが、もう万事遅かった。私は便所の近くの薄縁《うすべり》を敷いた長四畳に孤坐《こざ》して夜となく昼となく涙にむせんだ。自ら責めた。一切が思いがけなかった。恐ろしかった。便所へ行き帰りの生徒が、わけても新入生が好奇と冷嘲《れいちょう》との眼で硝子《ガラス》へ顔をすりつけて前を過ぎるのが恥ずかしかった。誰も、佐伯でさえも舎監の眼を慮《おもんぱか》って忌憚《きたん》の気振りを見せ、慰めの言葉一つかけてくれないのが口惜《くや》しかった。柔道で負傷した知らせの電報で父が馬に乗って駈付《かけつ》けたのは私が懲罰を受けた前日であるのに、そして別れの時の父の顔はありありと眼の前にあるのに、一体この始末は何んとしたことだろう。私は巡視に来た川島先生に膝を折って父に隠して欲しい旨を頼んだが、けれども通知が行って父が今にもやって来はしないかと思うと、もう四辺《あたり》が真っ黒い闇になり、その都度毎《つどごと》に繃帯でしばった腕に顔を突き伏せ嗚咽《おえつ》して霞《かす》んだ眼から滝のように涙を流した。

停学を解かれた日学校に出る面目はなかった。私は校庭に据えられた分捕品の砲身に縋《すが》り、肩にかけた鞄《かばん》を抱き寄せ、こごみ加減に皆からじろじろと向けられる視線を避けていた。

「イヨ、君、お久しぶりじゃの。稚児《ちご》騒ぎでもやったんかえ?」

と、事情を知らない通学生がにやにや笑いながら声をかけてくれたので「いいや、違うや」と、仲間に初めて口が利けて嬉《うれ》しかった。私はその通学生を長い間徳としていた。

最早私には、学科の精励以外に自分を救ってくれるものはないと思った。触らぬ人に祟《たた》りはない、己の気持を清浄に保ち、怪我《けが》のないようにするには、孤独を撰《えら》ぶよりないと考えた。教場で背後から何ほど鉛筆で頸筋《くびすじ》を突っつかれようと、靴先で踵を蹴られようと、眉毛一本動かさず瞬き一つしなかった。放課後寄宿舎に帰ると、室から室に油を売って歩いていた以前とは打って変り、小倉服を脱ぐ分秒を惜《お》しんで卓子《テーブル》に噛《かじ》りついた。いやが上にも陰性になって仲間から敬遠されることも意に介せず、それは決して嘗ての如き虚栄一点張の努力でなく周囲を顧みる余裕のない一国な自恃《じじ》と緘黙《かんもく》とであった。ただ予習復習の奮励が教室でめきめきと眼に立つ成績を挙げるのを楽しみにした。よし頭脳が明晰《めいせき》でないため迂遠《うえん》な答え方であっても、答えそのものの心髄は必ず的中した。

しかし、何《ど》うしためぐり合せか私には不運が続いた。ころべば糞《くそ》の上とか言う、この地方の譬《たと》え通りに。初夏の赤い太陽が高い山の端に傾いた夕方、私は浴場を出て手拭《ぬぐい》をさげたまま寄宿舎の裏庭を横切っていると、青葉にかこまれたそこのテニス・コートでぽんぽんボールを打っていた一年生に誘い込まれ、私は滅多になく躁《はしゃ》いで産《うま》れてはじめてラケットを手《て》にした。無論直ぐ仲間をはずれて室に戻ったが、ところでその晩雨が降り、コートに打っちゃり放しになっていたネットとラケットが濡れそびれて台なしになった。そこで庭球部から凄《すご》い苦情が出て、さあ誰が昨日最後にラケットを握ったかを虱《しらみ》つぶしに突きつめられた果《はて》、私の不注意ということになり、頰《ほお》の肉が硬直して申し開きの出来ない私を庭球部の幹事が舎監室に引っ張って行き、有無なく私は川島先生に始末書を書かされた上、したたか説法を喰ってしまった。

引き続いて日を経ない夕食後、舎生一同が東寮の前の菜園に出て働いた時のことであった。私のはっしと打ち込んだ熊手が、図らず向い合った人の熊手の長柄《ながえ》に喰い込んだ途端、きゃアと驚きの叫び声が挙《あが》った。舎生たちが仰天して棒立ちになった私を取り巻いた。

「えーい、君、少し注意したまえ!」と色を失って飛んで来た川島先生は肺腑《はいふ》を絞った声で眉間《みけん》に深い竪皺《たてじわ》を刻み歯をがたがた顫わして叱ったが、頰を流れる私の涙を見ると、

「うん、よしよし、まア、××君の頭で無くてよかった、熊手の柄でよかった……」

ほんとうに、もし過《あやま》ってその人の脳天に熊手の光る鉄爪を打ち込んだとしたら、私は何んとしたらいいだろう? 一瞬私の全身に湯気の立つ生汗が流れた。私は、その後幾日も幾日も、思い出しては両手で顔を蔽うて苦痛の太息を吐いた。手を動かし足を動かす一刹那《いちせつな》に、今にもまた、不公平な運命の災厄がこの身の上に落ちかかりはしないかと怖《お》じ恐れ、維持力がなくなるのであった。

　暑中休暇が来て山の家に帰った五日目、それのみ待たれた成績通知簿が届いた。三、四の科目のほか悉《ことごと》く九十点を取っているのに、今度から学期毎に発表記入されることになった席次は九十一番だった、私はがっかりした。私は全く誰かの言葉に違わず、確かに低能児であると思い、もう楽しみの谷川の釣も、山野の跋渉《ばっしょう》も断念して、一と夏じゅう鬱《ふさ》ぎ切って暮した。九月には重病人のように蒼ざめて寄宿舎に帰った。私はどうも腑《ふ》に落ちないので、おそるおそる川島先生に再調査を頼むと九番であったことが分った。「君は悔悛して勉強したと見えて、いい成績だった」と、初めてこぼれるような親しみの笑顔を見せた。私は狂喜した。こうした機会から川島先生の私への信用は俄に改まった。私の度重なる怨《うら》みはたわいなく釈然とし、晴々として翼でも生えてひらひらとそこら中を舞い歩きたいほど軽い気持であった。一週日経ってから一級上の川島先生の乱暴な息子が、学校の告知板の文書を剝《は》ぎ棄《す》てた科《とが》で処分の教員会議が開かれた折、ひとり舎監室で謹慎していた川島先生は、通りがかりの私を廊下から室の中に呼び入れ、「わすの子供も屹度停学処分を受けることと思うが、それでも君のように心を入れかえる機縁になるなら、わすも嬉しいがのう」と暗然とした涙声で愬えた。私の裡《うち》に何んとも言えぬ川島先生へ気の毒な情が湧《わ》き出るのを覚えた。ほど無く私は幾らかの喝采《かっさい》の声に慢心を起した。そして何時《いつ》しか私は、独りぼっちであろうとする誓約を忘れてしまったのであろうか。強《あなが》ち孤独地獄の呻吟《しんぎん》を堪《た》えなく思ったわけではないが、或偶然事が私を伊藤に結びつけた。伊藤は二番という秀才だしその上活潑敏捷《かっぱつびんしょう》で、さながら機械人形の如く金棒に腕を立て、幅飛びは人の二倍を飛び、木馬の上に逆立ち、どの教師からも可愛がられ、組の誰にも差別なく和合して、上級生からでさえ尊敬を受けるほど人気があった。彼は今は脱落崩壊の状態に陥っているが夥しい由緒ある古い一門に生れ、川向うの叔母の家からぴかぴか磨いた靴を穿いて通学していた。朝寄宿舎から登校する私を、それまではがやがやと話していた同輩達の群から彼は離れて、おーい、お早う、と敏活な男性そのもののきびきびした音声と情熱的な眼の美しい輝きとで迎えた。私は悩ましい沈鬱な眼でじっと彼を見守った。二人は親身の兄弟のように教室の出入りや、運動場やを、腕を組まんばかりにして歩いた。青々とした芝生の上にねころんで晩夏の広やかな空を仰いだ。学科の不審を教えて貰った。柔道も二人でやった。君はそれ程強くはないが粘りっこいので誰よりも手剛《てごわ》い感じだと、そう言って褒めたと思うと、彼独得の冴《さ》えた巴投《ともえな》げの妙技を喰わして、道場の真中《まんなか》に私を投げた。跳ね起きるが早いか私は嚙《か》みつかんばかりに彼に組みついた。彼は昂然《こうぜん》とゆるやかに胸を反らし、踏張《ふんば》って力む私の襟頸《えりくび》と袖とを持ち、足で時折り掬って見たりしながら、実に悠揚迫らざるものがある。およそ彼の光った手際は、学問に於《お》いて、運動に於いて、事毎にいよいよ私を畏《おそ》れさせた。このような、凡《すべ》て、私には身の分を越えた伊藤との提携を、友達共《ども》は半ば驚異の眼と半ば嫉妬《しっと》の眼とで視《み》た。水をさすべくその愛は傍目《はため》にも余り純情で、殊更らしい誠実を要せず、献身を要せず、而《しか》も聊《いささか》の動揺もなかった。溢《あふ》るる浄福、和やかな夢見心地、誇りが秘められなくて温厚な先生の時間などには、私は柄にもなく挑戦し、いろいろ奇矯の振舞をした。

Y中学の卒業生で、このほど陸軍大学を首席で卒業し、恩賜の軍刀を拝領した少佐が、帰省のついでに一日母校の漢文の旧師を訪ねて来た。金モールの参謀肩章を肩に巻き、天保銭を胸に吊った佐官が人力車で校門を辞した後姿《うしろすがた》を見送った時、さすがに全校のどんな劣等生も血を湧かした。

「ウウ、芳賀《はが》君の今日あることを、わしは夙《つと》に知っとった。芳賀君はもっとも頭脳も衆に秀でておったが、彼は山陽の言うた、才子で無《の》うて真に刻苦する人じゃった」と、創立以来勤続三十年という漢文の老教師は、癖になっている鉄縁の老眼鏡を気忙《きぜわ》しく耳に挟んだり外したりしながら、相好を崩した笑顔で愛弟子《まなでし》の成功を自慢した。

「ウウ、この中で、誰が第二の芳賀になる？　ウウ、誰じゃ？」

教室を出ると私は伊藤の傍に走り寄って、

「伊藤君、先生は君の顔を見た、たしかに見た、第二の芳賀に君は擬せられとる！」

と私は息を弾ませて言った。

「ちょッ、馬鹿言うな、人に笑われるぜ、お止《よ》しッ」と伊藤は冠せるように私を窘《たしな》めた。

私は中学を出れば草深い田舎に帰り百姓になる当てしかない。もう自分などはどうでもいいからと私は心で繰返した。幾年の後、軍人志望の伊藤の、肩に金モールの参謀肩章を、胸に天保銭を、そうした彼の立身出世のみが胸に宿って火のように燃えた。時として遠い彼方のそれが早くも今実現し、中老の私は山の家で、峡谷のせせらぎを聞き、星のちらつく空を仰ぎ、ただ曽《かつ》ての親友の栄達に満悦し切っているような錯覚を教室の机で起しつづけた。ふと我に返って伊藤が英語の誤訳を指摘されたりした場合、私の心臓はしばし鼓動をやめ、更に深く更にやるせない一種の悲壮なまでの焦躁《しょうそう》が底しれず渦巻くのであった。

「君は黒い、頸筋なんぞ墨を流したようなぞ」

と言って伊藤は私の骨張った頸ッ玉に手をかけ、二、三歩後すさりに引っ張った。私の衷《うち》を幽《かす》かな怖れと悲しみが疾風のごとく走った。

「僕も黒いか？　ハッハハハ」

畳みかけて伊藤は真率に訊いた。相当黒いほうだと思ったが、いや、白い、と私は嘘を吐いた。

毫《ごう》も成心があってではないが、伊藤は折ふし面白半分に私の色の黒いことを言ってからかった。それが私の不仕合せ《ふしあわ》なさまざまの記憶を新《あらた》にした。多分八、九歳位の時代のことであった。私の一家は半里隔った峠向うに田植に行った。水田は暗い低い雲に蔽われて、蛙《かえる》も鳴かず四辺《あたり》は鎮まっていた。母がそこの野原に裾をまくって小便をした。幼い妹が母にむずかっていた。その場の母の姿に醜悪なものを感じてか父は眉をひそめ、土瓶の下を焚《た》きつけていた赤い襷《たすき》がけの下女と母の色の黒いことを軽蔑《けいべつ》の口調で囁《ささや》き合った。妹に乳をふくませながら破子《わりご》の弁当箱の底を箸《はし》で突っついていた母が、今度は私の色の黒いことを出し抜けに言った。下女が善意に私を庇《かば》うて一言何か口を挟むと母が顔を曇らせぷりぷり怒って、「いいや、あの子は、産れ落ちるときから色が黒かったい、あれを見さんせ、頸のまわりと来ちゃ、まるっきり墨を流したようなもん。日に焼けたんでも、垢《あか》でものうて、素地《きじ》から黒いんや」と、なさけ容赦もなく言い放った。その時の、魂の上に落ちた陰翳《いんえい》を私は何時《いつ》までも拭《ぬぐ》うことが出来ない。私は家のものに隠れて手拭につつんだ小糠《こぬか》で顔をこすり出した。下女の美顔水を盗んで顔にすりこんだ。朝、顔を洗うと直ぐ床の間《とこのま》に据えてある私専用の瀬戸焼の天神様に、どうぞ学問が出来ますようと祷願《とうがん》をこめるのが父の言付けであったが、私は、どうぞ今日一日じゅう色の黒いことを誰も言い出しませんよう、白くなりますよう、と柏手《かしわで》を打って拝んだ。一日は一日とお定りの禱《いの》りの言葉に切実が加わった。小学校で学問が出来て得意になっている時でも、黒坊主黒坊主と呼ばれると、私の面目は丸潰《まるつぶ》れだった。私は色の白い友達にはてんで頭が上らなかった。黒坊主黒坊主と言わないものには、いい褒美を上げるからと哀願して、絵本とか石筆とかの賄賂《わいろ》をおくった。すると、僕にも呉《く》れ、僕にも出せ、と皆は私を取り囲んで八方から手を差出した。私は家のものを手当り次第盗んで持ち出して与えたが、しまいには手頃の品物がなくなって約束が果されず、嘘言い坊主という綽名を被《かぶ》せられた。私は人間の仕合せは色の白いこと以上にないと思った。扨《さて》はませた小娘のように水白粉《みずおしろい》をなすりつけて父に見つかり、父は下司《げす》という言葉を遣って叱った。なんでも井戸《いど》浚《さら》えの時かで、庭先へ忙しく通りかかった父が、私の持出していた鍬《くわ》に躓《つまず》き「あッ痛い、うぬ黒坊主め！」と拳骨《げんこつ》を振り上げた。私は赫《かっ》とした。父は私が遊び仲間から黒坊主と呼ばれていることを知っていたのだ。私は気も顚倒《てんとう》して咄嗟《とっさ》に泥んこでよごれた手で鍬を振り上げ、父の背後に詰寄って無念骨髄の身がまえをした。その日は出入の者も二、三人手伝いに来て、終日裏の大井戸の井戸車がガラガラと鳴り、子供ながらに浮々していたのに、私はすっかりジレて夕飯も食べなかった。暑休みになって町の女学校から帰って来た姉の顔の綺麗《きれい》なのに驚いた私は、姉のニッケルの湯籠《ゆかご》の中の軽石を見つけ、屹度これで磨くのに違いないと思い定め、湯殿に入って顔一面をこすると、皮膚を剝《む》いて血がにじみ出た。

「あんたはん、そや、キビスをこする石やったのに、まア、どうしようかいの」

見るも無惨な凹凸の瘡蓋《かさぶた》になった私の顔に姉は膏薬《こうやく》を塗ってくれながら、へんな苦《に》が笑いをした。私は鏡を見て明け暮れ歎《なげ》き悲しんだのであった。

不思議にここ一、二年来、心を去っていた色の黒い悩みが、不意に伊藤の言葉によってその古傷が疼《うず》き出した。私は教室の出入りに、廊下の擦《す》り硝子《ガラス》に顔を映すようになった。ちょうど顔じゅうに面皰《にきび》が生じ、自習室の机に向いても指で潰してばかりいて、気を奪われ全然勉強が手につかなくなった。その頃、毎日のように新聞に出る、高柳こう子という女の発明で(三日つけたら色白くなる薬)という広告を読み、私は天来の福音と思って早速東京へ送金した。ところが、日ならず届いた小包が運わるく舎監室に押収され、私は川島先生に呼びつけられた。

「君、これはどうした?　色白くなる薬……」

川島先生は、つぶれた面皰から血の吹いている私の顔を、きびしい眼付で見詰めた。

「そ、それは母のであります」

「お母さんのなら、何故《なぜ》、舎から註文《ちゅうもん》した?」

「お父さんに隠したいから、日曜日に持って帰ってくれちうて母が言いました……」

先生は半信半疑で口尻《くちじり》を歪《ゆが》めて暫《しば》し考えていたが、兎《と》も角《かく》渡してくれた。私はいくらか日を置いて小包を開き、用法の説明書どおり粉薬を水で溶き、人に内証《ないしょ》で朝に晩につけた。色こそ白くはならなかったが、面皰のほうには十分効目があった。川島先生の何時《いつ》も私の顔にじろじろと向けられる神経質な注視に逢《あ》う度、私はまんまと瞞《だま》したことに気が咎《とが》め、何か剣の刃渡りをしているような懼《おそ》れが身の毛を総立たせた。

天長節を控え舎を挙げて祝賀会の余興の支度を急いでいる時分、私と小学校時代同級であった村の駐在巡査の息子が、現在は父親が署長を勤めている要塞地《ようさいち》の町の中学から転校して寄宿舎に入って来た。前歯の抜けた窪《くぼ》い口が遥《はる》か奥に見えるくらい半島のように突き出た長い頤《あご》、眼は小さく、額には幾条もの太い皺《しわ》が寄り、老婆そのままの容貌をしていたので、入舎早々ばア様という綽名がついた。ばア様という綽名はまた如何にもそのこせこせした性情をよく象徴していて、実に小言好きの野卑な男で、私の旧悪を掘り出して人毎に曝《あば》くことを好んだ。黒坊主黒坊主と言って私を嘲弄《ちょうろう》したことを、それから私が黒坊主と言いそやされる反動で、奇妙な病気から鼻の両脇《りょうわき》に六つの小鼻が鈴生《すずなり》に累結している子供を鼻六ツ鼻六ツと言って泣かせ、その弱味につけこみ覗《のぞき》メガネの絵など高価に売りつけたり、学用品を横領したりしたことを。なおまた、駄菓子屋の店先に並んだ番重の中から有平糖《あるへいとう》を盗み取る常習犯であったことまで数え立てて、私を、ぬすッと、と言って触れ廻った。そうした私の悪意を極めた蔭口《かげぐち》と見え透いたお世辞とによって彼は転校者として肩身の狭い思いから巧《たくみ》に舎内の獰猛《どうもう》組《ぐみ》に親交を求め、速《すみやか》に己が位置を築くことに汲々《きゅうきゅう》としていた。ばア様は私の室の前を、steal, stole, stolen と声高に言って通って行く。私は無念の唇を噛《か》み緊《し》めながらも、のさばるばア様を何うしようもなく、ただただおどおどした。無暗《むやみ》にあわてた。折りも折、舎内で時計やお鳥目の紛失が頻々《ひんぴん》と伝わった。私は消え入りたい思いであった。泥棒の噂《うわさ》の立つ毎に、ひょっとして自分の本箱や行李《こうり》の中に、ポケットなどに他人の金入れが紛れこんではいないか、夜臥床《とこ》をのべようと蒲団をさばく時飛び出しはしないか、と戦々兢々《せんせんきょうきょう》とした。正しいことをすればする丈《だけ》、言えば言う丈、その嫌疑を免かれる方便の如く思《おも》い做《な》された。冬期休業が来て舎生が帰省の旅費を下附《かふ》された晩、七、八人もの蝦蟇口が誰かの手で盗まれ、とうとう町の警察から来て、どうしても泥棒は舎内のものだという鑑定で、一科目残っている翌日の試験中に三人の刑事は小使や門衛を手伝わして各室の畳まで上げて調べ、続いて試験場から帰って来た一人一人を食堂の入口でつかまえ、制服を脱がせ靴を脱がせして調べた。私の番になると、ばア様は二、三の仲間を誘い、意味ありげに陰険な視線と薄笑いを浴びせながら、私の前を行きつ戻りつした。強いて心を空《むなしゅ》うしようとすれば、弥《いや》が上に私の顔容はひずみ乱れた。が、逐一犯罪は検挙され、わッという只《ただ》ならぬ泣声と共に、私たちは食事の箸を投げて入口に押しかけると、東寮のある三年生が刑事の前に罪状を告白して泣き伏していた。私は自分が刺されたように胸が痛んで、意識が朦朧《もうろう》と遠くなった。

人もあろうに、どうしてか、その頃から伊藤はばア様と親しく交わり出した。従来伊藤の気づいてない私の性分をばア様が一つ一つ拾い立てて中傷に努めていた矢先、藩主の祖先を祀《まつ》った神社の祭に全校生が参拝した際、社殿の前で礼拝の最中石に躓いてよろめいた生徒を皆に混ってくツくツ笑った私を、後で伊藤がひどく詰《なじ》った。これと前後して、二人で川に沿うた片側町を歩いていた時、余所《よそ》の幼い子供が玩具《おもちゃ》の鉄砲の糸に繋《つな》がったコルクの弾丸で私を撃ったので、私が怒ってバカと叱ると、伊藤は無心の子供に対する私のはした無い言葉を厭《いと》うて、「ちぇッ、君には、いろいろイヤなところがある」と、顔を真赤《まっか》にして頬をふくらませ下を向いた。そして、それまでは並んで歩いていた彼は、柳の下につ、い、と私を離れ、眉を寄せて外方を見詰め口笛を吹き出した。

日増に伊藤は私から遠去り、そうした機会に、ばア様はだんだん伊藤を私の手から奪って行って、完全に私を孤立せしめた。思うと一瞬の目叩《まばた》きの間に伊藤は私に背向《そむ》いたのであった。私は呆《あき》れた。この時ばかりは私は激憤して伊藤の変節を腹の底から憎んだ。私は心に垣を張って決して彼をその中に入れなかった。避け合っても二人きりでぱったり出逢うことがあったが、二人とも異様に光った眼をチラリと射交《いかわ》し、ああ彼奴《あいつ》は自分に話したがっているのだなア、と双方で思っても露《あらわ》に仲直りの希望を言うことをしなかった。私はやぶれかぶれに依怙地《いこじ》になって肩を聳《そび》やかして己が道を歩いた。

長い間ごたごたしていた親族の破産が累を及ぼして、父の財産が傾いたので、三年生になると私は物入りの多い寄宿舎を出て、本町通りの下駄屋《げたや》の二階に間借りした。家からお米も炭も取り寄せ、火鉢の炭火で炊いた行平《ゆきひら》の中子《なかご》のできた飯を嚙んで食べた。自炊を嫌う階下の亭主の当てこすりの毒舌を耳に留めてからは、私はたいがい乾餅ばかり焼いて食べていた。階下の離座敷を借りている長身の陸軍士官が、毎朝サーベルの音をガチャンと鳴らして植込みの飛石の上から東京弁で、「行って参ります」と活潑な声をかけると、亭主は、「へえ、お早うお帰りませ」と響の音に応ずる如く言うのであった。私は教科書を包んだ風呂敷包みを抱えて梯子段《はしごだん》を下り、士官の音調《アクセント》に似せ、「行って参ります」と言うと、亭主は皮肉な笑いを洩《も》らしながら「へえ」と、頤で答えるだけだった。私は背後に浴びせる亭主はじめ女房や娘共の嘲笑が聞えるような気がした。仄暗《ほのぐら》いうちに起きて家人の眼をかくれ井戸端でお米を磨《と》いだりして、眠りの邪魔をされる悪口ならまだしも、私が僻《ひが》んで便所に下りることも気兼ねして、醤油壜《しょうゆびん》に小便を溜めて置きこっそり捨てることなど嗅ぎ知って、押入を調べはすまいかを懸念した。誰かそっと丼《どんぶり》や小鍋《こなべ》の蓋《ふた》を開けて見た形跡のあった日は、私はひどく神経を腐らした。そこにも、ここにも、哀れな、小さい、愚か者の姿があった。と言っても、背に笞《むち》してひたすら学業にいそしむことを怠りはしなかった。

俄然《がぜん》、張り詰めた心に思いもそめない、重い重い倦怠《けんたい》が、一時《いちどき》にどっと襲いかかった。恰《あたか》もバネが外れて運動を止めたもののように、私は凡《すべ》てを投げ出し無届欠席をした。有らゆる判断を除外した放心の数日を過した。

私は悄々《しおしお》と村の家に帰って行き、学校を退くこと、将来稼業を継いで百姓をするのに別段中学を出る必要はないこと、家のものと一しょに働きたいと言った。

父と母と縁側に腰かけて耳に口を当て合うようにし何かひそひそ相談をした。

「左様《そう》してくれるんか。えらい覚悟をしてくれた。何んせ、学問よりゃ、名誉よりゃ、身代が大切じゃで、ええとこへ気がついた」と父が言った。所帯が苦しいゆえの退学などとの風評を防ぐ手だてに、飽《あく》まで自発行動であることを世間に言うようにと父は言い付けた。

半生の間に、母が私の退校当座の短時日ほど、私を劬《いたわ》り優しくしてくれたためしはなかった。母はかねがね私を学校から引き退げようと、何程陰に陽に父に含めていたかしれなかったから。私は午前中だけ野良に出て百姓の稽古《けいこ》をし、午後は講義録を読んだ。私は頓《とみ》に積年の重たい肩の荷を降《おろ》した気がした。ここでは、誰と成績を競うこともなく、伊藤も、ばア様も、川島舎監長も、下駄屋の亭主もいなかった。在るものは唯《ただ》解放であった。私は小さいながら浮世の塵《ちり》を彼方に遠く、小ぢんまりした高踏に安んじ、曇りのない暫時の幸福なり平安なりを貪《むさぼ》っていた。

が、飽くことない静穏、それ以上不足を感じなかった世と懸け離れた生活も、束《つか》の間《ま》の仇《あだ》なる夢であった。父の生命の全部、矜《ほこ》りの全部としている隣人に対する偽善的行為に、哀れな売名心に、そうした父の性格の中の嘘をそっくり受け継いでいて何時《いつ》も苛々《いらいら》している私は、苦もなく其処《そこ》に触れて行って父を衝撃した。私と父とは、忽ち諍《いさか》い、忽ち和解し、誰よりも深く憎み、誰よりも深く赦した。夜中の喚《わめ》き罵る声に驚いて雨戸まで開けた近所の人達は朝には肩を並べて牛を引いて田圃《たんぼ》に出て行く私共父子を見て、呆気《あっけ》にとられた。臆病《おくびょう》に、大胆に、他を傷つけたり、疑ったり、連日連夜の紛争と愛情の交錯とはいよいよこじれて、長時の釈《と》け難い睨《にら》み合いの状態になった。

家庭の風波の渦巻の中で私は雪子の面影を抱いて己を羽含《はぐく》んだ。雪子はまだ高等小学の一年生で、私の家から十丁と隔たらない十王堂の高い石段の下の栗林《くりばやし》の中に彼女の家はあった。私が八歳の幼時、春風が戸障子をゆすぶる日の黄昏《たそがれ》近くであったが、戸口の障子を開けると、赤い紐の甲掛草履を穿いたお河童《かっぱ》の雪子が立っていた。何うして遊びに来たものか、ただ、風に吹かれて紛れ込んだ木の葉のようなものであった。私は雪子の手を引いて母の手もとに届けてやった。偶然に見染めた彼女の幻はずっと眼から去らず、或年の四月の新学期に小学校に上って来た彼女を見附けた日は私は、一夜うれしさに眠就《ねつ》かれなかった。相見るたびに少年少女ながら二人は仄かな微笑と首肯《うなずき》との眼を交わし、唇を動かした。私は厚かましく彼女の教室を覗《のぞ》き、彼女の垂髪《おさげ》に触れたり、机の蓋をはぐってお清書の点を検《しら》べたりした。何んと言っても雪子は私一人のものであった。盂蘭盆《うらぼん》が来て十王堂の境内からトントコトコという音が聞え出すと、私はこっそり家を抜け出し山寄の草原径を太鼓の音の方に歩いて行って、其処で人目を忍ぶようにして見た、赤紐で白い腮《あご》をくくって葦《あし》の編笠《あみがさ》を深目にかぶった雪子の、長い袖をたおたおと波うたせ、若衆の叩く太鼓に合せて字村《あざむら》の少女たちに混って踊っている姿など、そんな晩は夜霧が川辺や森の木立を深くつつんでいて、家に帰って寝床に入ってからも夜もすがら太鼓の音が聞えて来たことなど、年々の思い出が頻《しき》りに懐しまれるに従い、加速度に奇態な、やる瀬ない、様々な旋律が私の心を躍動させた。これが恋だと自分に判《わか》った。私は用事にかこつけて木槿《むくげ》の垣にかこまれた彼女の茅葺《かやぶき》屋根の家の前を歩いた。彼女を見たさに、私は川下の寺へ漢籍を毎夜のように習いに行ってはそこへ泊って朝学校へゆく彼女と路上で逢うようにした。下豊《しもぶくれ》の柔和な顔であるのに私に視入《みい》られると雪子は、頬を引き吊り蟀谷《こめかみ》のかすかな筋をふるわせた。この恋の要求が逸早《いちはや》く自分の身なりに意を留めさせ、きたない顔をまた気に病ませた。それまで蔭で掛けては鏡を見ていたニッケルの眼鏡を大びらに人前でも掛けさせた。ちょうど隣村へ嫁入っている姉の眼が少し悪くて姑《しゅうとめ》の小言の種《たね》になっていた際で、眼病が一家の疾のごと断定されはしまいかとの虞《おそ》れから、母は私の伊達《だて》眼鏡《めがね》を嫌い厭味《いやみ》のありったけを言ったが、しかし一向私は動じなかった。私は常に誰かに先鞭《せんべん》をつけられそうなことを気遣って、だから年端《としは》のゆかぬ雪子にどうかして一日も早く意中を明かしたいと、ひとりくよくよ胸を痛めた。好都合に雪子の母がひそかに私の気持を勘付いてくれ、それとなく秋祭に私を招いて、雪子にご馳走のお給仕をさせた。下唇をいつも嚙む癖があって、潤《しめ》った唇に薄桃色の血の色が美しくきざしかけている雪子は、盆を膝の上にのせて俯向いていた。お膳《ぜん》が下げられて立ち際に私がかかえた瀬戸の火鉢が手から滑り落ちて粉微塵《こなみじん》に砕けた。雪子が箒《ほうき》と塵取《ちりとり》とを持って来てくれ、私は熱灰を塵取の中に握り込むようなことをしたが、畳の上にあちこち黒焦げが残った。私は真赤に顔を染めて雪子の父に謝った。

遂に私は無我夢中に逆上して、家へ出入りするお常婆を介して、正式に許嫁《いいなずけ》の間にして貰えるよう私の父母に当って見てくれと頼んだ。一方私は俄に気を配って父や母を大切にし出した。お常婆は雨の降り頻るある晩、弓張提灯《ゆみはりちょうちん》など勿体《もったい》らしくつけて、改まって家へ来た。

「恥じを知れ！」

母はお常婆を追い返すと、ばたばた走って来て私の肩を小突き、凄い青筋をむくく瞓《は》わせ眼を血走らせて、さも憎々しげに罵った。

「どうも、この頃、様子がへゝんと思うちょったい。われや、お祭にもよばれて行ったちゅうこっちゃ。お常婆に頼うだりしち、クソ馬鹿！」

「お母ア！　わッしゃ、ホトトギスの武夫と浪子のような清い仲になろうと思うたんじゃ。若い衆のとは違う。悪いこっちゃない！」と、私は室の隅に追いすくめられながらも、余りの無念さに勃然《ぼつぜん》として反抗した。

「えーい、何んじゃと、恥じを知れ！」と母は手を上げて打とうとした。

父の不賛成は言うまでもなかった。曽て雪子の父と山林の境界で裁判沙汰《さいばんざた》になるまで争ったのだから。でも固く口を緘《とざ》していた。二、三日したお午《ひる》、果樹園から帰った父は裸になって盥《たらい》の水を使いながら戸口に来たきたない乞食《こじき》を見て、「ブラブラ遊んでおる穀《ごく》つぶしめア、今にあん通りになるんじゃ」と私に怖い凝視を投げて甲走《かんばし》った声で言った。即座に母が合槌《あいづち》を打った。下男も父母に阿《おもね》った眼で私を見た。私は意地にも万難を排し他日必ず雪子と結婚しようと思った。そう心に誓っていて、私は自棄《やけ》の気味と自《おのず》からなる性の目覚めとで、下女とみだらな関係を結んだ。入り代りに来た、頬の赤い、団子鼻の下女の寝床に、深夜私は蟹《かに》のように這《は》って忍び込んだが、他に男があるからと言って、言い寄った私に見事肘鉄砲《ひじでっぽう》を喰わした。男の面目を踏み潰された悔しさから私は、それならせめて贈物だけでも受けてくれと歎願《たんがん》し、翌日は自転車に乗って町へ買いに行き、そっと下女に手渡すと、下女は無愛想にボール箱の蓋を開け、簪《かんざし》をつまみ出し、香水の瓶をちょっと鼻の先に当てて匂《にお》いを嗅ぐと、礼も言わずに戸棚の中に蔵《しま》った。

そんなことも忽ちバレてしまった。最早私は、家のものからも、近所の誰からも軽蔑された。道を歩けば、子供でさえ指を差して私のことを嗤《わら》った。私は道の行き過ぎに私を弥次る子供が何より怖くて、子供の群を見つけると遠廻りしても避けるなど、日々卑屈になって行った。

二年の月日が経った。それまで時おり己が変心を悔いたような詫《わ》びの便りを寄越していた伊藤が、今度中学を卒業し学校の推薦でK市の高等学校へ無試験で入る旨を知らせて来た。私が裏の池のほとりにつくばって、草刈鎌を砥石《といし》で研いでいるところへ、父はその葉書を持って来て、

「われも、中学を続けときゃ、卒業なれたのに、惜しいことをしたのう。半途でやめて、恥じばっかり掻《か》いて……」と、如何にも残念そうに言い放って、顔を硬張《こわば》らせ、広い口を真一文字に結んで太い溜息を吐いた。

徴兵検査が不合格になると私はY町の瓦斯《ガス》会社の上役の娘と結婚した。中学に入学した折、古ぼけた制服を着た一人の生徒の、胸のポケットの革の鉛筆挿《えんぴつさし》に並べて挿した、赤や青や紫やの色とりどりの鉛筆と、それ等の鉛筆の冠った光彩陸離たるニッケルのカップとが、私の眼を眩惑《げんわく》させたのであった。その生徒は英語が並外れて達者なので非常な秀才だろうと驚きの眼をもって見ていたのに、後で分ったがそれは落第生であった。私の妻はその落第生の姉であったことを知って、くすぐったいような妙にイヤな気がした。それに何んという手落ちな頓馬《とんま》なことであったろう、婚礼の晩三三

九度の儀式に私はわなわな顫えて朱塗《しゅぬり》の大杯を台の上に置く時カチリと音をさせたが、彼女は実に落着払ってやってのけたのも道理、彼女は三三九度がこれで二度目の出戻りであったことを知ったのは、子供が産れて一年もしてからであった。私は彼女の鏡台を足蹴《あしげ》にして踏折った、針箱を庭に叩きつけた、一度他家に持って行ったものを知らん顔して携えて来るなど失敬だと怒って。そうして性懲りのない痴情喧嘩《ちじょうげんか》に数多《あまた》の歳月をおくった。

子供が七歳の春、私は余所《よそ》の女と駈落して漂浪の旅に出、東京に辿《たど》りついてさまざまの難儀をしたすえ、当時文運の所産になったF雑誌の外交記者になった。

囚《とら》はれの醜鳥《しこどり》
罪の、凡胎の子
鎖は地をひく、闇をひく、
白日の、空しき呪《のろ》ひ……

酒好きの高ぶった狂詩人は、こう口述して私に筆記をさせた。

「先生、凡胎の子——とは何ういう意味でございましょうか？」

貧弱な徳利一本、猪口《ちょこ》一箇を置いた塗りの剝げた茶餉台《ちゃぶだい》の前に、褌《ふんどし》一つの真っ裸のまま仰向けに寝ころび、骨と皮に痩《や》せ細った毛臑《けずね》の上に片っ方の毛臑を載せて、伸びた口髭《くちひげ》をグイグイ引っ張り引っ張り詩を考えていた狂詩人は、私が問うと矢にわに跳ね起き顎《あご》を前方に突き出し唇を尖《とが》らせて、

「凡人の子袋から産れたということさ。馬の骨とも、牛の骨とも分らん、おいら下司下郎だということさ!」

狂暴な発作かのようにそう答えた時、充血した詩人の眼には零《こぼ》れそうなほど涙がぎらぎら光った。と咄嗟《とっさ》に、私にも蒼空の下には飛び出せない我身の永劫遁《えいごうのが》れられぬ手《て》械足枷《かせあしかせ》が感じられ、堅い塊りが込み上げて来て咽喉もとが痞《つか》えた。

——鎖が地をひき闇をひきつつ二十年が経っちまった。囚われに泣き、己が罪業に泣き、凡胎の子であることに泣き、そして、永い二十年の闇をひいて来た感じである。囚われを出《い》で、白日の広い世界をどんなにか思い続けて来たであろう! 囚われのしこ鳥よ、汝は空しき白日の呪いに生きよ! ——こんなふうの詩とも散文とも訳のわからない口述原稿を、馬糞《ばふん》の多い其処《そこ》の郊外の路傍に佇《たたず》んで読み返し、ふと気がつくと涙を呑んで、また午後の日のカンカン照っている電車通りの方へ歩いて行くのであった。そして私は、自分が記者を兼ね女と一しょに宿直住いをさして貰っている市内

牛込の雑誌社に持ち帰ったことであった。一九二八年の真夏、狂詩人がこの世を去ってしまった頃から私の健康もとかく優れなかった。一度クロープ性肺炎に罹《かか》り発熱して血痰《けったん》が出たりした時、女が私には内証で国許《くにもと》に報じ、父が電報で上京の時間まで通知して来たが、出入りの執筆同人の文士たちに見窄《みすぼ》らしい田舎の父を見せることを憂えて、折返し私は電報で上京を拒んだ。中学時代、脚絆草鞋《きゃはんわらじ》で寄宿舎へやって来る父を嫌ったおり父が、オレで悪いというのか、オレでは人様の手前が恥ずかしいというのか、われもオレの子じゃないか、と腹を立てた時のように、病む子を遥々《はるばる》見舞おうとして出立の支度を整えた遠い故郷の囲炉裏端で、真赤《まっか》に怒っているのならまだしも、親の情を斥《しりぞ》けた子の電文を打黙って読んでいる父のさびしい顔が、蒲団の中に呻《うめ》いている私の眼先に去来し、つくづくと何処まで行っても不孝の身である自分が深省された。略《ほぼ》これと前後して故郷の妻は子供を残して里方に復籍してしまった。それまでは同棲《どうせい》の女の頼りない将来の運命を愍《あわれ》み気兼ねしていた私は、今度はあべこべに女が憎くなった。女のかりそめの娯楽をも邪慳《じゃけん》に罪するような態度に出て、二人は絶間なく野獣同士のごと啀《いが》み合った。すべてが悔恨というのも言い足りなかった。自制克己も、思慮の安定もなく、疲労と倦怠の在るがままに流れて来たのであった。

或年の秋の大掃除の時分、めっきり陽《ひ》の光も弱り、蟬の声も弱った日、私は門前で

寄って、
紅顔の少年と言いたいような金釦《きんボタン》の新しい制服をつけた大学生が、つかつかと歩み寄って、尻《しり》を端折《はしょ》り手拭で頰冠《ほおかむ》りして、竹のステッキで畳を叩いていた。其処へ、まだまるで
「あなたは、大江さんでしょう?」と、問いかけた。

「……」私は頰冠りもとかずに、一寸《ちょっと》顔を擡《もた》げ、きょとんと大学生の顔を視上《みあ》げた。「あなたは、どなたでしょうか?」

「僕、香川です。四月からW大学に来ています。前々からお訪ねしようと思っていて、ご住所が牛込矢来とだけは聞いていましたけれども……」

「香川……あ、又可衛《さかえ》さんでしたか。ほんとによく私を覚えていてくれましたねえ」

私はすっかり魂消《たまげ》てしまった。香川は私の初恋の娘雪子の姉の子供であった。私は大急ぎで自分の室を片附《かたづ》け、手足を洗って香川を招じ上げた。そして近くの西洋料理屋から一品料理など誂《あつら》え、ビールを抜いて歓待した。彼の潤んだ涼しい眼や、口尻のしまった円顔《まるがお》やに雪子の面影を見出して、香川を可愛ゆく思い、また夢見るような儚《はかな》い心地で、私は遠い過去の果しない追憶に耽《ふけ》るのであった。

私がY町で女と駈落ちしようとして、旅行案内を買いに町の広小路の本屋に行くと、春のショールを捲《ま》き、洋傘をかかえた蒼ざめた雪子が、白い腕をのべて新刊の婦人雑

誌の頁《ページ》をめくっているのに出逢った。――彼女は私の結婚後一、二年は独身でいた。家が足軽くらいのため、農家には向かず、なかなか貰い手がなかった。雪子の父の白《しろ》鬚《ひげ》の品の好いお爺《じい》さんは、「頼んでも大江へ貰うて貰えばよかったのに」と、残念がっているとのことを私は人伝《ひとづて》に聞いた。後、海軍の兵曹の妻になってH県のK軍港の方に行き難儀しているらしかったが、病気に罹って実家に帰りY町の赤十字病院に入院しているという噂であった。その頃私は妻子を村に残してY町で勤めをしていたが、一日父が私のもとに来て、「あの娘は肺病じゃげな。まあ、ウチで貰わんでよかった」と私に言った。その時は既に、私は妻も子供も家も棄て去る決心でいたので、ひどく父を気の毒に思って言い知れぬ苦しい吐息をついた。帰りがけに父は町の時計屋で蔓《つる》の細い銀縁の眼鏡を私に買ってくれた。――それから約《およ》そ一週日を経ていよいよ決行の日、思い設けず雪子に邂逅《かいこう》したわけである。二人はちらと視線を合せたが、彼女の方が先に眼を伏せた。私はあわてて店頭を逃げ、二、三の買物を取纏《とりまと》め、裏通りから停車場の方へ、小石を洗うようにして流れている浅い流れの川土手の上を歩いた。疎《まば》らに並んだ古い松が微風《そよかぜ》に緩やかにざわめいていた。突如、不思議と幾年か昔中学に入るとき父につれられて歩いた長い松原の、松の唸りが頭の中に呼び返された。そうして今、父も、祖先伝来の山林田畠も、妻子も打棄てて行く我身をひしひしと思った。

と頭を上げると、一筋道の彼方からパラソルをさした雪子がこちらに近づいて来ていた。今度は双方でほほえみを交わしてお叩頭《じぎ》をした。「何ゆえ、わたしを貰って下さいませんでした？」という風の眼で面窶《おもやつ》れた弱々しい顔をいくらか紅潮させて私を視た。行き違うと私はまた俯向いた。私は妻を愛してないわけではなく、彼女が実家に去ると言えば泣いて引き留めたものだが、でも彼女が出戻りだということで、どうしても尊敬することが出来ず生涯を共にすることに精神上の張合いがなかった。私はもしも自分が雪子と結婚していたら、彼女の純潔を尊敬して、こういう惨めな破綻《はたん》は訪れないだろうと思った。私は直ぐ駅で待合せた女と汽車に乗ったが、発《た》ち際のあわただしさの中でも、彼を思い、是《これ》を思い、時に朦朧とした、時に炳焉《へいえん》とした悲しみに胴を顫い立たせ、幾度か測候所などの立っている丘の下を疾駆する車内のクッションから尻を浮かせて「あああ」とわめき呻いたのであった。……

足掛け六年の後、雪子の甥《おい》の香川を眼の前に置いて、やはり思われるものは、もし雪子と結婚していたら、田舎の村で純樸《じゅんぼく》な一農夫として真面目《まじめ》に平和な生涯をおくるであろうこと、寵栄《ちょうえい》を好まないであろうこと、彼女と日の出と共に畠《はたけ》に出、日の入りには、鍬や土瓶を持って並んで家に帰るであろうこと。一生の間始終笑い声が絶えないような生活の夢想が、憧憬が、油をそそいだように私の心中に一時にぱっと燃え立った。と同時に私は自分の表情にへばりつく羞恥《しゅうち》の感情に訶《さいな》まれて香川を見てはいられなかった。

香川は字村の人事など問わるるままに話した。六年の間に自殺者も三人あったということ、それが皆私の幼友達で、一人は飲食店の借金で首がまわらず狸《たぬき》を捕る毒薬で自害し、一人の女は継母《ままはは》と婿養子《むこようし》との不和から世を厭《いと》うて扱帯《しごきおび》で縊《くび》れ、水夫であった一人は失恋して朝鮮海峡に投身して死んだことを話した。我子の不所行を笑われていた私の父母も、近所に同類項を得て多少とも助かる思いをしただろうという皮肉のような憐憫《れんびん》の情を覚えたりしたが、またそれらがすべて字村に撒《ま》いた不健全な私自身の悪い影響のせいであるとも思え、アハハハと声を立てては笑えなかった。

「この暑中休暇に帰省した時でしたがね、何ぶん死体が見つからないので、船室に残っていた単衣《ひとえ》と夏帽子とを棺に入れて舁《かつ》ぎ、お袋さんがおいおい泣きながら棺の後について行ってH院の共同墓地に埋めましたがね、村じゅう大へんなセンセイションを捲き起しましたよ」と、泡立つビールのコップをかかえた手を中間で波のように顫わせて香川は声高に笑った。

このセンセイションが私を微笑させた。雪子に思いを寄せていたころ幼い香川が家に遊びに来るたび、私は叉可衛《さかえ》さん叉可衛さんと言って菓子などやっていたのに、何時《いつ》の間《ま》にそんな外国語を遣うようになったのか。見れば見る程、彼の顔は、あどけなく、子供子供していた。

私は彼を酔わしてその間に何か話をさせようともして見た。

「あなたの叔母さん、雪子さんは、御達者ですか、御幸福ですか?」

私はこう口に出かかる問いを、下を向いてぐっと唾《つば》と一しょに呑み込み呑み込みし、時に疎《うと》ましい探るような眼付を彼に向けた。恐らく香川は彼の叔母と私との不運な恋愛事件については何も知ってはいないだろうに。

年が明けて雑誌が廃刊された。私は雑誌の主幹R先生の情にすがり、社に居残って生活費まで貰い、処方による薬を服《の》んで衰えた健康の養生に意を注いだ。そして暇にまかせて自叙伝を綴《つづ》った。描いて雪子への片思いのところに及び、あの秋の祭に雪子の家に請待《しょうだい》を受けて、瀬戸の火鉢のふちをかかえて立つと手から辷《すべ》り落ち灰や燠《おき》が畳いっぱいにちらばった時の面目なさが新《あらた》に思い出されては、あるに堪《た》えなく、この五体が筒の中で搗《つ》き砕かれて消えたかった。

「あッ、あッ」と、私は奇妙な叫び声を発して下腹を抑えた。両手の十本の指を宙に拡げて机の前で暴れ騒いだ。

「何を気狂《きちが》いの真似をなさるんです。えイ、そんな気狂いの真似する人わたし大嫌い」

片脇で針仕事をしている女は憂鬱に眉をひそめてつけつけ詰った。

「そんな真似をしていると、屹度《きっと》今に本物になりますよ」他の時こうも言った。

私は四十になり五十になっても、よし気が狂っても、頭の中に生きて刻まれてある恋人の家族の前で火鉢をこわした不体裁な失態、本能の底から湧出る慚愧《ざんき》を葬ることが出来ない。その都度、跳ね上り、わが体を擲《たた》き、気狂いの真似をして恥ずかしさの発情を誤魔化そうと焦らずにはいられないのである。この一小事のみで既に私を終生、かりに一つ二つの幸福が胸に入った瞬間でも、立所《たちどころ》にそれを毀損《きそん》するに十分であった。

満一年の後に雑誌が再刊され、私はふたたび編輯《へんしゅう》に携わった。矢張り同人組織ではあっても今度のはやや営利主義の相当な雑誌で、殆ど一人で営業方面まで受持った私の多忙は、他人の想像をゆるさない程のものと言ってよかった。編輯会議、執筆依頼状、座談会への人集め、焦躁、原稿催促、幹部の方の意見を聴いて編輯、兎角《とかく》締切りののびのび、速達、電報、印刷所通い、へたくそ校正、職長さんとの衝突、写真製版屋の老人への厭味、三校を幹部の方に見ていただいて校了、製本屋を叱咤《しった》、見本が出来た晩は一ト安心、十九日発売、依託雑誌の配本、返品受付、売捌《うりさばき》元集金、帳簿、電話――あれに心を配り、これに心を配り、愚《おろか》な苦労性の私には、まるで昼が昼だか夜命に服するような投遣りな気持で働いた。しかし私はてんてこ舞いをしながらも、只管《ひたすら》失業地獄に呻吟《しんぎん》する人達に思《おも》い較《くら》べて自分を督励し、反面では眼に立つ身体の衰弱を意識して半ば宿命に服するような投遣りな気持で働いた。

五月号が市場に出てここ三、四日は何程かの閑散を楽しもうとしている夜、神楽坂署の刑事が来て、発売禁止の通達状をつきつけ、残本を差押えて行った。私はひどく取り乱して警視庁へ電話で事の顚末を訊き合せたが、内務省へ出頭したらいいとやらで、要領を得なかった。つぎの日の朝私は女に吩咐《いいつ》けてトランクから取出させた春のインバネスを着て家を出た。春のインバネスは雑誌記者になりたて、古参の編輯同人の誰もが着ているので田舎ぽっと出の私は体面上是非着るべきものかと思って月賦のやりくりで購《あがな》ったものだが、柄に不相応で極り悪く二、三度手を通しただけで打っちゃってしまっていた。幾年かぶりで着て見ても、同じくそぐわない妙にテレ臭い感じである。行くうち不図《ふと》、この霜降りのインバネスを初めて着たおり編輯長に「君は色が黒いから似合わないね」と言われて冷やッとした時の記憶が頭に蘇生《よみがえ》った。と思うと直《すぐ》に、先月ある雑誌で私を批評して、ニグロが仏蘭西《フランス》人の中に混ったような、と嘲笑してあった文字と思い合された。幼年、少年、青年の各時代を通じて免かれなかった色の黒いひけ目が思いがけぬ流転の後の現在にまで尾を曳《ひ》くかと淡い驚嘆が感じられた。今日に至った己が長年月のあいだに一体何んの変化があったであろう？　禍《わざわい》も悩みも昔と更に選ぶところない一ト色である。思想の進歩、道徳の進歩――何んにも無い。みんな子供の頃と同じではないか！　とまたしても今更のような驚嘆を以《もっ》て、きょろきょろ自分を見廻しながら電車通りへ歩いて行った。電車の中に腰を掛け項《うなじ》を垂れて見ると、インバネスの裾前に二ケ所も虫が小指大の穴を開けているのに気づいた。ああ惜しいことをした、と私は思わず呟《つぶや》いて手をのべてその穴に触って見た。

大手町で電車を降り、停留場前のバラック仮建築の内務省の門衛に訊き、砂利を踏んで這入《はい》って、玄関で竹の皮草履に履きかえていると、

「やあ」と誰やら、肩幅の広い、体格のがっしりした若者が、私の前に立《た》ち塞《ふさ》がって言った。「兄さんですか？」

「えッ！」

私は一瞬慄毛《おじけ》を振るって後退《あとずさ》るようにして面を振り立てた。とそこに、袖丈の短い洋服からシャツのはみでた無骨な手に黒革の手提《てさげ》トランクを提げ、真新しい赤靴を穿いて突っ立っている男は、別れた妻の三番目の弟の修一ではないか。厚い唇を怖ろしくぎゅッと嚙み締めた顔を見ると、私は一も二もなく観念して眼を足もとに落した。二人は一寸《ちょっと》の間無言で相対した。

「どうも済みません」と、私は存外度胸を据えて帽子を脱いで特別叮嚀《ていねい》なお辞儀をして言ったが、さすがに声はおろおろ震えた。

「いや、もう、そんなことは過ぎたことですから」と修一は言下に打消したが、冠ったままの黒の中折《なかおれ》の下の、眉間《みけん》の皺《しわ》は嶮《けわ》しく、眼の剣は無気味に鋭かった。「牛込のほうにいらっしゃるそうですね。僕、昨年から横浜に来ています。ここへは用事で隔日おきにやって来ます」

瞬きもせず修一は懐中から名刺を一枚抜いて出した。横浜市××町二ノ八、横浜メーター計量株式会社、としるしてある名刺を見詰めて私は、額に生汗をにじませ口をもぐもぐさせてしどろもどろの受け答をしたが、何んとかして早くこの場が逃げたくなった。

「いずれ、後日お会いして、ゆっくり話しましょう。……今日は急ぐので」

「ええ、どうぞ訪ねて来て下さい。僕も、ご迷惑でなかったら上ってもいいです。あなたには、いろいろお世話になっているので、一度お礼旁々《かたがた》お伺いしようと思っていました」

二人は会釈して玄関の突き当りで右と左とに別れた。給仕の少年に導かれて検閲課の室に入ると、柿のように頭の尖《と》がんだ掛員《かかりいん》は私に椅子《いす》をすすめて置いて、質素な鉄縁眼鏡に英字新聞を摺りつけたまま、発禁の理由は風俗紊乱《ふうぞくびんらん》のかどであることを告げて、極めて横柄な事務的の口調で忠告めいたことを言い渡した。私はただもう、わなわな慄《ふる》えながら、はあ、はあ、と頷いて聞き終ると一つお叩頭《じぎ》をして引き退った。また修一に摑まりそうで、私は俯向いて廊下を小走り、外へ出ても傍目《わきめ》もふらず身体を傾けて舗道を急いだ。

雑誌の盟主であるR先生の相模茅ケ崎《ちがさき》の別荘に、その日同人の幹部の人達が闘花につめかけているので、私は一刻も早く一部始終を報告しようと思って、その足で東京駅から下り列車に乗った。私は帽子を網棚に上げ、窓枠に肘を凭《もた》せ、熱した額を爽《さわ》やかな風に当てた。胸にはなお苦しい鼓動が波立っていた。眼を細めて、歯を合せて、襲い寄るものを払《はら》い除《の》けようとしていた。

反《そり》の合わない数多い妻の弟達の中で、この修一だけは平生から私を好いていた。大震災の年に丁度上京していた私を頼って修一も上京し、新聞配達をしつつ予備校に通っていたが、神田で焼け出されて本郷の私の下宿に遁《のが》れて来た。火に迫られて下宿の家族と一しょに私が駒込西ケ原へ避難する時、修一は私の重い柳行李を肩に舁いでくれたりした。私は修一の言葉遣や振舞の粗野を嫌い、それに私自身も貧乏だったので、宥めすかして赤羽から国へ発たせたが、汽車の屋根に腹伏せになって帰ったという通知を受けたときは、私は彼を厄介視した無慈悲が痛く心を衝《つ》いた。修一は私が下宿の娘と大そう仲がいいとか、着物の綻《ほころ》びを縫って貰っているとか妻に告口《つげぐち》をしたので、間もなく帰国した私に、「独身に見せかけて、わたしに手紙を出させんといて、へん、みんな知っちょるい!」と、妻は炎のような怨みを述べたのであった。

自分が妻や、妻の弟妹達に与えた打撃、あれほど白昼堂々と悪いことをして置いて、而《しか》も心から悪いと項垂《うなだ》れ恐れ入ることをしない私なのである。何んと言うなってない人間だろう! 現に先程修一にぶつかった場合の、あの身構え、あの白々しさ、あの鉄面皮と高慢——電気に触れたようにそう思えた刹那、私は悚然《しょうぜん》と身を縮め、わなわな打震えた。次から次と断片的に、疚《やま》しさの発作が浮いては沈み、沈んでは浮びしているうちに、汽車は茅ケ崎に着いた。

息切れがするので海岸の別荘まで私は俥《くるま》に乗って行った。さまで広からぬ一室ではあるが、窓々のどっしりした絢爛《けんらん》な模様の緞子《どんす》のカーテンが明暗を調節した瀟洒《しょうしゃ》な離れの洋館で、花に疲れた一同は中央の真白き布をしたテエブルに集まって、お茶を飲み、点心をつまみ、ブランスウイックのバナトロープとかいう電磁器式になっている蓄音機の華やかな奏楽に聞蕩《ききと》れていた。私が入ると音楽は止んだ。私は眼をしょぼしょぼさせて事の成り行きを告げると、出し立ての薫《かお》りのいいお茶を一杯馳走になって直ぐ辞し去った。そして松林の中の粉っぽい白い砂土の小径《こみち》を駅の方へとぼとぼ歩いた。地上はそれ程でもないのに空では凄《すさま》じい春風が笞《こけ》のようにピューピューと鳴っている。高い松の枝がそれに格闘するかの如く合奏していた。私はハンカチーフで鼻腔を蔽いながら松風の喧囂《けんごう》に心を囚えられていると、偶然、あの、十四歳の少年の自分が中学入学のおり父につれられてY町に出て行く途上で聞いた松の歌が此処《ここ》でもまた耳底《じてい》に呼び起された。と、交互に襲い来る希望と絶望との前にへたばるような気持であった。痛恨と苦しい空漠とがある。私はふいに歩調をゆるめたりなどして、今歩いて来た後方を遥《はるか》に振り向いて見たりした。――私が春のインバネスを羽織っていたことを修一から別れた妻が聞いたら、「おやおや、そないなお洒落《しゃれ》をしとったの、イヨウイヨウ」と、嘸《さぞ》かし笑うであろう。そのはしゃいだ賑《にぎや》かな笑い、笑うたびの三角な眼、鼻の頭の小皺、反歯《そっぱ》などが一ト時瞳《ひとみ》の先に映り動いた。私は相手の幻影に顔を赧《あか》らめてにっこり笑いかけた。私は修一に、「姉さんは、何うしています？　どこへ再婚しました？　今度は幸福ですか？」と、謙遜《けんそん》なほほえみを浮べて、打開いた、素直な心で一言尋ね得たらどんなによかっただろうにと思った。彼女は、この頃ようやく新進作家として文壇の片隅に出ている私の、彼女と私との経緯《いきさつ》を仕組んだ小説も或《あるい》は必定読んでおるにきまっている。憎んでも憎み足りない私であっても八年の間良人《おっと》と呼んだのだから、憎んで憎み甲斐《がい》なく、悪口言って言い甲斐もないことなのである。失敗しないよう蔭ながら贔負《ひいき》に思って念じてくれているに違いないのだ。たとい肉体の上では別々になっていても一人の子供を、子を棄てる藪はあっても身を棄てる藪はないと言って妻に逃げ出されて後は、ひとり冷たい石を抱くようにして育って行っている子供を中にして、真先《まっさき》に思われるものは、私の妻として、現在同棲の女でなく、初恋の雪子でもなく、久離《きゅうり》切って切れない静子であるのだから。いとし静子よ！と私は絶えて久しい先妻の本名を口に出して呼ぶのであった。お前の永遠の良人は僕なのだから——と私は声をあげて叫び掛け、悲しみを哀訴し強調するのであった。行く手の木立の間から幾箇もの列車の箱が轟々《ごうごう》と通り過ぎ、もくもくと煙のかたまりが梢の上にたなびいておるのを私は間近に見ていて、そこの停車場を目差す自身の足の運びにも気づかず、芋畠《いもばたけ》のまわりの環《わ》のような同じ畦道《あぜみち》ばかり幾回もくるくると歩き廻っているのであった。一種蕭条たる松の歌い声を聞きながら。

神前結婚

「お父さん、やはり私は、村の停車場からだと、村の人に逢《あ》うのがイヤですから、恥ずかしいですから、朝早く隣村の駅から発《た》ちたいと思いますね。それで自動車を六時には迎えに来るように頼んで貰いたいのですが」

父母の家に帰ってから二週間余の日が経《た》った。一旦《いったん》はユキを父母に預けようとの固い決心だった。お互に孤衾《こきん》孤眠《こみん》の淋《さび》しさぐらいこの際ものの数ではなかったが、でも、自分に難治の病も持っていることだし、ユキ無しに自分はこうしてここまで生きて歩いて来られたかしら？　ユキは私にとって永久にかけ換《が》えのない女である。兎《と》も角《かく》、も一度ユキをつれて明後日はいよいよ再び東京へ引き上げようとする日の朝飯の折、ユキが座を立って皆のお膳《ぜん》を水口に退《さ》げ出した時、私はこの父に向って言った。

「うん、そや、われが考えなら……」と、父は俯向《うつむ》いて舌で歯の間をチュッチュッ吸いながら穏《おだや》かに言った。

「村の駅から行けや。何も盗《ぬす》ッとをして夜逃げしたわけじゃあるまいに、それに逃げ隠れんでもええに」と、母が顔を上げて言った。

盗ッとをして夜逃げしたのと、妻子ある三十近い男が余所《よそ》の女と夜逃げしたのと、面目玉にどれだけの違いがあろうか！　私がユキと逐電してから離縁になった先妻との結婚の翌々年に一人で東京見物に行っていて大震災に遭って帰った時は、部落では一軒残らず喜びに来てくれた。だが、此度《このたび》は私の仕打も仕打だし、それに父の家産も傾いて嘗《かつ》ての飼犬にまで手を咬《か》まれているような惨めな現在では何や彼《か》と振り向くものもない有様であったが、それでも旧恩を忘れない人達が私が八年ぶりで帰ったというので手土産など持って挨拶《あいさつ》に見えた。その都度、あわててユキを茶の間から奥へ隠し、続いて、合わす顔のない私も一《ひ》と先《ま》ずは隠れなければならなかった。

逗留《とうりゅう》ちゅう私は事毎《ことごと》に父母への不平不満を色に出し口に出した。殊に生来仲らいの悪い母に対しては、私は持前の隔て心を揮《ふ》り廻《まわ》したが、しかし、親なればこそ、不孝の子、不名誉の子を、他人が眼で見るように不孝とも不名誉とも思わないのであった。それなら親の御慈悲に恐れ入ったかと言えば、さ迷いの子は、依然、さ迷いの子に過ぎない。糞尿《ふんにょう》まで世話のやける老耄《ろうもう》した九十の祖父、七十の父、五十六の母、先妻に産ませた明けて十四歳の松美《まつよし》――これだけを今まっしぐらに崩潰《ほうかい》しつつある家に残して到底運命の打開は覚束《おぼつか》ない小説家に未練を繋《つな》いで上京するという私の胸中は、およそ説きようのないものだった。頻《しき》りに家にとどまれという父の心づくしを無下に斥《しりぞ》ける以上、いろいろ作家稼業につき問い詰められて何《な》んとか言って父を安んじたいが、ウソも誤魔化しも、この年になっては言えなかった。「ご老体のところを済みませんが、どうかアト一、二年、長くて三年、家を支えていて下さい。どうしても駄目なら見切りをつけますから」と言えば、父は「うーむ」と唇を結んで私を見、父子は憮然《ぶぜん》として話が跡絶《とだ》えるのだった……

食後、父と私とは茶の間から台所へ出、そこの十畳からの板の間の囲炉裏の自在鉤《じざいかぎ》にかかった五升入《ごしょういり》の鉄瓶の下に木ッ端《こば》をくべ、二人とも片膝《かたひざ》を立てて頭を突き合せ黙りこくっていた。

「村の駅から乗れえ。ユキさんじゃて、ええ着物を持っとって、誰が見ても恥じになる支度じゃない」と、母は炊事場の障子を開け濡手《ぬれて》を前垂れで拭《ふ》きながら座に加《くわ》った。

「お父さん」と私は一段声を落した。「いずれユキを家に納めるとなれば、披露というわけではないが、地下《じげ》の女房衆だけでも招いて顔見せをして貰えませんでしょうか？」

「そや、まア、オラ、どうにでもする」

私は眼で母を追掛けたが、母は答えなかった。父の顔にも明《あきら》かに迷惑げな表情が漂うた。去った先妻への義理、親族への手前、何より一朝にして破壊し難い古い伝統、そうした上から世間体はただ内縁の妻として有耶無耶《うやむや》に家に入れたい両親の腹だった。

「茶飲友達ちゅうふうにしとかんかい。家の血統にかかわるけに。先々《さきざき》松美の嫁取りにも、思う家から来て貰えんぞい」と母が言った。

私は口を噤《つぐ》んで項《うな》低《だ》れた。暫《しば》らくして緩い怒りに充《み》たされた頭を上げて、怨《うら》めしそうに父を見ると、父は腕組みを解《ほど》いて語気を強めて言った。

「まア、時機を待て待て。この次に帰った時にせいや。……おい、机の上の眼鏡を持って来い」

母の持って来た老眼鏡を耳に挟むと、父は手早く柱の暦を外し真赤《まっか》に燃える榾火《ほだび》に近よせた。

「一月十五日じゃのう。さすればと……」と、太い指で暦の罫《け》を押えて身体《からだ》を反らし眼尻《めじり》を下げて透かすようにして見て「……先勝日《せんしょうにち》か、よし、日は悪うない。そんじゃ午頃《ひるごろ》から妙見様に参るとしょう。オラ、何かちょっぴり生臭《なまぐさ》けを買うて来う」

言いざま父は元気に腰を立てた。ついでに信用組合の出張所で精米をして来ると言って、股引《ももひき》を穿《は》き、じか足袋《たび》を履き、土蔵から米を一俵出し、小車に載せて出て行った。

そこへ、先生が闕勤《けっきん》されて早びけだったと、もう松美が帰って来て学校鞄《がっこうかばん》を放り出し、直《す》ぐ濡縁《ぬれえん》の開戸の前にキューピーを並べ立たせて私を呼んだ。

「父ちゃん、キューピー射的をやろう」

「やろう」

キューピー射的というのは、ユキが銀座の百貨店で買って帰った子供への土産だった。初めはチャンチャン坊主とばかし思っていたが、よく見るとメリケンで、それ等七人のキューピー兵隊を鉄砲で撃って、命中して倒れた兵隊の背中に書いてある西洋数字を加えて、勝ち負けを争うように出来ていた。一間《いっけん》の間隔を置いて、私と子供とは代る代る縁板に伏せ、空気鉄砲の筒に黒大豆の弾丸を籠《こ》めては、鉄砲の台を頰《ほっ》ぺたに当ててキューピーを狙《ねら》った。

「松ちゃん、何点？」

「将校が五十点、騎兵八点、ラッパ卒十五点……七十三点」

「よしよしうまく出来た」

私が帰郷当座は、極端に数理の頭脳に乏しい松美は尋常六年というのに、こんなやさしい加算にも、首を傾《かし》げて指を折って考えたものだが、私の鞭撻的《べんたつてき》な猛練習でそこまででも上達させたのだと子供のために喜び、せめて心遣《こころや》りとしたかった。それにつけても、余りにもユキとの営みにのみ汲々《きゅうきゅう》としないで、子供を東京につれて行き学業を監督してやるのが親の役目だと思い、殆《ほと》ど一度はそう心を定めたが、子供を奪われた後の年寄のさびしさを慮《おもんぱか》り、且《かつ》、自分の生活境遇と併せ考えて取消した。東京へ行きたくて堪《たま》らない子供は「父ちゃんの言うこたア、当《あて》にならん当にならん」とすっかり落胆して二、三日言いつづけた。今の今まで、子の愛のためにはどんな犠牲をも払おう、永年棄《す》て置いた償いの上からもとばかり思い詰めた精神の底の方から、隙間《すきま》の小穴から、鞴《ふいご》のようなものが風を吹出して呵責《かしゃく》の火を煽《あお》るのであった。

「ああ疲れた。父ちゃんは休ませて貰おう」

私は居間の火燵《こたつ》に這入《はい》って蒲団《ふとん》を引き掛け寝ころんだ。もう二月号創作の顔触れも新聞の消息欄に出たのだろうが、定めしみんな大いに活躍しているだろう、自分などいっそのこと世を捨てて耕作に従事しようかしらと、味気ない、頼りない心でぽかんと開いた空洞《うつろ》の眼をして、室《へや》の隅に積み重ねてある自分達の荷物の、古行李、バスケット、萌黄色《もえぎいろ》の褪《あ》せた五布風呂敷《いつのふろしき》の包みやを見ていた。

「父ちゃん、ハガキ……」

仰向けのまま腕を延べ、廻送《かいそう》の附箋《ふせん》を貼《は》ったハガキを子供から受取り裏を返すと、きゃッ！　と叫んで私は蒲団を蹴飛《けと》ばして跳ね起きた。

「おい、ユキは何処《どこ》に居る、早く来い、早く来い」と喚《わめ》き立てながら台所へ走って行った。「おーい、何処へ行った、早く来い、早う早う」

只《ただ》ならぬ事変が父の運命に落ちたと思ったのか、子供は跣足《はだし》で土間に下り「母ちゃん、母ちゃん！」と二タ声、鼓膜を劈《つんざ》くような鋭い異様な声を発した。途端、向うに見える納屋の横側の下便所からユキが飛び出し、「父ちゃんが、どうしたの」と消魂《けたたま》しく叫んで駈《か》け寄って来て台所に上ると、私は、「これを見い」とハガキをユキの眼先に突き附けた。――御作「松声」二月号の××雑誌に掲載する事にしました、

御安心下さい――という文面と、差出人の雑誌社の社長のゴム印とを今一度たしかめた刹那《せつな》、忽然《こつぜん》、私は自分の外《ほか》に全世界に何物もまた何人《なんぴと》も存在せぬもののような気がした。私は「日本一になった！」とか何んとか、そんなことを確かに叫んだと思うと、そのハガキを持ったたまままぐらぐらッと逆上して板の間の上に舞い倒れてしまった。後々は、野となれ山となれ、檜舞台《ひのきぶたい》を一度踏んだだけで、今ここで死んでも更に思い残すところは無いと思った。暫時の間、人事不省に陥《お》ちたが、気がついて見ると、ユキも私の傍に崩れ倒れて、「ああ、うれしいうれしい」と、細い長い長い咽《むせ》び入った

声で泣き続けていた。

目前の活劇に、ただ呆気《あっけ》にとられた子供は、その場の始末に困って、「祖母《ばア》さま祖母さま」と、母を呼んだ。

母が裏の野菜圃《やさいばたけ》から走って戻って、

「あんた達、何事が起ったかえ」と仰天して上《あが》り框《がまち》に立竦《たちすく》んだ。

忘我から覚めて、私は顔を擡《もた》げると、私の突っ伏した板の間は、啜《すす》り泣きの涙や洟《はな》水《みず》や唾液《だえき》でヌラヌラしていた。

ユキが眼を泣《な》き腫《は》らして母の傍へ行って仔細《しさい》を話した。

「そんじゃ泣くことたない。わたしら何か分らんけど、そねいめでたいことなら泣くこたない」と、母は眼をきょとんとさせて言った。

「早くお父さんに知らせて上げたい。松ちゃん迎えに行って来い」

こう子供に命じて置いて私とユキとは居間に引き揚げた。

「おお、びっくりした、松ちゃんの声がしたので、あなたがまた脳貧血を起《おこ》したのかと思って」とユキは手で胸を撫《な》でて言った。「ほんとに、とうとう出ましたね」

「ああ、出てくれた！」

二人は熱い息を吐き改めて机上のハガキに眼を移して、固く握手し、口にたまる塩っぽい涙をゴクリゴクリ呑《の》んだ。そうしている間に、いつしか私は自然と膝の上に手を置き項《うなじ》を垂れて、自分の貧しい創作を認め心から啓導の労を惜しまなかった先輩や、後押ししてくれた友達の顔やをいちいち瞑《つむ》った眼の中に浮べ、胸いっぱいの感恩の念で報告していた。

「このハガキは十一日附《づけ》のものだから、電報で御礼を言って置かなければ……」

「じゃ、わたくし行って参りましょう」

「でも、郵便局まで三里もあるんだし、女の足にはちょっと……よろしい、浅野間の吉三をやろう」

取るも取《と》り敢《あえ》ず母に頼むと、母は二丁ばかし隔った山添いの小作男の家に行き、慌しく取ってかえして家の前の石垣の下から、

「吉三は炭焼窯《すみやきがま》に行っちょるが、昼飯にゃ戻るけに直ぐ行かすちゅうて、お袋が言うたいの」

そして続けて、「お父さんが、向うに戻れたぞい」と言った。

私とユキとは縁側に出た。左右に迫った小山も、畑も、田も、悦《よろこ》びに盛り上って見えた。高い屋敷からは父の姿は見えなかったが、杉林の間の凸凹《でこぼこ》した石塊路《いしころみち》をガタガタ車輪が躍っている音が、清澄な空気の中に響いた。と母は、埃《ほこり》だらけの髪の後にく

くった手拭《てぬぐい》の端をひらひら靡《なび》かせながら、自転車を押した松美と並んで車を挽《ひ》いた父に、林の外《はず》れで迎え着いた。父と母とはちょっと立ち話をしていたが、直ぐ母は小車の後を押し、首に手拭を巻いた父は両手で梶棒《かじぼう》をつかみ、こっちに薬鑵《やかん》のような頭のてっぺんを見せ、俄《にわか》に大股《おおまた》に急ぎ出した。梶棒の先には鰓《あぎと》に葛蘿《かずら》を通した二尾の鯖《さば》がぶらんぶらんしていた。

屋敷前の坂路を一気に挽《ひ》き上げた父は門先《かどさき》に車を置きっ放すが早いか、手拭で蒸気の立つ頭や顔を拭き拭きせかせかと縁先に来て、「えろう立身が出来たちゅうじゃないか」と、相好《そうごう》をくずした輝いた笑顔で問いかけた。

私は一伍一什《いちごいちじゅう》を掻《か》いつまんで話した。呼吸がせわしくなり、唇も、手もふるえた。思うよう喜びが伝わらないのをユキを悟《もど》かしがって横合から、

「お父さま、ほんとうに喜んで下さい。大そうな立身でございますの。これで、ほんとに一人前になられましたから」と、割込むようにして話を引き取った。

私は口をもぐもぐさすばかり、むやみにそわそわして、何んだかひょっとしたら小説が組み置きにでもされそうな予感がして、私はそれを打消そうと二、三度強く頭を振り、無性に吉三が待ち遠しく、

「松ちゃん、浅野間のお袋に炭焼窯まで大急ぎで呼びに行くよう吩咐《いいつ》けて来い。愚

図愚図してるなって、大至急の用事だからって」と権柄がましく言った。

瞬く間に、松美が自転車を乗りつけると、お袋はあわてたように背戸の石段を下りて川の浅瀬の中の飛石を渡って麦田の畦《あぜ》を走り、枯萱《かれかや》の根っこにつかまって急勾配《きゅうこうばい》の畑に上り、熊笹《くまざさ》の間をがさがさ歩いて雑木山の中に消えたのを、じいっと私は眼を放さずに見ていて、何かぐッと堪え難いものが心を圧《おさ》えた。間もなくボロ洋服を着て斧《おの》をさげた吉三が、息せき切って家に駈けつけた。

「お仕事中をお呼び立てして、どうもお気の毒でした。あなたは電報を打てますね？　実は非常に大事な電報なんでしてね」

「はあ、よう存じております」

「吉さんなら、間違いないて。広島の本屋へ二年も奉公しとったけに」

と父の口添いで私は安心し、ノートの紙片に書いた電文と銀貨二箇《にこ》と、それから別に取り急いで毛筆でしたためた、御葉書《おはがき》父の家にて拝見致し感謝の外《ほか》これなく御鴻恩《ごこうおん》心肝に徹して一生忘れまじく候――といった封書も一しょに渡して投函《とうかん》を頼んだ。吉三は軒下で子供の自転車を股の間に挟み、スパナで捩子《ねじ》をゆるめてハンドルを引き上げ、腰掛けを引き上げして、片足をペダルにかけるとひらりと打跨《うちまたが》って出て行った。

父は足を洗って居間に来、私とユキとに取り巻かれて、手柄話の委細を重ねて訊《き》き返した。

「そんで、その××雑誌にわれの書き物が出るとなると、どういう程度の出世かえ？」

多少の堕落と疚《やま》しさとを覚えながらも、勢いに釣られて私は頗《すこぶ》る大袈裟《おおげさ》に、適例とも思えないことを例に引いて説明した。

「なる程、あらまし合点が入った」

「じゃ、われ、この次に戻る時にゃ金の五千八千儲《もう》けて戻ってくれるかえ？」と何時《いつ》の間に来たのか襖際《ふすまぎわ》に爪《つめ》をかみながら立っていた母が突然口を出した。

「いや、途轍《とてつ》もない、そうはいかん。そりゃ松美の教育費とか、その他ホンの少額のことは時おりアレしますけど、そんな滅法なことが、どうして……東京でも田舎で食べるようなものを食べて、垢光《あかびか》りに光った木綿を着て、倹約して臆病《おくびょう》にしているからこそ暮せてるんですしね。私の場合は、ただ名誉という丈《だけ》ですよ。尤《もっと》も、お母さんの金歯だけは直ぐ入れて差し上げましょう」

両親を失望させまいとはするものの、もうこうなれば、私は心の中を完全に伝えることは不可能だと思って、暗い顔をした。

「よう喉《のど》入《い》りがした。実はのう、われが東京で文士をしちょるいうので、オラ、川《かわ》下《しも》の藤田白雲子さん、あの方も昔東京で文士をしとりんされたんで、聞いて見たところ、文士といや名前ばっかり広うて、そやお話にならん貧乏なものやそうな。大学を出とりんさる藤田さんでも、とうどう見限ったと仰言《おっしゃら》れた」

と父は瀬戸火鉢の縁を両手で鷲《わし》づかみにして躊躇《ちゅうちょ》した後、

「……今じゃから言うがのう。われが東京へ逃げて行った時、村の人が、どんだけわれがことバカバカ言うたかい。出雲《いずも》の高等学校の佐川一太が文部省の講習会に行ったついでとやら、われが二階借りの煎餅《せんべい》店《てん》の女房に聞いたいうて、ユキさんに縫物をさせて一合二合の袋米を買《こ》うて情《なさけ》ない渡世しちょるちゅうて近所の衆に言い触らし、近所の者ア手を叩《たた》いて笑うたぞよ。おおかた、一太めが、煎餅の二、三十銭がほど買うて女房から話をつり出したろうが、高等学校の先生ともあるもんが、腐ったオナゴ共《ども》のするような真似《まね》をして、オラが子の恥じを晒《さら》すかと思うて、その晩は飯も喰わず眠れんかった。有体《ありてい》に言や、われを恨んだぞよ。そんじゃが、三年前われの名前が小学校の先生に知れてから、前程バカバカ言わんようなった。山上の光五郎ら、天長節の祝賀会で、親類の居る前で、われがこと字村《あざむら》の名折れじゃと言うたぞよ。治輔めが飲食店で人の多人数おるところで、家の下男がおるのに、聞いて居れんわれが悪口を言うたげな。何奴《どいつ》も此奴《こいつ》も人の大切な子を軽率にバカバカ言うない、とオラ歯がみをしとったが、近頃じゃみんな黙った。今度も、名前がええ雑誌に出たら、われが事バカバカ言うものも少なうなろうて。オラ、それ丈で本望じゃ」

父の温和な顔には一入《ひとしお》の厳しさが籠《こも》った。私は聞いていて恐ろしくなった。嘗ての父が小っぽけな権力を笠《かさ》に着て、端《はた》から見てさえはらはらするように、思う存分我意を振舞い、他人の子をバカバカと言った、その報復を受けたのではないか！　私は骨まで痛むような気がしたが、また自己だけの問題とすれば、如何《いか》にも降るような罵詈《ばり》を浴びていたことは、私にも思い半ばを過ぐるわけなのに、それ程とは気附かず、我身の至らなさは棚に上げ、やれ官立学校の背景がないとか、私学のそれもないからとか、先日来さんざん老父母に当り散らしたものだが、衷心申訳ないと思った。「松声」は愚作でも次の作品には馬力をかけたい、帰京したら夜学に通って英語の稽古《けいこ》をして外国の小説を学んで手本にしよう、願徒然ならず、一心でやりますから、万事いい方に向けるようにしますから、と無言で父に詫《わ》びた。「われも、東京に行くに精がええのう。まア、よかったよかった。……どれ、オラ、魚を切らにゃ」みんな台所へ行き、私は居間の火燵にもぐった。裏の池の水際で鯖を叩き切る音、膾《なます》にする大根を刻む音、ふつふつ煮える釜の飯、それらに混って賑かな話声が入り乱れ、やがて薄暗い勝手の隅から、少年の頃には、その、きゅッきゅッという音を聞いても口に唾《つば》を溜めた四角な押寿司を押す音が懐しく聞えて来た。

ユキが来て何か話に事を欠き、

「松井さんは、疾《と》うに東京へお帰りになったでしょうね。わたし共二人で帰ると、小説が出たので、わたしも一緒に帰ったとでも思ったりなさらないでしょうか」と言い置いてまた忙しい台所へ去った。

それで、ふと、私も松井さんのことを思った。

――下関行の急行が新橋を過ぎた頃、これが都会との別れかといったように潤んだ眼で師走《しわす》の夜寒の街々の灯を窓から眺めているユキを、どう慰めようもなく横を向いている私の肩を叩いて、「やあ、Kさん」と馴々《なれなれ》しい声がかかって、私は顔を上に向けた。思いもかけず、大売捌所《おおうりさばきじょ》T堂会計係の松井金五郎さんが、八端織《はったんおり》の意気なてらを着て、マントの両袖《りょうそで》を肩にめくり跳ね、右手に黄色い布につつんだ細長いものを握って立っていた。

「僕、東京駅で、上車台で押されていらっしゃるところをお見かけしましたが、同じ箱に乗れませんでした。どちらへ?」

「やあ、これは松井さん。僕等Y県の郷里へ……あなたは?……九州、久留米、あ、そうですか。これはいいお伴《つ》れが出来た」

立所《たちどころ》に救われたような朗かな気持になった。ユキとの一昼夜からの愁いを抱いた汽車旅はとてもやりきれないものに思えていた矢先なので。私は遽《にわか》に快活になって、きょろきょろと松井さんの持物に眼をくれた。

「それは何んですかね？」

「軍刀です」

「ほ、軍刀？」と、私は五体を後《うしろ》に引いて眼を丸くした。

「ええ、その、僕、予備少尉でしてね。満洲《まんしゅう》の方ではのがれましたが、南方の戦では足留めを喰ってましてね。しかも、今日明日もあやしい状態で、それで、年越しに田舎へ行くにも、腰のものはちょっと離せませんでしてね。ハハハハハ」と、浅黒い顔の愛嬌のいい目に皺《しわ》を寄せ、漆黒の髪をきれいに梳《す》けた頭を後に振り反らして笑った。

「ちょっと私に見せて下さいませんか、軍刀というものを」

私は手を出して軍刀を松井さんから引き取り、包みの紐《ひも》を解き、鮫皮《さめがわ》で巻いてきらびやかな黄金色の鋲金具《びょうかなぐ》を打ち附けた握り太の柄《つか》にハンカチを握り添えて、膝の上で六、七寸ばかり抜いたが、水のしたたるようなウルミが暗い電燈にぴかッとし慄然《りつぜん》と神経が寒くなって、直ぐ元通りにして返した。

座席のそっちでもこっちでも戦争の話がはずんでいて、列車内の誰の顔にも戦時気分の不安の色が漲《みなぎ》っていた。少時、私達も戦争の話をした後、松井さんが先頭に立って三人は食堂へ行って紅茶を飲んだ。松井さんは文学が好きで、私の短い自叙伝小説も読んで下さり、また私が毎月同人雑誌の集金にT堂へ行く関係で親密の度を加え、かなり昵懇《じっこん》の間柄であった。

「Kさん、何年ぶりです?」

「まる八年、足掛け十年目ですよ」

「長塚さんなんか、大阪の新聞の懸賞小説で一等当選して羽前の郷里に帰省なすった時は、村の青年団が畑の中から花火を上げたそうですよ。Kさんも、花火が上りましょう」

言ってしまって松井さんは、私の頭を掻く顔を見て、気の毒したという表情をした。

「Kさんの場合は本当に困難ですね。長塚さんも会うたびにそう言っていらっしゃいますよ」と松井さんは言い直したが、後に継ぐ言葉はなかった。

「……時に、松井さん、私もいろいろ考えたんですけれど、松井さんだからお打明けしますが、私もいよいよ都落ちの準備ですよ。今年なんか一ケ月平均原稿料としては八円弱しか入りませんでした。不足の分を補助してくれる人もありますが三十五にもなった男が、そんなに何時《いつ》までも他人に縋《すが》ってはいられませんしね。翌日の食物があるか無いかも知らずに芸術を作っていたという人もありますが、そんなことを思うと私のはまだまだ豊満なる悲哀で恥ずべきですけれど、しかし、実のところを申上げますと、私のはその勇気が有る無いよりも作っても発表が出来ないのですからね。売れないということには困りますよ。いや売れなくても、心の持方一つで純粋な制作を楽しむことは出来ますが、かと言って、筋道の通らん女はつれてるし、だんだん年は取るし、老後を想《おも》うと身に浸《し》みますね。それで、行き暮れぬうちに女を遮二無二両親に引き取って貰って、僕は流浪の身になろうてんです。いずれにせよ早晩旗を巻くとしても、女が郷里におれば都落ちの口実が設けいいし……松井さん、ずいぶん私は卑怯《ひきょう》でしょう。笑って下さい」と、私はわざと声高にカラカラと笑った。

「そうですか。それは奥さんはお淋しいですね……」

松井さんはしみじみとしていた。が誰にも口外してないこの挙を、うっかり松井さんに喋《しゃべ》って長塚なんかに暴《ば》れたら嗤《わら》われると思ったが、さすがに口留めは出来なかった。

車室に戻ってからも妙に気になった。あるいは長塚は嗤うどころか、むしろ心を痛めはしないだろうか。名声の派手な割合に心実《しんみ》は孤独で、その一点には理解を持っている私を、彼は立場や作風の余りにも異《こと》なるに拘《かかわ》らず、蔭日向《かげひなた》なく私を推奨していた。秋前、ある大雨の日、私達の同人雑誌を廃刊するか否かの会議が、銀座裏の喫茶店で開かれた時、長塚は敢然として廃刊説を主張した。

「この雑誌はX社のバリケードのように思われる。廃《よ》そう、損だから」と、古参の或《ある》口利きが言った。

「そうだとも。X社系の雑誌なんか、廃したほうがいい。K君なんかX社系の文士だというので、何処《どこ》へも原稿が売れやしない。僕が、雑誌の名は言えんけど、どんなに頼んでやってもX社系というので通らん。てんで受付けん」と、長塚はズバリと言った。

二十人からの一座の視線は一斉に、襟首まで赤くなった私に集まった。私は泣き出したかった。色彩が古く非文明的だということで、私が細い産声を挙げたそのX社の雑誌でさえ、公器とあらば致し方がない。この一年に一篇の創作を載せて貰うことも出来なかった。右を向いても、左を向いても、仲間はみんな一流雑誌に乗り出して行くし、私は今にも発狂しそうだった。私は自分の小説をユキに読むことを許さず、ユキも決して読もうとはしなかったが、戸惑った私は以前とは変り、文壇の不平小言を女相手に言うような浅間《あさま》しいことをして、後では必ず自分の不謹慎を後悔した。「いいから、おっしゃいな。わたしをつかまえておっしゃるぶんは、石の地蔵様にものを言うようなもので、何も判りゃしませんけれど、おっしゃいな。それで気持をさっぱりさせた方がいいですよ。胸に畳んで置いて、鬱憤《うっぷん》を人様に言ったら、それこそ取り返しはつきませんよ」とユキは注意した。会合などに行く時出掛けにはユキが念を押して口枷《くちかせ》を嵌《は》めんばかりに忠告をし、夜遅く帰って玄関を入るなり、「今晩は別段言い過ぎはしませんでしたね？」と訊《き》き糺《ただ》した。段々そうなった挙句、私は思い決して、厭《いや》がる彼女を無理往生に納得させ、国もとへ預けることにした。私は××雑誌に先輩の紹介で七十枚からのものを送っていたが、帰郷間際に思い立って六十枚の新作を描き暮れの二十二日に持込んで前のと差し替え、前のは郷里で描き改めようと、原稿紙やペン先の用意をしてトランクに入れて来て、頭上の網棚にのせてあった。

汽車は浜松へんを夜中の闇《やみ》を衝《つ》いて駛《はし》っていた。

「あれが出てくれるといいですがね」と、ユキは言った。

「出てくれるといいけれど、待てど暮せど出てはくれん」と、私は溜息《ためいき》を吐《つ》いた。

「もし、万が一出たら、直ぐ電報で田舎へ知らせて下さいよ。一年でも二年でも待っていますからね」

「しかしね、私のは時勢に向かんからね大概は駄目でしょう。それは、あなたも分っていてくれますね。田舎者が、今日流行の、都会派や享楽派に似せようとしたって似ないから。……芸術は夫自身《それ》が目的で、人生の幸福を得るための手段と心得たら大間違いだ。成功するための手段ではなくて、実にこの一道より他に道はないから結果は分らぬが、たとえ虎《とら》が口を開いてても、大蛇が口を開いてても、この一道を行かにゃならん、というのが私の信念なんだから」と、私は握拳《にぎりこぶし》を固めてわれと自分へ極《き》めつけるように言った。

「ええ、それは分ります。でもね、どうぞして出てくれるといいですがね。もし出たら、直ぐ迎えに帰って下さいね、後生ですから」

そのうち私は眠ってしまった。が、ユキのほうは、初対面である私の両親、祖父、ユキには継子《ままこ》の松美のいる遠い山の家へ、欲しがった箪笥《たんす》も、鏡台さえも買うことを私に拒まれ、行李二個の持物で道ならぬ身の恥じを忍んで預けられに行く流転生活を思うて、寝つけなかった。程なく私が眼を覚ますと、私が読みかけの本の表紙の文字を隠したカバーの紙に、

ま暗き海にただ一人漕《こ》ぎ出し背の舟を
　我は渚《なぎさ》に待ちて禱《いの》らん

と鉛筆で書いて、私に気がつき易いように脇《わき》に置いていた。私に対《むか》い合ってハンカ

チーフで寝顔を隠しているユキを見詰めて、込み上ぐる憐憫と何《ど》うにもならぬ我身の不甲斐《ふがい》なさとを思った。……

こんなことが、今、夢のように思い返されて来る。そうした回想の間にも、喜びの余震が何回も襲うて来た。

ユキはまた、手隙《てす》きを見計《みはか》らって勝手から来た。

「静岡に着いたら朝刊を買いましょうよ。大きな広告が出ているでしょうね。……毎月十九日が来るのが悲しかった。十九日の新聞に方々の雑誌の広告が出ると、あなたが頭を抱えて、ああイヤになった、イヤになった、僕ら親父《おやじ》の家に帰る親父の家に帰るって四、五日は機嫌が悪くて、ほんとうに、わたし、毎月毎月、十九日が来るのが辛《つら》かったですね」

私は顔をぽっと赧《あか》らめ、苦笑の唇を弱ったように歪《ゆが》めたが、赧らんだ顔が見る見る土色に褪《あ》せるのが自分に分った。

「もう何んにも言うてくれるな」と私は眉根を寄せ手を激しく振って叱《しか》った。「奇蹟《きせき》だよ、僥倖《ぎょうこう》だよ。一つ二つ出たからって、行く道は難い。これで前途が明るくなるとか、平安とか、そういうのとは違うんだもの」

災《わざわい》なる哉災《かな》なる哉、と思った。嬉しいような哀《かな》しいような、張合抜けのしたような、空無とも虚無とも言いようのない重い憂鬱が蔽いかぶさって、それきり私は押黙った。一と時、覿面《てきめん》に来た興奮の祟《たた》りから顔が真赤に火照《ほて》って咳《せき》が出て、背筋の疼痛《とうつう》がジクジク起った。持って帰った薬瓶を取り上げると底の沈滓《しずみかす》が上って濁れたが、私は顔を蹙《しか》めて口飲みにして、小一時間ほど静かにしていた。

外では小雨がそぼ降り出した。

六里隔った町から午砲が聞えて来た。「おい、行こうぞえ」と父の声がかかり、私は大儀だったが起きて丹前の上を外套《がいとう》でつつみ、戸口に立って私を待っている父と連れ立って私だけ傘をさして家を出た。私は帰郷以来初めての外出だった。一と足遅れて家を出た、茣蓙《ござ》を持った松美と、レース糸の編み袋に入れた徳利をさげて焦茶色のコートを着たユキと、重箱を抱えた母との三人が、家の下の土橋を一列に渡って田の畦を近道して山寄りの小径《こみち》では一と足先になって、父と私との追い着くのを待った。学校服に吊鐘《つりがね》マントを着て長靴を穿いた子供は、小犬のようにどんどん先へ走って、積《つ》み藁《わら》の蔭や竹薮《たけやぶ》の蔭から、わッ！と言って飛び出してユキを魂《たま》がしたりした。爪《つま》先上《さきあが》りの赭土《あかつち》の径を滑らないよう用心しいしい幾曲りし、天を衝いて立っている樫《かし》や檜《ひのき》の密林の間の高い高い石段を踏んで、ようやっと妙見神社の境内に着いた。ここからは遠く碧空《あおぞら》の下に雪を頂いている北の方の群峰が鮮《あざや》かに見えた。

私は二十年もここに参詣に来てないわけであった。が昔ながらに、森厳な、幽寂な、原始気分があった。雨にしめった庭の桜の木で蒿雀《あおじ》が一羽枝を渡り歩いて、チチチと鳴いていた。乱雑な下駄《げた》の足跡を幾つものこしながら私達は燈籠《とうろう》の間を歩いて、茅葺《かやぶき》の屋上に千木《ちぎ》を組み合せた小ぢんまりした社の前に立った。拝殿の鴨居《かもい》の――旧在南山霊験神今遷于此、云々《うんぬん》……寛文四年秋――と彫り込んだ掛額の前にぶら下った鈴の緒《お》を、てんでに振って、鈴をジャランジャラン鳴らして拝殿に上り、正面の格子を開いて二畳の内陣に入った。

七五三縄《しめなわ》を張った扉の前には、白木の三方に土器の御酒徳利が二つ載っていた。そこへ持って来た重箱や徳利を供えると、父は袂《たもと》から蠟燭《ろうそく》を三本出して、枯木の枝のような恰好《かっこう》した燭台《しょくだい》に立てて火をつけた。そして畏《かしこ》まって扉に向って柏手《かしわで》を打ち、「ナム妙見、ナム妙見」と口の中でぶつぶつ言った後、傍らの太鼓を叩くと、マカハンニャハラミタシンギョウ、カンジザイボウサツ……と御経《おきょう》を高々と読み出した。父の背後に私と子供とはきちんと畏まっていた。御経がずんずん進んでいる最中、ユキが「お母さま、ほんとに静かないいところでございますね」と話し出したので、私はユキを屹《きっ》と睨《にら》んで黙らせた。

読経が終ると早速お重を下げ、ユキが寿司を皿にもって配り、木がら箸を二本ずつ添えた。私も子供も直ぐ寿司を食べ出した。父は徳利の酒を手酌《てじゃく》で始めたので、ユキがお酌をしてやればいいのに気の利かぬ奴だと腹立たしく思っていると、父は静《しず》かに飲《の》み乾《ほ》して、手首で盃《さかずき》の縁を拭いて、

「そんじゃ、あなたに一つ差し上げましょう」

とユキの前に出した。

「いいえ、どうぞお構いなく、わたくしお酒はいただきませんから」

私はくわッと胸が熱くなって、「馬鹿、頂戴《ちょうだい》したらいいだろう、飲めなくたって」

ととうとう苦《に》がり切って言った。

「いやいや、ご婦人の方は、ご酒は召上らんほうがええけど、まアまア一つ……」

と、父は私の荒げた声を宥《なだ》めるように言った。

ユキは母に酌をして貰って飲むと、

「お父さまにお返ししましょう」と、盃を返した。

父は如何にも満足そうに、「じゃ、お受けします」と言って受取ると、ユキがお酌をし、少しこぼれたのを父は片っ方の手の腹に受けて頭につけながら母に向って、

「お前もユキさんに上げえ」と命じた。

咄嗟《とっさ》に、はッとして何か私の胸に応《こた》えて来た。土蔵の朱塗《しゅぬり》の三つ組の杯《さかずき》を出し正式

の三三九度は出来なくとも、父が心底ユキを赦《ゆる》して息子の嫁としての親子杯——そうに違いない、すべて屹度父一人の考えなのだと勘付くと、心にしみて有り難さが湧《わ》いた。が、次の瞬間、それは恐ろしい速力で、あの、三つ組の赤い杯を中にして真白《まっしろ》の裲襠《うちかけ》を着た先妻と、八枚折の鶴亀《つるかめ》を描いた屛風《びょうぶ》を立てた奥の間で燭台の黄《き》ろい灯に照らされて相対した婚礼の夜が眼の前に引き出され、焼き付くように苦悩が詰め寄せた。と同時に今日の一切の幸福が、その全部を挙げて暗黒の塊りとなった。私は苦しみを一刻も速く俄雨《にわかあめ》のように遣り過ごしたいと箸を握ったまま闘っていると、父が訝《いぶか》しげな面持で、

「じゃ、われにやろう」と盃を私にくれた。

私は微笑を浮べて父に酬盃《しゅうはい》し、別の盃を予供にやって「飲んだら母ちゃんに上げなさい」と、ぐったりした捨鉢の気持で言った。子供は私の注いでやった盃を両手でかかえ首を縮こめて口づけながら上目使いに「母ちゃんの顔が赤うなった、涙が出るように赤うなっとら」と、ひょうきんに笑った。愚鈍なユキは、飲み慣れぬ一、二杯の酒に酔って、子供の言う通り涙の出そうな赤い顔して、神意に深く呪《のろ》われてあるとは知らず、ニコニコしていた。

随筆

すえとおりたる大慈悲心

それは昨年の震災後間もないある朝の勤行の折のことでございました。御病後の近《ちか》角《ずみ》先生は宗祖の御真影に対されて座したまい、御正信偈《おしょうしんげ》を拝読され、ついで歎異鈔《たんにしょう》第四章を拝誦《はいしょう》あそばされました。そして恩師は御居住いをかえられ、首垂《うなだ》れ居りし私に御叮嚀《ごていねい》なる御会釈を賜わり、さて、仏壇にならべられた数おおくの、新しき位牌《いはい》の中の二、三を指ざされ、御勧化《ごかんげ》あらせられてのたまわく、「これは、さる方の、親と子との位牌であるが、その親と子とが家の下敷になって火が燃えて来るのを、それを見い見い、さる方は逃げてしまったと大変悲しんでいられるが、只今《ただいま》拝誦した歎異鈔第四章の通り、聖道の慈悲をもっては、それは助けたいのは山々なれど、遂《つい》に終におもうがごとくたすけとぐることは出来ないのである。この章の意味は、何もかならずしも死後において思うが如《ごと》く助けると云《い》うのではない、されば終りに、しかれば念仏申すのみぞすえとおりたる大慈悲心にてそうろうべきと申されてある。仏のお慈悲を頂いて、念仏して（ここへ力を入れよ）、念仏するそのことをもっておもうが如く、衆生を利益することが出来るのである」と云々《うんぬん》。はいはい左様でござりまする、仰せの通りでござりますると、実はその場合、御勧化の御言葉が心に沁《し》みとおると言うよりも、唯々《ただただ》、何とはなしに全身がブルブルガタガタとふるえて来て、善智識様を礼拝して、恐懼罷去《きょうくまかりさ》り宿の我が室《へや》に戻ったことであります。而して、心臓の鼓動が静まると、先刻のみ教《おしえ》をあじわいにかかりましたと申せば頗《すこぶ》る概念になる。しかし、この概念は絶対より出た概念で、単なる概念のそれではありません。もしさる方に、いや一般の人の子に、絶対の愛があるならば、仮令《たとい》、自分も焼死すとも下敷になりたる親と子とを助け救わねばならないのである。さる方の如き人情として助けたきに、その余裕すらないのである。しかるに火煙に迫られては、親や子供の躰《からだ》より自分の躰が大切になり、とんで遁《に》げるようでは、養育の御恩、只《ただ》ならぬ親に対しても、眼にすり入れてもいたくないと言う我子への愛も、最後は、さてはさては安っぽいものかな！　不甲斐《ふがい》ないものかな！　あてにならぬ、あさましの限りかな！　かかる相対の愛しかない、助け得ざる煩悩具足《ぼんのうぐそく》の御互《おたがい》、御同ようを、飽迄悲愍《あくまでひびん》ましますのが、如来様の御真実であります。また浄土の慈悲と言うは念仏していそぎ仏になりて大慈大悲心をもておもうが如く衆生を利益するをいうべきなり、であります。昔父君を殺し玉いて煩悶《はんもん》苦悩の深淵に沈みたりし阿闍世王《あじゃせおう》を釈迦如来《しゃかにょらい》、慰めてのたまわく、「人間は五蘊《ごうん》集合の結果なるゆえに決して殺も真の殺にあらず深く執着すべからず」と。気の毒なるさる方よ、貴方《あなた》のは肉身を死に到《いた》らしめし形こそ阿闍世と異《ちが》え、貴方の心が悪るくて助けられなかったのではありません。ここが信仰のぎりぎり責任の絶頂であります。深く仏恩の鴻大《こうだい》なるに感泣すべきであって、決して愚痴《ぐち》を申しては相済みません。嗚呼《ああ》、しかし、他人《ひと》ごとでない他人ごとでない。南無阿弥陀仏《なむあみだぶつ》。（歎異鈔感話）

道徳にあらず業報なり

放縦と言う事が信仰、信念上にわざわいするのは言うまでもなき事であるが、律法と言う事が信念の邪魔になる事は、放縦のそれと同じである。放縦思想の方はしばらく措《お》き、今は律法思想の方に就いて述懐して見たい。律法思想を砕いて言えば「こう為《な》す可《べ》し、ああ為す可し」と言う厳格思想、所謂《いわゆる》道徳思想である。甚だ変な詞《ことば》であるが、この道徳思想と言う浮いた思想を抱いている間は、信仰の極地を味得し、救済された人とは言えないのである。未信の人達が、こうした思想にとらわれているのは言わずもがな、相当理解し得たりと自任している輩《やから》が、案外にこの計らいに止まって仏の御心を痛めているのである。実に純粋信仰は「道徳にあらず業報なり」である。以下二、三の実際的例証を掲げて、唯《ただ》、自らのために御縁に逢《あ》わして頂きたい。

先日、私の村の年中行事の一つとして、郷社八幡宮の神輿《みこし》の御通りがあった。私は性質としてあまりそうした場所へ出る事を好まない陰気臭い男であるから、勿論《もちろん》その日も、自分は決して御出迎えには出ないつもりで、机の上に獅嚙《しが》みついていた。がしかし、村人の誰もがみんな出て行くので、私もとうとう出て行って、神輿の後に尾を引いて連なる面々の中に交《まじ》って、だくだくと汗流して日中を歩きまわったのである。私の出て行った事は、ひとえに業報に引きずられて出て行ったので、律法的、道徳思想から「出るのが正当である」と頑張る事に基因して出て行ったのでない。些《いささか》の頑張思想がその場合手伝ってなかった。では、業報に引きずられて出て行った、と言うその業報とは何であるかと言えば、「あの男はカドのない男、ツノを出さない男、人々の出る所へは威張らずに出て行く殊勝な男、頭の低い男」と人々に誉《ほ》められたい、人々に一様に可愛《かわい》がられたい、と言う煩悩《ぼんのう》の狂乱を、如何《いかん》ともして見ようなかったと言うのである。そのして見ようなき私の業報を悲愍《ひびん》まします如来の御慈悲に乗托《じょうたく》して、出て行かして貰《もら》った事が、出て行く動機の一切であり、全部であった。「出て行く可きが人の道である」と言った風の世間道徳思想で出て行ったのでは、毛頭ない。道徳を口にし考え得る余裕はその場合なかった。道徳など言う浮いた御祭《おまつり》気分の思想で以《も》って、高慢な醜悪な我心を殊にあられみ玉う業報を、飾ったり価値づけたりはしなかった。業報を道徳の一属性として取扱いはしなかった。道徳思想など汚《けが》らわしき極みである。………ペンを進めて行って、なお今一つの例証を加えたい。それは近角《ちかずみ》先生著「求道と建現」一二五頁に乗っかってある話で、次にかかげる。

「京都の嵯峨《さが》に昔大きな呉服店がありそこの主人はもと盗賊であった。盗賊が改心して真人間になって、呉服屋を営んで居ったものである。多勢の人間をも使用し、人からも相当敬われて居った。或日《あるひ》一人の浪人が店先に訪ねて来て、是非主人に会《あ》い度《た》いと言う。主人出て来て互に顔を見合せ「ウン、貴様だったか」と言う話になり、奥へ連れて行って二人で酒盛りを始めた。する中《うち》主人が言うには「何か、貴様はまだ盗賊をやっておるのか。俺《おれ》はこの通り改心して、真人間になりて居る。貴様ももうやってはいかぬぞ。この通り貴様の絵姿はもう廻《ま》わりてある。早く逃げなくてはいかぬ」という話になり、充分なる路銀をあたえ、世話してやって、人に托しては危険と考えたから、主人自ら夜になるを待って京都伏見街道へ送つて出《い》で、夜船で大阪の方へ落してやった。そして帰りに夜晩《よるおそ》くなり真夜中一人で帰って来ると、道端に一軒の家が丁度いい具合に戸が開いてある。主人の心にふと「之《これ》は這入《はい》ったらよかろうな」という心持が起り、何不自由なき身でありながら、つい友人の来たのに催され——それも意見して送って行った帰りに這入って仕まったというのである。捕われて見るとそこの大呉服店の主人である。知らせがあっても店の者等は笑って仕まって本統にしない。しかし行ってみると主人が捕われて居ったので喫驚《びっくり》したという話がある。即《すなわ》ち之が業報である。必《かならず》しも人間は必要があって悪事をするとは限らない」

ここに多くの贅言《ぜいげん》がついやしたくないので、私自らも、皆様御同様もくりかえしくりかえし右の文章を味《あじわ》って見て頂きたい。この男など世間的常套語《じょうとうご》で言えば改心して大呉服屋の主人としてやって行っていたのであるが、その改心して大呉服屋を営んでいる事も、大泥棒の変形化したもの、中興上人の所謂《いわゆる》猟すなどりをもし、あきないをもし云々《うんぬん》の浅間《あさま》しき凡夫相対の日暮であって、深くその無慚無愧《むざんむき》を懺悔《ざんげ》すべきであるが、それはそれとして、例の主人が、夜に店の戸が開いているのを見ると、むらむらと盗心を起したその業報を考えたい。その場合、道徳としてその意志を翻《ひるが》えし得る余裕とてはなく、丁度、私が近所の人達が神輿の御迎えに出て行くのを見ると、「自分がツノのなき男、ほめられたい」の業報がむらむらと出て、如何ともなし得なかったと、全く同じである。実にこの呉服屋の主人は他人の事でなく、私の事である。「いずれの行も及び難き」「唯念仏して」「我身は現に是《こ》れ罪悪生死の凡夫」との聖訓がのっぴきならず頂けて、念仏申すのみ。とても結果、世間のほめ言葉を気にしていられる身分であり得ない。唯よき人の仰《おおせ》を蒙《こうむ》りて信ずるより外《ほか》はない。南無阿弥陀仏《なむあみだぶつ》。

最後に一言《いちげん》する事は、凡夫相対の道徳思想は実際問題に於《おい》て戦闘のみ醸すのであるが、自己の業報に眼醒《めざ》めて、して見ようなきものを何処《どこ》までも悲愍ましまます御慈悲に乗托せば、相対界における各々が相食《あいは》む代りに相照し得て、ここに家庭も円満を来《きた》し、友人の間も仲善くなり、真の道徳が建現して来るのである。閻浮八万四千城、不レ動二干戈一致二平和一と言う結構なる道徳の建現は自然と生じるのである。一気呵成《いっきかせい》に書きとばして甚だ意に満ちないが、我身の業報の深重なると仏智不思議《ぶっちふしぎ》の救済にもうあって見れば、世の信者の人達が道徳思想に停滞して、真の救いに洩《も》るるを嘆いて聊《いささ》か我身を懺悔したままである。（桃林先生御書房にて）

故郷に帰りゆくこころ

秋になって来ると、何がなし故郷がなつかしまれる。村はずれの深山の紅葉とか、それから全体として山や水やを恋するような心持が頻《しき》りに強く動く。

周防《すおう》の方に私の故郷の村がある。隣村は長門《ながと》の国になっていて、そこに、長門峡、という奇勝がある。なんでもA川の上流が、七、八里余り渓山の間を流れつづいて、べつだん村落が展《ひら》けるでもなく、両岸には蒼潤《そうじゅん》の山が迫り、怪石奇巌駢《なら》び立って、はげしい曲折の水が流れては急渓、湛《たた》えては深潭《しんたん》——といった具合で、田山先生も曽遊《そうゆう》の地らしく、耶馬渓《やばけい》などおよびもつかない、真に天下の絶景であると言っていられた。その入口から二里くらい入ったところに雪舟《せっしゅう》の山荘の跡とつたえらるるところがある。そこらは川幅も広く、瑠璃一碧《るりいっぺき》の水に山色を映して、ほんとうに高爽脱塵《こうそうだつじん》の境である。

私は秋になると、毎年、紅葉を見にそこへ行った。何百年もの昔、旅の画家が、雨の降るとき、日の照るとき、くらくなるとき、あかるいとき、この山この水に対して、朝夕画道に専念したのであろうか？　徹底印象派ともいうべき雪舟の作品が、その取材の多くを支那《しな》の山水に求めていることは言うまでもないが、この長門峡にもまたひそかに負うているのではないかしら。私は折があったら専門の方に問うて見たいと思っている。

雪舟が周防のY町の雲谷《うんこく》に住んでいたのは、四十歳を五つ六つ過ぎた頃であろう。文芸復興期の明《みん》から帰って来て、豊後《ぶんご》にちょっといて、それから当時大内氏が領主であるY町に来たのである。室町幕府は義政ぐらいのところで、京都よりY町の方が棲《す》みいいと思ったのであろうか。Y町在のM村の常栄寺にも長い間寄食していて、その寺は大層気に入ったと見え、裏山に走り懸った飛泉《ひせん》を引いて、支那の洞庭湖を模した庭を作ったりした。その庭は、その寺に遺《のこ》された多くの仏画や山水画と共に国宝になっている。他にも雪舟の作った庭と伝えられるのが一、二ケ所ある。

「どうだ、和尚《おしょう》、支那流の庭を築いてやろうか。」

そんな風の押柄《おうへい》なことを言って、寺から寺を歩いたかもしれん。あるいは、居候三ばい目には箸《はし》をおき、であったかもしれん。おそらく後者であったろうと私は信じている。今でこそ、画聖と崇《あが》められ、名宝展などで朝野の貴顕《きけん》に騒がれようとも、応永の昔の雪舟は高が雲水乞食《うんすいこじき》に過ぎないのである。よし、当時は大内氏の全盛時代で、Y町の文化が過《さき》に京都を凌《しの》ぐものがあったにしろ、他の通俗的な工芸美術の跋扈《ばっこ》に圧倒されて、雪舟の墨絵ぐらい、それほど重きに置かるわけはない。

「おれは、北京《ペキン》の礼部院の壁画をかいて、あっちの天子共《ども》を駭《おどろ》かしてやったわい。」と、威張って見たところで、そう本当に聞く人は沢山なかったであろう。それにかれは峻峭《しゅんしょう》な性質で、気節を以《もっ》て自ら持していたから、領主の招きに応ずることもいさぎよしとしなかったらしい痕跡がある。私は、Y町の県の図書館で、いろいろ読んでみたので、幼稚な独断を書き記して見たのである。

少年の頃京都の寺にやられ、絵がすきでお経を覚えないところから、短気者の和尚さんに荒縄で柱に縛り付けられて、口惜《くや》しい余り傍らにあった硯《すずり》の墨を踵になすって畳の上に五《ご》、六疋《ろっぴき》の鼠《ねずみ》を描くと、その黒い鼠の群がむっくと起き上って忽《たちま》ち荒縄を喰《く》い切って少年の雪舟を助けたという童話を、私は今でも信じたいような気がしている。

自然こそは我が師なり——と言っていたそうであるが、それも非常にきびしい意味であろう。あふるる強い感情を外界の自然物象に託している著しい点は、かれが青年時代に私淑したとか師と仰いだとかいう周文などの消極的な作品とは、隔絶した雄渾《ゆうこん》なものと私は思っている。私の田舎の家に、末派の模写した雪舟の仏画があるが、厚い唇などには、実に生々《なまなま》しい苦悶《くもん》の色が見え、長く切れた眼尻《めじり》など、決して決して澄んだ感じのものではない。濁った濁った、気味の悪い、それでいて、どうにも抜き差しならないのである。一切のイデオロギーは、極《ご》く初歩の思想であることを故郷の家の床《とこ》の間《ま》の、あの懸軸を思い浮ぶ時、私にはそう分って来るのである。

真のリアルには、理想を叫ぶ余裕がない。如何《いか》なる高遠な理想でも、理想を遠ざかれば遠ざかるほど、その人生と芸術とは高くなって行くのであるが、そこに永遠に人生の迷いがあるのである。所詮《しょせん》、日の下に、ほんとうに新しいということは、新しい自覚の衝動のみである。

雪舟はやがてY町を去ってしまった。石見《いわみ》岩見の方へ旅をつづけた。一簑一笠《いっさいちりゅう》の旅であり生活である。そして、もう老いた。七十、八十という歳《とし》になった。日本海の浦々を歩いた。岩に砕ける荒浪《あらなみ》は恐ろしくなった。髣髴《ほうふつ》たる海天に青螺《せいら》のごとく浮いている美しい島々の散在を望んでも、も早《はや》詩が胸から無くなった。人間墳墓の地を忘れてはならない！

雪舟は生れ故郷の備中《びっちゅう》とやらに帰ろうとでもしたろうか。待つ人はなくても故郷へ帰りたかったであろうが、病を得て、石見か岩見のあたりで死んだ。

再び故郷に帰りゆくこころ

既に雪舟《せっしゅう》は、周防《すおう》Y町の天花《てんげ》山下雲谷寺《うんこくじ》の草庵《そうあん》を出たのであった。そして近郊のM村のJ寺を根城に、あちこち附近《ふきん》の村々の僧房から僧房へと寄食して、その主観から来る統一の一線を一線をと、常にこころを凝《こら》していた。何十年もの、一作毎《ごと》に一格を創するといった程の印象描写の疲労がもたらす頭痛と、持病の胃病とで、健康を楽しむ日も少《すくな》かった。

その激しい気質のため、彼はどの派にも属せず、時代の最も孤立的な画工であった。若い間は周文《しゅうぶん》如拙を慕倣《ぼほう》していても、渡明《とみん》の後は彼地《かのち》の名高い李氏、張氏にさえ袖《そで》も触れようとせず偏《ひとえ》に先人の跡を践《ふ》まないような態度を執っていたというから、帰朝後の面目は推して知るべきである。それに何より真箇《しんこ》の芸術家にとって他を顧みる必要も、気や心の合わないものに無闇《むやみ》に迎合する必要もなかったわけである。むしろ煩《わずらわ》しい交友の厭迫を回避して、当時画壇の中心地である京都をも、鎌倉をも見舞わず、辺邑《へんゆう》のY町在に一介の貧しき旅の画家として、五十前後の最も才能の爛熟期《らんじゅくき》を過して悔いなかったのである。

謙譲にして能を誇らず――と、本朝画史にも書いてあったと思う。おもうに、単純素直な、かつ、質素無慾《しっそむよく》な、そして人間生活に対し、周囲の美しい自然への如《ごと》く、些《いささ》かの憎悪、もしくは嫌厭の念を有しなかった場合のほうが多かったであろう。が、もともと彼は壮年時代、鎌倉建長寺で参禅したのだから、禅などという極めて不徹底な、生意気な、思い上った思想の悪影響から容易に離れ得ずして、時にはイヤがらせの皮肉を言ったに違いない。

「フン、あの、大内義興《おおうちよしおき》の大わからず屋の、礼儀知らずの、大馬鹿野郎めが、おれの絵に対してトンチンカンなことぬかしやがる。ヘン、笑わせら。」

こんな横着な陰口を言いながらも、月に一度か二度は、茶の湯の招きに応じて領主の宏大《こうだい》な館《やかた》に出入りすることを、雪舟は心ひそかに光栄と思わなかったであろうか?

烏帽子《えぼし》をかむった領主の義興は、お小姓や、それから高島田に結った、簪《かんざし》の総《ふさ》のほろほろゆれる、花羞《はなはず》かしい十七、八ぐらいの大勢の美女に取り巻かれ、金襴緞子《きんらんどんす》の二枚重ねの座蒲団《ざぶとん》に坐《すわ》り、扇子を膝《ひざ》の上につき、脇息《きょうそく》に反り身を靠《もた》せながら、

「おお、雪舟、近《ちこ》うすすめ。」と、おごそかな口調で言った。

「はい……」と雪舟は、大広間の敷居際に両手を突き、額を畳に押しつけた。ややして頭を少し擡《もた》げ、「畏《おそ》れながら伺い仕《つかまつ》りまする儀は、先日持参いたしました山水の小幅は、御前様のお気に召しましたでござりましょうか？」

「うむ、満足に覚えた。ソチも、水墨の画《え》にかけては、なかなかの腕があるわ、」

それなら何ゆえまたアトを書けと言わないだろう。頼んでくれないだろう、よくよく不遇な自分であると雪舟は気が気でなかった。丁度そこへ八ツ橋流の琴の名人である若い美しい盲女が来合せ、義興はいやらしい言葉でからかい出し、雪舟のほうは振り向こうともしないので、彼はいよいよイヤになり味気ない気がするのであった。雪舟は画家を志したわが身を呪《のろ》った。もし彼にして封侯を取らむと欲すれば、今夜にも義興輩の寝首ぐらい掻《か》き切るだけの気概と才度とは備えている筈《はず》だから。けれども丈夫の気概と才度とを越え離れて、自然と人生の心象を見ずにはいられない生得の芸術家であった。ゆえに、金銭と権力との前には永久の弱者、永久に悲鳴を挙ぐるの人であることは、昔も今も変りはない。

兎《と》も角《かく》、折から京都は応仁の乱の直前に近く荒廃は極度に達し、多くの宮人たちも西端のY町にのがれて余生をおくったものらしい。今でも、あちらの杜、こちらの杜に、二条とか、持明院とか、そうした宮人の墓が見出され、すばらしく見事な築山の庭石などそちこちの巷路《こうじ》にころがっていて、累世《るいせい》の富強を誇った大内氏の栄華の跡がたやすく偲《しの》ばれる程で、従って雪舟は、領主はじめ公卿縉紳《くぎょうしんしん》と交《まじわ》って、作品を米代酒代に換えることは、さほどの困難ではないのであった。が、彼がM村のJ寺に入った頃は、領主の数々の愚劣に腹を立てて、絶交を心の中で決めていたのであった。

私は今手もとに一冊の本も持合せていないが、Y町近くの故郷の村にいた時分は、分りもしない癖に画聖への渇仰から、本朝画史とか、扶桑《ふそう》画人伝とか、山県考孺《やまがたこうじゅ》の雪舟伝とかを読んだ。それから、藩公の侍講として一生を大内氏の研究に費《ついや》した近藤という人の大内氏史五百冊の中の雪舟伝をY町の図書館で筆写したこともある。悉《ことごと》く忘れてしまったが、雪舟が領主に辱《はずか》しめを受けているようなところを思い出すと、口惜しくて堪《たま》らない。最初から領主の申し出に対して、かたく執って動かず、交りを結びさえしなければ不愉快な思いをしなくて済むものを、やはり、酒を飲まして貰いたかったのであろうか？　毎レ欲レ画微醺——こう何かの本にあったのを見ても、かなり酒好きであったことは否めない。

私の眼にはJ寺の秘蔵している弟子たちの写した雪舟の像がありありと浮んで来

る。長い眉毛《まゆげ》がさがり、目尻の長い、大きな口で、唇も厚く、全体として顔の寸のつまった——考えて見れば、やっぱし、鬱然《うつぜん》たる巨匠の面影、豪俊と言おうか、豪爽《ごうそう》と言おうか、決してざらにある面貌《めんぼう》ではない。背丈はどちらかといえば低いほうで、頭に頭巾《ずきん》をかぶり、黒い衣をまとい、白い脚袢《きゃはん》、白足袋《しろたび》に草鞋《わらじ》を穿《は》き、そうして桑門《そうもん》のいでたちで、とことこと歩いて私の村のほうまでやって来て、山奥の長者ケ滝など見て、そして暮れぬ間にまたとことこと西日を浴びながら歩いて寺へ帰って行くのであった。そして、裏の池で、大きな緋鯉《ひごい》や真鯉が足の指をパクパクくわえるのをコレコレと叱《しか》って追い払いながら手足を洗って静かに離室に入って行くのであった。

　ここのとこ、幾月も幾月も無収入で、貧乏寺を喰い詰めているのだから、絵の一枚ぐらい売らなければ、和尚に気兼ねでならなかった。及レ執レ筆意気揚々如二竜之得一レ水——こんな記録も或点《あるてん》では誇張か出鱈目《でたらめ》で、何や彼《か》と年は取るし、いろいろ悄気《しょげ》たれていたのであろう。時にはくわッとなって蒲団の襟を喰い破ったり、眠りを邪魔する天井の鼠に箒《ほうき》を投げつけたり、また冷たい画布に向えば向ったで、筆が悪くなったから描けないとめそめそ愚痴《ぐち》をこぼしたり、思い余ったすえ癇癪《かんしゃく》を起して筆の軸を折って画布の上に叩《たた》きつけたりした。こうして絵ごころの衝動も一日一日と跡絶《とだ》えて行った。

各々の郷国から年に一回は必ず師匠のもとに見舞に訪れた秋月雪村以下多くの弟子たちも、やがて来てくれなくなった。各自の生活がそれをゆるさなくなった。かつて美しかった師弟の間の敬愛も歳月とともに遠い彼方に流れて行った。

六十を四つ五つ過ぎて、雪舟はJ寺を出て三年ばかり私の村の樋野川《ふしの》畔のH院に逗留《とうりゅう》していた。在るものはただ断念の思いばかりであった。雪舟は支那《しな》から携えて帰った銀笛を取出して、秋の夜な夜な縁側に蹲《しゃが》んで吹き鳴らしたそうである。すると裏山から何疋《なんびき》も何疋もの狸《たぬき》が打連れて出て来て、銀杏《いちょう》の樹《き》の下の五輪塔の前の石畳の上に一列に並んで、前脚を揃《そろ》え頸《くび》を垂れて、この神人の不可思議な笛の音色に聴き入ったと伝えられている。

彼は病の床《とこ》についた。彼は、どうかして自分の骨を故郷の村の墳墓——父や母の肉身の墓域に埋めたいと思うた。頻《しき》りに少年時代が回想された。眩《まば》ゆい日光に光る桐《きり》の白い葉裏や、玉蜀黍《とうもろこし》の葉ずれの音が、目蓋《まぶた》の裏に映ったり、聴覚のにぶった耳に聞えたりした。病が小康を得ると、雪舟は杖《つえ》にすがって備中《びっちゅう》赤浜の故郷の村の方へと、H院に暇乞《いとまご》いをした。

「上ケ山」の里(山口県)

――我が郷土を語る――

震災の折は私は東京にいた。村では私は黒こげになって焼け死んだことになっていた。十月の初旬私はのこのこ村へ帰った。村はずれの駅に着いたのは黄昏時《たそがれどき》で、川沿いの道を歩いているうちにお月様が出た。妙に黒いお月様であった。一里半ほど歩いて、一ノ瀬というところで一人の女に追《お》い附《つ》いた。オキヌさんだった。

「ありゃ、まあ、あんた、生きとったんの。」

「この通り生きてるじゃないか。」

「わたしゃ、あんたが、焼け死んだかと思うと、面白うて面白うてならんかったんに。」

「何《な》に、失敬な、承知ならんぞ。」

私はトランクを道の上に置いて、オキヌさんを道端の石垣に押しつけ、胸倉をとって咽喉《のど》をしめるようなことをした。

「嘘《うそ》に、息が止る止る……提籃《さげかご》の饅頭《まんじゅう》が潰《つぶ》れるからッ……。」

そこで私はゆるしてやった。オキヌさんは私より六つ年下で、家は足軽位で、一寸法師のように背丈は低いが、上品な顔をしていて、冗談の余り言えない私も、二人だけで逢《あ》うといつも巫山戯《ふざけ》合う癖があった。やれやれ、も少しで、葬式のむすび（お握りのこと）が食べられるところを、残念なことをした、とオキヌさんが道々調弄《からか》う言葉に、私は苦笑も感ぜず、ただ人間の心理に思い及ぶのだった。

法雲院の寺橋でオキヌさんと別れて私は家に帰った。翌日は近所の方々が御丁寧に挨拶《あいさつ》に来て下すって夫々《それぞれ》ご祝儀を受け、私は感謝した。父は、安否を気遣うて下すった人達のために酒宴でもと言い出したが、私は頑固に父の言葉を斥《しりぞ》けた。

再び国を去って足掛け七年の今、わが郷土を語ると題したとて、人事関係のことに就いては言いたくない。恋しいとか、懐しいとか、そんな言葉で仮にも求めたくない。ただ、家には年寄りばかりで、部落の皆様に色々お世話になっていることを、ここでお礼を申し上げたい。

私の故郷、周防仁保村《すおうにほ》は、中国山脈の西の端の、山と山とに囲れた上ケ山《あげやま》という字《あざ》が、私の真の故郷である。生れた土地、育った土地、土地の五穀《ごこく》――そこには、深い深い愛着、永久に切って切れない縁がある。人丸神社、薬師堂、家向うの霊神の祠《ほこら》、祠の背戸山には白百合《しらゆり》の花も咲く。そこの近くに墓地がある。私の兄や弟や妹が眠っていて、三つの地蔵さんが合掌してござる。私は都会で死にたくない。異郷の土にこの骨を埋めてはならない。それは私の衷心の願《ねがい》である。あのお地蔵さんのそばへ埋る日を思うて、このこころ躍る!

経机

書斎——といったとて、私には一般的な意味では何の関心も起きず、直《す》ぐ十年前の本郷森川町新坂の煙草屋《たばこや》の二階が思い出される。北向きの八畳ほどの部屋であった。田舎ぽっと出の私共夫婦は上京の日から偶然その室《へや》を借り、そして旅の支度も解かずに大急ぎで炊事道具を買いに近所の市場へ行った。バケツ、俎《まないた》、ニュームの鍋《なべ》、庖丁《ほうちょう》そんなものを両手に提げて帰る途中、私は古道具屋に立寄って机をさがした。ずいぶん取り乱した場合であっても、何より机の必要を忘れなかった。脚をロクロ細工にした、かなり使いふるした引出附《ひきだしつ》きの机が気に入って買い、小脇《こわき》にかかえて帰り障子際に据えた。私は火鉢をも買って来て机の側に置いたが、しかし、心はどんなに侘《わび》しかったことだろう。私は一日としてその机に縋《すが》ってはいられず次の日からは毎日毎日下駄《げた》をすり減らして職業を求めた。ただ喪心したようになって街から街を歩いた。二ケ月もさがしているうち、犬も歩けば棒に当る式に、浜町の方の酒の新聞社に勤口が見つかったのだ。その当時も著るしく就職難が巷《ちまた》に叫ばれていたのであったのに、よくもまア自分如《ごと》きに職業があったものだと、今から追懐するだに胸がいっぱいになってならぬ。私は所持金をすっかり遣い果し、妻は二階の軒に仕立物の看板を出したりして、全体どうなることだろうと思っていた矢先だったから職業にありつくと私は割引電車で通ってゆき根をつめて働いたが、慣れぬ仕事のため何時《いつ》も主人に満足を与え得ず、今日クビになるか明日クビになるかと、絶えずびくびくしたものだった。でも、晩方帰って来て、妻が心を籠《こ》めた夕食を私の机を茶餉台《ちゃぶだい》代りにして二人向い合って済ました後は、私は世の苦を忘れて私の机にすがり、火鉢に手をかざして読書し、処女作を書く勉強に熱中した。私の机辺で妻も内職の仕事に精を出し、三更を過ぐるを常とした。

所詮《しょせん》、最初から私の書斎は、私ども夫婦の工場であるべく因縁づけられていた。妻は携えて来たバスケットの中から花瓶を取り出し花などさして机の上に置いたが、私は花を買うのは贅沢《ぜいたく》だといって叱《しか》った。今だに私は、書斎に花を活《い》けるような趣味を恐れている。

こうして一年経《た》ち、秋はそのころの文運の所産になる或《あ》る文芸雑誌の記者になることが出来、それと前後して私の二階に住みにくい事情が起き、同じ森川町の崖下《がけした》に六畳四畳半の家を持った。ひどいあばら屋だったが、私は六畳の窓近くに机を置き、妻もまた、同じ六畳の縁端近くを針仕事場にして力を合せて働いた。

その時分、社は牛込柳町にあった。私は秋の或夜《あるよ》社からの帰りがけ矢来通りを散歩して、古道具屋の店頭で小さな経机《きょうづくえ》を見つけ、欲しくて堪《た》まらず、一応家に帰り妻に相談して一しょに本郷から歩いて矢来通りまで買いに来た。それは仏壇の前などに置くに相応《ふさわ》しい黒ずんだ小机ながら、私は大そう気に入った。私は夜はそれへのめりかかるようにし、二枚、三枚、と習作をした。火鉢も在来のは妻専用にくれてやって、私は別に、獅子《しし》に牡丹《ぼたん》の模様のある伊万里焼《いまりやき》の小さな古い火鉢を買って来た。その火鉢も経机と同様に私にこよない愛着を持たせた。間もなく火鉢の縁が少し怪我《けが》をし、私はその疵《きず》が気になって堪《たま》らず、殆《ほとん》ど病気になるほどの思いをして古道具屋へ売って了《しま》った。が、道具屋の前を通るたびに眼について仕様がないので、日ならずして買い戻した。すると、疵物は疵物なりに、旧に倍して深い愛着を感じて来た。

半年の後、私共は雑誌社の宿直住まいになって崖下の家に別れを告げ、牛込柳町、それから牛込矢来中里、矢来山里、と転々として移り住んだ。どの家でも私共は一室を領し、そこに私は私の経机と火鉢とを置き、妻も傍で賃仕事の針を動かすこと、間借りの時と変りはなかった。矢来山里の家で私の経机で書いた処女作が初めて活字になり、引きつづいて二、三の作品が順々に発表できた。恩深き経机よ！

丁度その頃、書物棚を一つ買った。書物棚といっても、煙草店のバットや朝日など並べておくような風の、一段しかない硝子戸《ガラスど》のついた古い箱である。それも忽《たちま》ち愛蔵の品となり、また火鉢の上にかける鉄瓶まで買い揃《か　そろ》え、書斎に多少の風情を添えた。一寸《ちょっと》散歩に出ても気にかかるのは、経机、本箱、火鉢、鉄瓶、その四点の品々である。売れば二束三文《にそくさんもん》の値打もない我楽多《がらくた》なのに。

私が経机の厄介になって書いた原稿がぽつぽつ売れ出してから二年経った冬の初め、その前から天神町通りの古道具屋に、なかなか細工に手のこんだ紫檀《したん》の机を見つけ、私は好きになって妻を連れ極《きま》りの悪いほど足繁《あししげ》くその古道具屋に出入りして、机を眺めたり触れてみたりした。夜など散歩に出ようとすると「また机を見にですか」と妻に笑われた。私は手に入れたくって夜の目も眠れず、とうとう、低い経机に俯伏《うつぶ》せたのでは健康上に悪いという口実をこしらえ、妻に交渉させて高価な紫檀の机を買ってしまった。小僧さんが扱帯《しごきおび》で脊負《せお》って持って来ると急いで窓に向けて据えたが如何《いか》にもどっしりとして、さすがに悪い気持はしなかった。だが、経机の始末はどうしたらいいだろう？　私には二つの机を愛す雅量はない。経机を紫檀の机の側机にしておくことは経机に左遷である。私は経机を戸棚の中にかくしたり、また出して見たりして、何年間も世話になった経机に対し、何んとも済まなさの溜息《ためいき》を吐《つ》いた。時には思い余って紫檀の机を売って仕舞おうと思った。妻はその度、

「あなたのように、そんなに売る売るいったのでは、机もさぞ身にならないことでしょう」

と顔をしかめて止めた。それでは経机のほうを売って仕舞おうといい出せば、

「あんなに難儀を共にしたものを売らなくたっていいじゃありませんか」

と妻は非難した。

私の現在の住いは牛込南榎町《みなみえのきちょう》である。家は六畳、四畳半、二畳の三間《みま》である。四畳半を私の書斎にして、狭い庭に面した格子窓に紫檀の机を据え、隅の壁際に本箱と火鉢とを置き、経机は手のとどく戸棚の中に置いて辞書などのせている。

私は年とれば、遠い周防《すおう》の郷里の田舎に隠遁《いんとん》して掘立小屋のような書斎を建てようかしらと時折空想することもあるが、恐らく白髪になっても、死ぬまで都市放浪をつづけるであろう。これからの残生、何度か書斎をかえることであろうが、私には家として室《へや》としての書斎という観念はない。私の二つの机、本箱、火鉢――万死すと雖《いえど》も汝等《なんじら》と離るるに忍びない。それだけ運んで行けば、書斎は何処《どこ》へ運んでも自分には差支えないのである。

書簡

安倍能成宛

大正九(一九二〇)年三月二十九日　山口県吉敷郡仁保村上郷

拝顔の栄を辱《かたじけの》うして申上ぐべきところ遠隔の地にてそも出来難く御無礼の程御許《おゆる》し被下度《くだされたく》候漸《ようや》く春めき申し候も小庭の椿《つばき》の紅の大輪なんとなく寒そうに御座候こゝ田舎と違いて都の今日今頃は暖く陽気と被存《ぞんぜられ》候先生の御健康を謹しみて奉賀《がしたてまつり》候私は周防仁保《すおうにほ》村と申す寒村の百姓の子にて嘉村礒多と申す当年二十四の若者に御座候紹介状も添えず誠に心苦しく候え共《ども》田舎に孤独の生活を送る私にはその人を知らず止むを得ずして失礼と存じながら書面差上げ何卒不悪《あしからず》御《ご》寛恕《かんじょ》被下度伏して願上《ねがいあげ》候私事年中観念の方丈《だけ》に読書瞑想《めいそう》を楽しみ居り申《もうし》候山口の中学を半途退学してより故郷の家に半農生活致し居り候終身この里より出ざる考《かんがえ》に候性極めて多感に候六年前より人生問題に苦しみ煩悶鬱々《はんもんうつうつ》と月日を送り申候五年前より綱島梁川《つなしまりょうせん》先生の書に親しみその謹厳なる理到の言に断《た》えず愚かしのわが心にショックを与へ申候追々に先生の遺稿の殆《ほと》んど

全部を貧しき書架に備えてこのゆかしき哲人の遺《のこ》し玉いしみ姿にわが銷魂《しょうこん》の恋を宿し中候寸光録その他の遺著に挿入の先生の御小照をわが山家の夕暮るる小斎にまたは淋《さび》しき一燈の下に披見しては限無く懐しく慕わしく候而《しか》し罪深き私、このこと恥しく悲しき実感に候愚痴《ぐち》のみこぼし先生の書を読む資格もなしと存じ候而しこの凡夫の上に神の愛の無限なると感ぜし刹那《せつな》は喜び救われ申候暗き残生の道程に……わが書斎生活の裏のスタグルに先生は燭《しょく》を把《と》り玉いて善知識となり玉へよかしと常に禱《いの》り申候著書中

○信州野尻湖《のじりこ》なる安倍能成《あべよししげ》氏より消息あり、真情の文字なり……

○この書一読の後信州野尻湖なる安倍能成氏に送りぬ……

など先生と先生の高操なる心霊の交換　羨《うらやま》しくゆかしく候折蘆《せつろ》先生またみまかり玉いて先生は孤独に候わずやいろいろと御感慨も候べし。

まことに御無礼ながら梁川先生の御遺族の簡単なる御消息と御住所御《お》しらせ下されまじく候や伏して願上候こんな厚顔《あつかま》しき事を先生に申すは心苦しきか？　否々今は優しく申上候おききとり下され度《たく》候書簡集を通じて先生と魚住《うおずみ》様とは梁川先生に或《あ》る意味にて　最《もっとも》親しみ玉いしと思われて懐しく候折蘆遺稿も出版しあれば非常に読み度《たく》候先生のオイケンの名著の訳書中スピノーザ近々一読の予定に御座候また梁川先生の先生

に宛て玉える書状の断片にてもよろしく候間《そうろうあいだ》御恵み下されまじく候やこれを御縁に私が年に二、三回の書面差し上げても御読み下されまじくや何卒田舎に朽つる無名の青年だと思召《おぼしめ》し御玉章《ごぎょくしょう》被下度願上候私地方にはワサビと申すもの谷間に生え候醤油《しょうゆ》かけると風味よろしく候差送りましょうか？　田舎の産物でも先生に送りたく候先生の御健康を祈り候只々《ただただ》奇しき縁と思召し……此事《このこと》願上候

三月二十七日薄暗き唐紙の障子に日光淡き小斎にて

山口県吉敷郡仁保村

嘉村礒多

大正十二(一九二三)年七月三十日　　東京本郷森川町　芙蓉館

暫《しばら》く御無音《ごぶいん》いたしました。先生にはこの暑さにも御変りございませんか。多分先生は今鎌倉の僧房で暑さを避けて被在《いらっしゃ》ることだろうと存じます。この月のはじめから、信州か越後か、房州かと時事の文芸欄に気をつけていましたが、一向先生の御動勢が記事に載ってないので、それではやっぱり例の禅坊生活におしたしみの事と思って、

御手紙をさし上げませんでした。私は、身体《からだ》を病的に大事にしていたいとは思えど、仲々思うように行きません。先日から病気する予感を覚えて、昼食も夕食も食べないようにしていたのに、つい、指方《さしかた》君とビールをのんで、ひどく腸を刺戟《しげき》し、一夜腹痛で転々いたしました。注射をしたり氷嚢《ひょうのう》でひやしたりして三日後に恢復《かいふく》しましたが、まだ実にだるくて困っています。今日は淋《さび》しいので先生が御不在でもかまわないからペンを執る気になりました。私の腹は単に刺戟されたのみで、害しはしなかったので、ご安心下さいませ。仲々スピノーザのようにやれず、実に愚痴《ぐち》を言いました。幸《さいわい》に下宿のおばさんは実に親切な人で、国の母親よりも懇《ねんごろ》に看護して呉《く》れましたので、私は感謝しています。これも私が求むるところの多い人間と言う事が、先方に響いているからでございましょう。おばさんは実に感受性の鋭い人間です。あまり親切にされると、相対性で、私もこのおばさんを幸福にして上げる道はあるまいかなどと、柄にもない事を考えて、あとでその馬鹿馬鹿しい事に気づいて顔あからめました。この間本郷の本屋で独文の「スピノーザ研究」ちょう書を見つけました。スピノーザの肖像画も数枚挿入しあり、また書翰《しょかん》、スピノーザハウス、胸像、なども挿入してあり、仲々の尨大《ぼうだい》な冊子でございました。直《すぐ》に買おうと思いましたが、丁度、月末が迫ってて、九円の金がなくて買えないでいると、人が買いました。日本にはない珍書とかで、残念至極に存じます。先生は御持《おもち》でございますか。私は日夜、自分が安心したいと言う事で、焦慮しています。先日も三日程よく夜ねむれませんでした。どうかして生死を解脱したいと思います。文芸のような放縦を基調とする精神は頭からきらいになりました。ただ、芸術に生きると言う事はいやなれど、自然主義的に芸術にたずさわりたいとは、今の境遇上思っています。しかし、仲々、そのたずさわる事の困難をほとほと感じています。文壇に出ると言う事は実に難中の難でございます。それも傑作があるとか、名士の世話になるとかなれば別として、孤軍健闘では全く困ります。黒潮は九月からいよいよ本気でやろうと指方と誓いました。井上君は岡田三郎氏帰国して文壇に出られるので、同人をやめました。指方は喧嘩《けんか》をやりましたが、私は井上君とは一度も会わない程、何のかかわりもなき故、幸福でございました。雑誌は引きつづいて出してはいましたが、考えるところあって、御送りいたしませんでした。尤《もっと》も私は「あわれな男」を発表して後は何も書きませんでした。「花保良二」を先生が鉛筆で添削して下すったところを書き直して、早稲田文学社に送りました。先日雑司ケ谷《ぞうしがや》の本間先生を訪ねましたが、仲々よんで貰《もら》えそうにもありません。無理もありません。紹介もなく、学歴なく、しかも無名と来ているものですから。しかし、あれぐらいのものでも、発表なれば、その月の月評で「中以上、」の成績をおさめる自信はあります。

実につまらぬ日本文壇であります。私は今は決して虚名を貪《むさぼ》ってはいません。すこしおしゃべりがしたい位の野心であります。相田隆太郎氏位の文名で、四、五年片隅に置いて貰えば天におどり地におどる程嬉《うれ》しくあります。二学期は一生懸命に英語をやろうと思います。文法も研究しようと思います。そして哲学の書を翻訳と対照して田舎でコツリコツリやろうと存じます。これまでは創作に追《おわ》れて、語学をそっにしていたのが、かなしくてなりません。在京は来年の三、四月が関の山でありましょう。それまでに文壇に出られる見込はつゆありませんが、一寸もかなしくありません。ひとえに地上で極楽が期したい、これこそ人生究竟《くっきょう》の道だと思います。先生の御健康を祈って、乱暴なペンを擱《お》きます。

三十日あさ。

礒　多

安倍先生

もすこし書きたくなりました。私は有島氏は大嫌いであります。隈伴《わいはん》の死に同情したのも今は昔の夢であります。私は有島氏の遺書の「こう言う風になったのは運命がそのせめを負う可《べ》きもの」「自分はよく戦った」こんな文句が腹の底からきらいでありました。私は何の弁解も回避もいやになりました。人から「馬鹿」と叱《しか》られたら「なる程、ほんとうに、観念で諦念《ていねん》出来ず、坐禅で成功されず、煩悩《ぼんのう》具足の凡夫だ」と殊勝に首垂《うなだ》れたいと思います。妻の侮辱も甘んじて受けます。「自分は与える事を知らない求めてばかりいる人間だ」と言う実感をつきすすめると、他人にそれ程求めたくなくなりました。求める代りに相照したくなりました。梁川《りょうせん》師を忘れていまして、すまない気持になりました。先日御墓参りをしますと、梅雨《つゆ》期でしたが、百合《ゆり》はまだ咲いていませんでした。梁川庵へ行って一日遊びたいと存じます。全集を古書屋で買って、読み返して見ようと存じます。私はまだ全集を買わないで、すまないすまないと思います。梁川全集はサラ本がどの古本屋にも出ていると言っていい程であります。豊島先生は北海道へ行かれましたでしょう。先日御伺《おうかが》いいたしました。相変らず御上品で親切で、私も氏の人格を普通の作家でないだけ、それだけうれしくおしたい出来ます。しかしたびたび伺うような野暮はいたしません。

嘉村若松苑

大正十二（一九二三）年十月（推定）十九日　　東京本郷森川町　芙蓉館

父　上　様　　　　礒　多

不思議にたすかりました。速くおしらせしようと思いましたけれど、郵便不通で失礼いたしました。実に東京は、まったくやけどろに変ってしまいました。死んだ人は八万です。私も七百人位は死んだ人を見ました。五ツ六ツの子供の死んでいるのを見ると、松美《まつよし》の事を思い出して泣きたくなりました。とても筆にはしるせません。いずれ写真を送りますから、近所の人にお見せなさい。私は駒込の西ケ原に避難いたしました。その日は病気で床《とこ》についていました。西ケ原に行ってから、くろごめをたべて、ガタンと二度腸をこわし、廿五《にじゅうご》日まで医者にかかりました。痔《じ》の方は毎日洗って貰って、注射したけれどなおらないので、切開しました。それで大変よくなって、ごはんも二はいもたべられます。東京の様はじつにあわれしごくです。すぐ近所の帝国大学も焼けましたのに、芙蓉館《ふようかん》はたすかったとは、不思議です。近角《ちかずみ》先生、安倍《あべ》先生、水守、堀木、豊島の諸先生も無事でした。綱島《つなしま》先生、小宮先生るす宅、みな無事でした。私は用事のため、安倍先生のうちに一週間行っていまして、腸をパンでこわし、帰った次の日(九月一日)大地震が来たのです。が、かねて近角先生から「世の中はよい事のみあると思うのはヨクメぞよ。人間は火宅無常ぞよ。最後の最後は一分《いちぶ》一厘《いちりん》わがちからでどうする事も出来ぬものだよ。ただただわれわれのなさけない、してみようなきをあわれんで下さる仏様だよ」の仰せが、今度と言う今度程、私の心にとどいた事はありません。ああ我が身に火がつこうとも焼け死ぬとも、如来様のおめぐみとあれば、愚痴《ぐち》は申しません。みなみな因果《インガ》です。業《ゴー》です。因果も業も人間の力でどうする事も出来ません。生き残った事は幸福なれど、やがては死ぬおたがい様、御同様です。ああああ、私は帰りたいが、今年程在京して、生き仏である近角先生の御説教をききます。小説のようなくだらないもの書きたくもありません。また書いても短気な事をますのみと、先生に教えられました。しかし、書かないとも限りません。とにかくどうか如来の御声に接したく思います。如来におまかせ致します。それから、法雲院で貰った仏像が前の家にありますが、あれを本家の仏壇に上げて、朝夕のお水を上げて下さい。それからあの仏様の寸法を(何寸何分あるかを)御通知下さい。そしたら小さな家(仏様のはいられる家)を買って送りますから。私の小説は九月の雑誌へのりました。すこし金をもらいました。そして雑誌はつぶれ、やけました。私は帰国して何か書けば本にはどの本屋でもしてくれるのでしたが、みんなやけてしまって、困りました。どうか金を送って下さい。本年末まで、近角先生の御説教をきかして下さい。そうしたら、どんなに父上にかんしゃするかもしれません。

そらごとたわごとまことある事なし。

たゞ念仏のみぞまことなり。ナムアミダ仏。

父上様　　　　　　　　　　　　　礒多

小川チトセ宛

大正十四（一九二五）年三月　　　　　上京の途次

自分のこの所望求愛を世の単なる人義道徳の上から正であり善であるとは決して云《い》いも、思いもしない。しかし自分の過去三十年の生涯に於《おい》て、自分のたまたま、実に千人に一人、万人に一人、否《い》な、かつて見なかった、かつて逢《あ》わなかった、その使者、真の道づれを見出した事実は何と言っても、不思議な事実の外《ほか》はない。そしてそれを見出した自分の心は飽《あ》く迄《まで》も罪悪深き奴、あさましきいたずらものである。飛んで火にいる夏の虫。しかれども、この身を焼き尽すと知りながら、一閃光《いちせんこう》を見るや、その灯《ともしび》に向って、身をやく可《べ》く、心を焼く可く、進まずにいられない。灯がやこうが、やかれようが、そんな余裕はない、そうしたこの現実の我を、仏かねてしろしめしてあって見れば、やかれるこの身、やくこの身を、世間はとやかく云おうと評しようと、只々《ただただ》別れたくないその信念に、あくまで熱心に狂的に、而して冷静に熟慮を込めて、進むこと、これ至上命令でなくてはならぬ。短所は知っている。落度は知っている。しかし何を指して短所と言い落度と言うか、そうした一切を超越した、また超越している、自分は只々彼女並《ならび》に自己を尊敬しよう。一切はこの信念から出発する。それだから百年でも待てるのだ。刹那的《せつなてき》でないではないか。

彼女なき侘《わび》しき室《へや》にて、彼女を待ちつつ聖経をよみてものす。

千年万年生きのこり

死すれば二人で……。

近角常観宛

大正十三（一九二四）年十月九日　　山口県吉敷郡仁保村

これは過る九月十七日したためましたが、差上げませんでした。今朝《けさ》御慈悲のあまりに有難く、また筆を執りました。そして、書きそえました。

田舎の朝夕は大変涼しく相成りましたが、都はどうやらと案じられます。

その後恩師様別に御障《おさわり》あらせられざる由洩《も》れ承り安心致して居ります。

本日は九月十七日にて二十七年前の今月今日、恩師様の御身の上に法身の光輪きわもなく照し給いし事にてましまし、私朝より、求道九巻三号「明了堅固究竟願」を拝読致しまして、後筆を執りました。昨朝は五巻十号「実験の信仰に就いて」を拝読さして頂き、何故《なぜ》かしら私には古い「求道」程有難くて有難くてなりませぬ。さる夜深更七巻三号「廻向《えこう》と慚愧《ざんき》」を拝読仕《つかまつ》り、御開山聖人の慚愧の御左訓の「テンニハツルココロナシ、ヒトニハツルココロナシトナリ」に接し、三品《さんぼん》の懺悔《ざんげ》得せざる、恥を恥と感じざる、恩を恩とも思わざる、愚痴無智《ぐちむち》の私を、飽迄《あくまで》捨てぬとの御慈悲であったかと、おそろしいやら有難いやら、念仏申すのみ。と申せば絶えず喜んで居るかの如《ごと》くなれど、殊に愚鈍の塊にて、甲斐《かい》なきことに心迷い、道草食えども、またしても御慈悲に摂取されることの不可思議よ。かくして遠く御師に離ると雖《いえど》も、冥々《めいめい》のうちに御恩を蒙《こうむ》る事、勿躰《もったい》なく存じます。かくも横着者であるものを、罪多き私であるものを。口に出し筆にする時は単なる遊戯とも見做《みな》せますが、罪悪深重煩悩《ぼんのう》熾《し》盛《せい》の凡夫とは、実に有難き思召《おぼしめ》しであります。おそろしい事であります。

九月二日は故徳田先生の命日、私は一日に墓参致しました。奥様は畑の水瓜《すいか》をもいで井水に浸しながら「夫は病を得て後水瓜を大層喜んでいたが、旅にあって思う様に食べさせる事も出来なかった、水瓜を食べるにつけても思い出す、今生きておるなれば。」と申されました。その後数日を経て、師範学校時代の同窓五人打連れて墓参され、先生ありし室《へや》で夜の十二時まで、故人を追慕された由、聞きました。九月四日、土葬の日には、恩師様御下賜の「真嶽良機居士」なる掛軸を懸け、御見舞状御悔状の二書面の写しを拝読仕り、「親鸞《しんらん》一人がためなりけり、常観一人がためなりけり、潔一人がためなりけり」の御文に打たれ、不覚の泪《なみだ》とどめもあえず。ああ、徳田先生の広徳山よりも高く海よりも深し。救世観音大菩薩　聖徳皇と示現《じげん》して多々のごとくすてずして阿摩《あま》のごとくにそいたまう。

御本書の悲嘆の御文の「名利の大山」の「大」が「太」とあるは、聖徳太子の「太」が無意識の裏にあらわれたのであるまいかと、此頃《このごろ》切に感じられます。左様ではござ〔い〕ませんでしょうか。

歎異鈔《たんにしょう》の「外見あるべからず」「於無宿善機無左右不可許之者也」が、何と言う事ならん。恩師様の御製作は十三章までで、別に大した事にてはなけれど、気になっておりました。多分もったいをつけられたのに違いないと思っていました。ところが先日、求道を拝見致し、例の唯善の問題にて、行信を得てこそ宿縁の喜べる事であるを私の実験で頂かして貰い、して見ると無宿善機とは御慈悲を頂かない者となる。されば「外見あるべからず」「於無宿善機云々《うんぬん》」とは、苟《いやしく》も御慈悲を頂かなければこの歎異鈔は解《わか》らないぞ。何よりも真の御慈悲を頂くが大事だぞ。読書癖ちょう単なる慾望《よくぼう》で道楽に読むのでないぞ。泣く泣く書いた所以《ゆえん》のものは、ひとえに御慈悲を頂かせたいばかりであるぞ。との切なる思召であると頂けました。過る夏上京の折「御開山聖人は教行真証〔信〕を読めとは仰せられなかった、ただ御慈悲を頂けと仰せられた、たとえば君、国へ帰って求道を読み著述を読めとは言わない、ひとえにわし直々《じきじき》の御慈悲をよろこんで呉《く》れ」と恩師様御勧化《ごかんげ》下されし儀、寔《まこと》に有難く私の態度をひきやぶって頂けます。

大正四年八月二十二日、恩師様山口より三田尻《みたじり》に御越し遊ばさ〔る〕際、大内村乗福寺淋聖太子の御墓に参り玉いたる由、徳田先生の日記に見えましたので、私も先日参りました。

山中独居の侘《わび》しさに、今日は大変下らぬ事申し上げ、寔に慚愧にたえません。これよりだんだん涼しくはなれど、伝染病など却《かえ》って流行致しますので、くれぐれも御尊体に恙《つつが》なかれよと遥《はるか》に念じます。

九月十七日　　南無阿弥陀仏《なむあみだぶつ》

嘉村礒多

近角恩師様

今朝は(十月九日朝)求道五巻七号所載執持鈔講義拝読中、恩師様若き死刑囚に御説法あらせらるる条に到《いた》り、ハッと気附《きづ》かせて頂いた事でございます。と申すのは、私事家庭や近所やの争《あらそい》、つまり善悪二業の事に就ては、寔に御慈悲が有難い。ところが、一つ淋しくて淋しくて、この二、三ケ月の間頭にこびりつき、夜も思い出しては眠れませぬ。それは徳田先生が臨終に「同一念仏倶会一処、しばらくの御別れじゃが、今に涅槃《ねはん》のみやこで会わして頂きます」の御詞《おことば》が解らぬ。徳田先生には未来極楽の有様が見えるらしい。行く先が眼に見えると云《い》うより、心に確実に感じられるらしい。私にはそれがない。海山御恩只《ただ》ならぬ祖父様は、もう御老年、いつ死なれるやら。どうか徳田様の様に徹底したら、未来極楽の様も見えて、安心出来るように。気楽であろうに、と苦しみました。どうしても解らない。同一に念仏した者だけ、極楽にゴチャゴチャと集って、文化生活を楽しむ様を、自覚されたかの如《ごと》き徳田先生の信仰が解らぬ。いや、こんな事は馬鹿くさい、止《よ》そう止そうと思えども思えども、極楽の住居が解った上で、楽に恐怖なく暮したい。手紙でもって、恩師様に御尋ね申そうか。今更らしゅう何を言うか、これまでなに聞いていたと叱《しか》られる。自分としても「前念命終、後念即生」は善悪二業の上からなれば現に預けてある。全く困って仕舞い、淋しくて淋しくて、仕方がないから死ぬ時は如来様がいい様にして下さるからと、思えど思えど淋しく物足りませんでした。ところが今朝も寂しく前記の御文章拝読中、徳田先生の御詞が筆舌に尽せぬ程、力強く私の心に響きました。相対破れ即前念命終して、もろもろの煩悩《ぼんのう》悪障を転じて無生忍をさとらしめて頂いたが、なお死刑囚の如く闇《やみ》である心が起きて来る。心細い。行く先が解らぬ。ところへ、その行く先も解らず心細き私を、飽迄《あくまで》悲愍《ひびん》ましまして助けずば正覚をとらじの御慈悲に引きもどされて、安々と往生さして頂くのであった。本当に「同一念仏倶会一処、しばらくの御別れじゃが今に涅槃のみやこで会わして頂きます」とは何と有難い御慈悲でしょう。何と生平でございましょう。家庭問題も近隣問題も病も死も、大悲の風にまかせます。大きく大きく御慈悲を喜びます。しばらくの間火がついた様に念仏相続致しまして、昂奮《こうふん》して御文章拝読する事出来ませぬので、筆を執りまして、恩師様へ御送り申します。南無阿弥陀仏。

二神〔信〕

読む事善にあらざれど、直接御講話拝聴の気持で、将《は》たまた一代経を拝読致す気持で、求道を読まずにはいられません。頂かずにはいられません。一念の信とは実に広大な御慈悲。たった一度の廻心《かいしん》が有難い。一度名のって下された御親は逃げは決してなさいません。求道の古いのが有難うございます。

無慚無愧のこの身にて　まことのこゝろはなけれども
弥陀の廻光《かいこう》の御名なれば　功徳は十方にみちたまふ

十月九日午前

大正十四（一九二五）年二月二十三日　　山口県山口町鰐石

只今《ただいま》は二月二十三日の未明に候実によくよく煩悩《ぼんのう》の強き私かな。つみけしてたすけたまわんとも、つみけさずしてたすけたまわんとも、弥陀如来《みだにょらい》の御はからいなり。実にはてしなき悩みに悩みを重ぬ私かな。人を千人殺すやら、どんな脱線を致し申すやら。業報のおそろしきを思うのみ。昨日徳田先生の奥様御来訪下され候恩師様の御宸影《ごしんえい》を拝し、故先生を偲《しの》び候。中村女学校における故先生の訓化、在職二ケ月余と雖《いえど》も驚く可《べ》きものにて、校長など近頃熱心に求められ候。私は東洋史を受持つべく候。七祖の御事など話して、生徒と共に相続大事に喜びたき念願に御座候。我身は現にこれ――に候。かつて恩師様「念仏の如《ごと》き清浄のものは出ない、汝《なんじ》の口を衝《つ》いて出づるものはどろ水なり」と仰せら〔れ〕候が、実に有難く候。仏かねてしろしめす御同情に善悪の余裕もこれなく候。横田法相の御逝去、新聞にて見るより早く、恩師様の御悲歎《ごひたん》を思いしことにて候。

南無阿弥陀仏　　嘉村礒多

近角恩師様

解　説

岩田文昭

文学と宗教とが結びつくことがある。法華信仰を背景に文学作品を著した宮沢賢治はその端的な例である。だが、賢治とはタイプの違う文学者もいる。宗教を仰ぎ見ながらも、俗世にあくまでとどまり、文学制作をまるで信仰の代替とした嘉村礒多《かむらいそた》がそのひとりだ。

私小説の極北。一般に嘉村の文学はそう評される。近代小説の一分野である「私小説」は、作者が直接に経験した事柄を素材にし、自己の体験を告白する小説だ。日本の私小説には、田山花袋『蒲団《ふとん》』、志賀直哉『和解』、葛西善蔵《かさいぜんぞう》『酔狂者の独白』、太宰治『道化の華』など数々の有名な作品がある。その中で嘉村礒多が極北といわれるのは、自己の愚かさ、罪深さを誰よりも徹底的に描いているからである。自らの尊厳を傷つける呆《あき》れるような愚かな事柄まで暴露し、そのときの心境を剔出《てきしゅつ》している。

そもそも、自己のなかの悪を見つめることは、苦しいことであり、耐え難い。その苦しみにもかかわらず、礒多が悪を見つめ、しかもそれを描き続けることができたのには、生来の性格的に由来するものがたしかにあろう。しかし、それだけではない。これには宗教、とくに浄土真宗の影響が大きい。礒多は若いときにキリスト教の説教を聞き、やがて真宗の説教を聞くようになった。なかでも真宗大谷派の僧近角常観《ちかずみじょうかん》(一八七〇―一九四一)を尊崇し親近していった。このような宗教的環境のなかで、自己の罪悪を見つめる傾向がより強くなっていった。もちろん、礒多が宗教に関心を寄せたのも、悪人としての自己が救済されたいという願望があったからである。礒多は、嫉妬心《しっとしん》が強く、愛憎の念が人一倍強い人物であり、そのことに苦しんでいた。ところが、そのような願望がありつつも、礒多は悪人である自己を直そうとはしない。ひたすら、悪人である自覚が深まっていき、そのことで自己を責める。礒多の文学はここから発する。そのような苦しみに耐えながら小説を制作するのは苦行である。しかし、その苦行が遂行できたのは、変形したある種の宗教性が制作活動に潜在していたからである。

屈折した宗教性が礒多の文筆活動の根幹にあり、それが礒多の文学をユニークなものとしている。平成を代表する私小説作家車谷長吉《くるまたにちょうきつ》の表現を借りれば、自己を嫌悪し、自分で自分を辱める小説が礒多において成り立ったのは、そこに「文学に対する信仰」があったからである（車谷長吉『阿呆者』新書館、二〇〇九年）。礒多とともに駆け落ちして生きることで苦労した小川チトセにおいても、その生活に耐えることができたのは、同様の「文学に対する信仰」に生きていたからであろう。文学が仏への信仰の代りとなり、二人を支えたのである。それゆえ、自己のなかの醜さを見つめて徹底的に書いた礒多の作品には、「彼岸の浄土」というべき宗教的世界に通じるものがあり、嫉妬や意地悪など煩悩《ぼんのう》の闇《やみ》に収まらない、光や輝きがあり、それが礒多の文学の不思議な魅力となっている。その屈折した宗教性の由来を説明し、『業苦』『崖《がけ》の下』『魍魎《もうりょう》』のなかに読み取れる礒多と宗教との関係を示していきたい。

嘉村礒多は、一八九七（明治三十）年十二月十五日、山口県吉敷《よしき》郡仁保《にほ》村（現在の山口県山口市仁保）の裕福な農家の長男として生まれた。一九一四（大正三）年に山口県立山口中学校（現在の山口県立山口高等学校）を中途退学した礒多は、同県美祢《みね》郡の秋吉村に在住するキリスト者の本間俊平（一八七三―一九四八）による日曜説教を聞くようになった。心の支えを求めていたのであろう。しかし、キリスト教には入信することなく、地元の浄土真宗本願寺派の寺院、信行寺《しんぎょうじ》の住職である桃林皆遵《ももばやしかいじゅん》（一八七八―一九四二）のもとに通い始める。礒多は、桃林の説法から、東京にいる近角常観のことを知った。

一九一八年、仁保村役場に勤務していた礒多は、役場の同僚の紹介で藤本静子と結婚した。静子の実家はとくに裕福というわけではなかったが、素封家の姪《めい》であり、その祖父が明治維新のときに戦功を立てたという格式ある士族の家柄であった。礒多の父は申し分ない良縁と考えた。また、静子は垢抜けした美人でもあり、礒多自身も、この縁談を気に入った。ところが、結婚式の数日前、静子に前夫がおり、静子は出戻りであることが判明した。礒多は、結婚を拒否しようとしたが、旧家同士の縁組でもあり、家の体面を守るために説得されて式を挙げた。結婚の翌年、長男松美《まつよし》が生まれるものの、妻とは不和が募る一方であった。

礒多は、一九二二年二月に、桃林皆遵の紹介で近角常観を訪れた。すでに上京した経験があったが、常観のもとに参上したのは、このときが初めてであった。礒多はいったん帰郷したものの、家庭内での不和から同年十二月に再び上京して、知人宅に止宿した。その後、一九二三年二月には常観の布教拠点である東京本郷の求道会館近くの芙蓉館《ふようかん》に留まり、常観の説教を真剣に聴聞した。そして、同年九月一日に、礒多は関東大震災に遭遇することになる。

本郷周辺は地盤がよかったため、求道会館は妻壁に亀裂が入るなどの被害を受けた程度ですんだ。とはいえ、関東大震災が与えた衝撃は大きかった。礒多は人生の無常を深く痛感した。大震災直後のある朝に常観の勤行に参加したときの様子が、本書所収の随筆「すえとおりたる大慈悲心」(『法悦』一九二四年四月号)に描かれている。震災直後の一九二三年十月六日に常観がおこなった説教の題目は「衆生の業苦と如来の苦行」である。「業苦」という用語は、「歎異鈔《たんにしょう》」第五条にも見られる仏教用語であるものの、それほど頻繁に用いられる用語ではない。礒多の代表作『業苦』のタイトルは、この常観の説教に由来すると考えてまず間違いない。

さて、大震災の結果、作家として世に出ることが当座は難しいと考えた礒多は、人生の無常を深く感じつつ、大震災の数か月後、一九二三年十二月にいったん山口に帰郷する。この時期は、心ならずも不本意な形で帰郷し、真宗に深く傾倒したときである。本書所収の随筆「道徳にあらず業報なり」(『法悦』一九二四年八月号)には帰郷直後の礒多の道徳観が表現されている。業の深い人間は、宗教なしには、道徳的な生き方は不可能である。ところが、阿弥陀仏に救済されることで、「家庭も円満」になり真の道徳が現実化すると記している。この道徳観は常観が繰り返し説いたものであり、礒多はこの時期、これを受け入れていたことがわかる。しかし、このあと家庭を破壊し、小川チトセと駆け落ちをすることになる。

本書所収の大正十三(一九二四)年十月九日付と大正十四(一九二五)年二月二十三日

付の二通の常観宛書簡は、帰郷してから駆け落ちして再び上京するまでの間に書かれたものである。書簡には、伝統的な真宗の用語により自己の信心が告白されるとともに、常観への強い敬慕の念が示されている。その一通目の大正十三年の書簡は、前後半の二つから成り立っている。その前半部は九月十七日に、後半部は十月九日に書かれている。九月十七日というのは、常観が故郷で決定的な回心をした日である。常観のことを「恩師様」と呼ぶ礒多は、このことを想起し、常観が刊行した新聞『求道』の記事を読み、常観の体験を自分に重ね合わせようとしている。二通の書簡のいずれにも名が挙がっている「徳田先生」とは、礒多と同じく常観に師事し、中村高等女学校(現在の中村女子高等学校)に二か月ほど勤務したものの、一九二二年九月二日に亡くなった教育者の徳田潔である。この間に礒多に起こった、不倫とその後の駆け落ちを重ね合わせると、この書簡から礒多の心境を窺い知ることができる。

帰郷中の礒多は、山口県吉敷郡山口町の中村高等女学校に一九二四年秋に職を得ることになった。女学校の校長、木村菊三郎個人の書記であり、正規の職員ではなく臨時雇いの身分であった。校長の木村は熱心な真宗の信者で、桃林皆遵が主宰していた宗教誌『法悦』の同人でもあった。そのような関係から桃林は、同校の講師嘱託となり、宗教について講じ、また宗教にもとづく学生修養の会を開いていた。礒多は女学校の書記になるとともに、毎週、土曜日の夜の寄宿舎生のための会にかかわるようになった。この会の主任として、会の司会をつとめ、また常観から学んだ真宗について講演することもあった。ここが駆け落ちの相手、小川チトセとの出会いの場となる。

小川チトセは、同校を卒業後、成績もよかったため、裁縫・手芸の助手として勤務していた。チトセは不遇な生い立ちであった。十二歳のころに養女にだされたのだが、成績がよかったため、養父母の期待を受け、女学校に進学した。ところが、この養父母は相ついで他界し、孤独な身になっていた。不遇な境遇に育ったチトセが、議多が運営する会に定期的に参加することになったのである。議多とチトセがいつから恋愛関係に陥ったのか正確にはわからないが、一九二四年末ごろには、恋愛関係があったと推察される。したがって、常観に二通目の書簡を出した、一九二五年二月二十三日ころにはすでに恋愛関係に陥っていたと見ていいだろう。そういう状況を踏まえると、書簡の冒頭に書かれた「実によくよく煩悩《ぼんのう》の強き私かな」というような文言も違った観点から理解することができる。これは、観念的な反省ではなく、妻子ある身での不倫の悩みついての議多なりの表現と解される。もっとも、このときには、木村校長にはまだ二人の関係は知られていなかったため新学期から教師となり「東洋史」を受け持つことになっていた。だがほどなく木村校長に事態が知れ、三月末に議多は教職につくことなく免職となった。本書所収の大正十四(一九二五)年三月のチトセ宛の恋文はこのような事態を背景にしている。チトセも退職し、四月早々にチトセと東京に出奔する羽目になった。

上京した礒多は、まず東京市本郷区森川町新坂上の毛利方の二階に寓居した。翌年一九二六年九月に、森川町橋下に転居した。いずれも求道会館の近所である。森川町は旧町名で、現在の文京区本郷六丁目付近にあたり、東京帝国大学正門に近い。このときの二人の状態を、礒多は小説『業苦』(『不同調』一九二八年一月号)や『崖の下』(『不同調』一九二八年七月号)で描きだしている。『業苦』では、駆け落ちして東京に来た、男女の寓居を「森川町新坂上の煎餅屋《せんべいや》の屋根裏」として描写する。毛利の家は階下でその妻が駄菓子屋を営んでいた。これが宇野浩二に「傑作」と評価されるなど、中央の文壇で認められた。これに続いて『崖の下』では、「煎餅屋」から森川町橋下に引っ越しをした顚末《てんまつ》が冒頭に書かれている。両作品の記述の多くが実際の駆け落ちを下敷きにしていることは間違いない。ただし、礒多は「圭一郎」という名前となり、チトセは「千登世」となっている。

『業苦』と『崖の下』では「G師」として常観が繰り返し登場する。『崖の下』では、常観の説教が、「ともかく一応別居して二人ともG師の信念を徹底的に聴き、その上でうわずった末梢的《まっしょうてき》な興奮からでなしに、真に即《つ》く縁のものなら即き、離る縁のものなら離るべし」とまとめられている。つまり、いったん別れて冷静に自己を見つめ直せという教導である。しかし、礒多はその教導にしたがうことはできなかった。なぜなら、「長く尾を引くに違いない後に残る悔いを恐れる余裕よりも、二人の一日の生活は迫りに迫っていたのである」。このような表現からは、礒多が常観の説教の正当性を否定しているわけではなく、またその説教を恨みに思っていないことも読み取れる。駆け落ちの状態が長い悔いを残すであろうことも承知していたのである。

礒多は、自分のなしたことが悪であり、煩悩の所為であることを認めていた。しかも、常観が「人間的な同情」を持っていたことも理解していた。そのため、常観に裏切られたとは思わず、また真宗の教えが間違っているともいわない。『業苦』では常観の説教によって礒多のうちに「心の苛責《かしゃく》」が渦を巻くことを認めている。さらに、自己の境遇を冷徹に見据える眼差《まなざ》しを礒多は持つ。チトセの視点を借りて、自己の境遇を次のように生々しく表現する。「別れろ別れろと攻め立てられてG師の前に弱って首垂《うなだ》れている圭一郎〔礒多〕がいじらしくもあり、恨めしくもあり、否、それにも増して、暗い過去ではあったがどうにか弱い身体と弱い心とを二十三歳の年まで潔く支えて来た彼女が、選《え》りも選《えら》んで妻子ある男と駈落ちまでしなければならなくなった呪うても足りない宿命が、彼女にはどんなにか悲しく、身を引き裂きたい程切なかったことであろう」。礒多は、自己の悪を悪として見つめ、それがチトセに及ぼす影響まで考慮にいれている。そして、そのような悪人としての救いを求めようとしている。ただし、悪い行為そのものはやめようとしない。

礒多は常観に合わせる顔がなく、そのためついには説教を聞きに行けなくなってしまう。それゆえ、「信仰を棄てた」というような表現をされることもある。しかし、それは通常いわれるような棄教とは様子を異にする。礒多は「崖の下」から、求道会館に象徴される「彼岸の浄土」を崖上に仰いでいるのである。

崖の下から常観を仰いだ礒多は真宗の信仰と完全に無縁となったわけではない。むしろ真宗の世界を憧憬し、それを仰いでいた。しかしそれは苦痛のないものではなかった。真宗のなかでも、悪を悪として許容し、不倫であってもそのまま是認する宗教者もいた。しかし、常観はそうではない。常観の信仰世界は内に戒律的要素を含むものであったがゆえに、悪を叱責《しっせき》するという痛みを伴っていた。真宗、とりわけ常観の説教が礒多の小説世界に厚みを与えるのは、礒多に倫理世界の葛藤を深く痛感させるからである。そして、礒多が痛みながらもその苦痛に耐えることができたのは、文学作品を著すという崇高な行為が真宗の信仰の代替となりえたからであろう。

崖の上にいる宗教者常観からすると、文学は徒《いたずら》に煩悶を写すばかりで人生に光を与えるものではない。そしてこのような宗教者の文学理解も礒多は承知していた。常観と別れてから七年を経て発表された小説『魍魎』(『作品』一九三二年一月号)では、幻想的な魍魎の言葉を借りて常観が発するに相応《ふさわ》しい言葉を記している。「七年前にソナタが身命をかけて崇敬した坊さんの教に戻れ、ソナタはあの女と一しょになった時から、護持養育の恩を踏《ふ》み躙《にじ》って、坊さんに立《た》て衝《つ》き出した。坊さんはソナタの処女詩集が出た時、(ああ、あの男も、とうとう邪見に落ちたか)と深い溜息《ためいき》を吐《つ》いたが、ソナタもうすうす知ってるだろうが、それが世の常の溜息と思うか。(中略)さあ、オイラと一しょにも一度あのしんとした殿堂に行こう。無常のすがたには飽き飽きした。自分で自分を打ち立てるより外《ほか》、自分で真面目《まじめ》になるより外、他に進む道はないぞ」。しかし、礒多は真宗の世界に戻ることはなかった。「詩人の心眼に映じた魍魎の幻像は夕暮の薄明の中に埋れて行って、やがて忽然《こつぜん》と消滅した」と記している。

宗教を意識しつつ、自覚的にそれと距離をとった礒多の文学には或《あ》る種の宗教性が含まれるが、仏ではなく文学をその支えとした点に、礒多の屈折があり、そのような点にかれの宗教的文学の特色がある。礒多は、仏の絶対の慈悲そのものを描くことはなかった。崖の上にある絶対の世界を仰ぎ見て、自己の業苦を執拗に描いていったといえよう。

以上、礒多の文学の根幹にある独自の宗教性について、いくつかの作品を例にとって論じた。嘉村の作品には当然ながら虚構もあるものの、実生活を背景に制作されている。作品はその作品自体で味わうものであるにしても、実生活を知ることで作品の理解は深まる。そこで、家族構成について簡単に述べておく。礒多には姉と妹がいた。姉の名は、ヒサヨで礒多より三歳年長。山口の地主市原豊治と結婚し二男子をもうけた。妹の名はイクヲで九歳年下。『業苦』では「春子」という名で手紙を礒多に送っている。のちに海軍大佐になった山下栄と結婚し二女一男を育てた。妻静子は『業苦』『崖の下』では「咲子」という名で、松美は「敏雄」の名で描かれている。松美は生来の病弱で、八歳のときには丹毒のため手術もした。

つづいて本書に収録されたその他の作品の初出と概要をしめすとともに、作品の背景となった事実関係を説明する。

『曇り日』(『新潮』一九三〇年一月号)——無計画に駆け落ちをして上京した礒多は、職探しに苦労した。一九二五年六月に帝国酒醤油新報社に就職できたものの薄給であった。だが、翌年二月に、「新人生派」文学を標榜《ひょうぼう》する雑誌『不同調』に職をえて牛込柳町に通うようになった。同年十二月には、故郷においてきた妻静子との協議離婚が成立した。礒多は、執筆を依頼した葛西善蔵（作品ではR先生とされる）の口述筆記をしながら師事するようになっていた。『曇り日』には、このころの状況が描かれている。チトセ（小説ではおゆき）には居丈高に接する反面、摂政であったのちの昭和天皇の行啓に対しては、異様に委縮し緊張した様子を描写している。内弁慶の外地蔵というべき主人公の極端な様子からは、滑稽味が醸し出される。このように自己の弱さを冷静に見る自虐の眼差しがある点に礒多の特徴がある。

『不幸な夫婦』（『近代生活』一九三〇年四月号）――山口在住であった一九二二年当時の出来事をもとにした小説である。礒多は妻静子の弟の華やかな結婚を羨《うらや》み、いじけて仮病をつかって結婚式に出席しない。そのうえ、年長の妻にやつあたりする。小説のなかで東京の哲学者A先生（安倍能成《あべよししげ》）に手紙を出すというくだりがあるが、実際に礒多は、安倍能成宛にこのときの憤懣《ふんまん》を細かく記した手紙を送っている。

『秋立つまで』（『新潮』一九三〇年十一月号掲載）――『曇り日』以降の一九二九年時の礒多とチトセ（小説ではカツ子）の生活が描かれている。将来の展望が見えない二人の世界を軸に、過去のさまざまな失態や現在の苦悩が次々と描写される。礒多に捨てられた静子（小説では咲子）が怒り、離婚をせまったときの様子。静子との子・松美（小説では敏雄）のことや礒多との間に子をもうけて入籍をしたいと懇願するチトセと葛藤する姿。故郷の父に金を無心したところ、父から思いがけず情愛のこもった返事が来たこと。礒多の姉(実名ヒサヨ)の子(実名元清、小説では豊次)の予期せぬ来訪。火事で焼死した叔母の死体の状況。義兄(市原豊治)の臨終のありさま、などが綴《つづ》られている。

だが、このような通常の世俗の世界を綴るだけでなく、礒多はそれを越える精神世界を垣間見せている。その精神世界を示す印象的な文をあげておく。今生だけでなく来世も一緒かと問いかけるチトセに主人公はこう答えている。「汝《なんじ》、一心正念にわれを思え。われよく未来世まで、汝を護《まも》らん」。これは、浄土思想の大成者、唐の善導の著作『観無量寿経疏《かんむりょうじゅきょうしょ》』にある一文「汝、一心正念にして直ちに来たれ。われよく汝を護らん」を換骨奪胎したものである。阿弥陀仏が現世にいる衆生に向かって、たしかに極楽浄土に迎えるという言葉である。礒多は、汝を護る主語を阿弥陀仏から自分に変えた。礒多のうちにある、屈折した宗教性が読み取れる。

『途上』(『中央公論』一九三二年二月号)——山口県立山口中学入学から昭和五年ころまでの半生を回顧した自伝小説。当時の山口中学には、二級上に岸信介、二級下に佐藤栄作が在学していた。多くの政治家や軍人を輩出した名門中学である。だが、この中学の校風に礒多はなじめず、人生に対する懐疑を感じ始めるようになる。小説は、主人公である「大江」が中学の入学式に父親と一緒に行くところから始まる。寄宿舎にはいり、初年次では上級生との確執、二年次では同級生が下級生に対しておこなった暴力事件に連座し停学処分を受けたこと、三年次進級後からは重い倦怠感《けんたいかん》に襲われ、結局、自主退学をしたありさまを自責の念を込めながら表現している。また、「雪子」との初恋の様子や下女とのみだらな関係やその後の恥ずかしい顚末なども著している。結婚後に長子が生まれてから、妻が出戻りであったことがわかり、妻子を残し、駆け落ちをし、東京で生活を始めたことなどが赤裸々に描かれている。捨て去ったもとの妻の弟との再会を描いて終わるこの小説は不思議な余韻を残している。

『神前結婚』（『改造』一九三三年一月号）――一九三二年末、生活苦と身体の不調から、礒多はチトセ（小説ではユキ）を山口に送り郷里の家に戻すことを考えた。一九三三年元日にチトセと帰郷し、八年ぶりに礒多は父母と息子に会い、十九日間、父の家に滞在する。この滞在の後半に起こった出来事を描いたのがこの小説である。当初はチトセを家に残す考えだったが、一緒に東京に戻ることにした。そんな折、『中央公論』から『途上』採用の葉書を受け取り、一家で喜ぶ。一家で近所の妙見神社に参詣し、その神前で、父母と杯を交わす。チトセを息子の嫁と認める親子杯であった。飲みなれない酒に酔ったチトセのうれしそうな表情で小説は終わる。

採用の葉書を受けた一家が大袈裟《おおげさ》に喜ぶところがこの小説の山場である。礒多は「日本一になった！」と叫んで舞い倒れる。チトセは泣き崩れる。ここから礒多とチトセが共通の目標を持っていることが読み取れる。と同時に、その喜びを相対化し、冷ややかに見る眼差しもあわせて記されている。礒多らが狂喜乱舞をしている姿を前に「ただ呆気にとられた子供」を配しているのだ。ここには、過剰に喜ぶ自らの姿を突き放して見る超越的視点が存在しているといえる。

これまで示してきたように、礒多の小説には、駆け落ちし東京にいても、故郷山口を題材にするものが多い。随筆にも故郷のことをしばしば書いている。本書所収の「故郷に帰りゆくこころ」(『作品』一九三〇年十月号)や「再び故郷に帰りゆくこころ」(『作品』一九三一年四月号)は、駆け落ち以前の作品ということもあり、自虐的な自己暴露は記されていない。山口ゆかりの雪舟《せっしゅう》にちなんで、郷里の山川や寺院の様子が描かれている。雪舟の姿を借りて礒多の思いが表現されている。生得の芸術家である雪舟も金銭と権力の前には、永久の弱者だと共感を込めている。そして、故郷の村の墳墓に自分の骨を埋めたいという願望から雪舟が山口を去ったと記しているが、この願望はまさに礒多のそれであった。随筆「「上ケ山《あげやま》」の里(山口県)」(『新文芸日記』一九三一年十一月)で礒多はこう叫んでいる。「私は都会で死にたくない。異郷の土にこの骨を埋めてはならない」。

随筆「経机《きょうづくえ》」(『大阪朝日新聞』一九三三年十月)が礒多の絶筆となった。そこに書かれているように「死ぬまで都市放浪」を続けた人生だった。結核性腹膜炎が悪化し、一九三三(昭和八)年十一月三十日、逝去した。遺骨は、礒多の願望どおり故郷につくられた墓地におさめられた。

最後に、本書に収められている書簡について触れておきたい。哲学者安倍能成(一八八三―一九六六)には多くの書簡を出した。その初便が本書所収の大正九(一九二〇)年三月二十九日付の書簡である。ここには礒多の思想・文学の世界に向かっての上昇志向の強さがよく出ている。書簡中に名のある綱島梁川《つなしまりょうせん》(一八七三―一九〇七)は早世した思想家で『寸光録』などを著した。書簡中にある折蘆とは、魚住折蘆《うおずみせつろ》(一八八三―一九一〇)のことである。安倍とは友人で、魚住を介して安倍は梁川と交流するようになった。礒多は時代をリードしている知識人に憧れ、かれらとの接点を模索していたのである。

大正十二(一九二三)年七月三十日付の安倍宛の書簡には、この当時の礒多の文壇活動がうかがえる人物の名が挙がっている。指方龍二《さしかたりゅうじ》と井上昌一郎は同人誌『黒潮』を礒多などと出した小説家。礒多は『黒潮』に『あわれな男』を書いた。岡田三郎は一九二三年にパリから帰国した小説家。本間久雄は評論家で明治文学研究者。早稲田大学講師(後に教授)であり『早稲田文学』を主幹していた。相田隆太郎は評論家で『早稲田文学』などで評論を発表していた。豊島与志雄は翻訳家・作家で第三次『新思潮』を刊行。礒多は安倍の紹介で豊島に作品を見てもらっていた。有島武郎は『カインの末裔《まつえい》』などを著した著名な小説家。一九二三年六月に人妻と心中した。

大正十二(一九二三)年十月(推定)十九日付の父嘉村若松宛の書簡には、関東大震災の被災の様子が書かれている。それだけでなく、金の無心もしている。「私の小説は九月の雑誌へのりました」と書いているが、これは虚構と推察される。このような嘘《うそ》をつく性格が礒多の罪業意識をさらに過剰にし、呵責の念を強めたのであろう。だが、心の闇《やみ》を礒多は執拗に見つめ、それを作品として著した。これが文学史に名を残すことを可能にしたのである。

嘉村研究として定評があるのは、太田静一『嘉村礒多——その生涯と文学』(彌生書房、一九七一年)である。嘉村と近角常観を代表とする真宗との関わりは、岩田文昭『近代仏教と青年——近角常観とその時代』(岩波書店、二〇一四年)を参照されたい。

なお、本解説はかつての科研費研究(JSPS20520055)での解明をもとにしている。そのさいの研究協力者であった大澤広嗣氏と碧海寿広氏からは多大な助力を受けた。またこのたびの本書の編集にさいしては、岩波書店の鈴木康之氏にたいへんお世話になった。厚くお礼申し上げる。

二〇二四年二月

嘉村礒多略年譜

明治三十(一八九七)年

12月15日　山口県吉敷《よしき》郡仁保《にほ》村(現・山口市仁保)に、父・嘉村若松、母・スキの長男として生まれる。祖父母と同居。嘉村家は農家で、上郷《かみごう》の大地主だった。

明治三十七(一九〇四)年　7歳

4月　仁保村立大富小学校に入学。成績優秀。

明治三十九(一九〇六)年　9歳

1月　妹イクヲが生まれる。

明治四十四(一九一一)年　14歳

4月　山口中学校(現・山口高等学校)に入学。寄宿舎に入る。徳富蘆花《とくとみろか》等を愛読。

大正二(一九一三)年　16歳

寄宿舎を出て、知人方に移る。中学校の校風にはなじめなかった。

大正三（一九一四）年　17歳

四年生に進級するが、無断欠席が続き、退学。家業の農業を手伝う。人生問題に悩み、読書に親しむ。美祢《みね》郡秋吉村のキリスト教信者・本間俊平の説教を聞く。その後、仁保信行寺《しんぎょうじ》住職・桃林皆遵《ももばやしかいじゅん》から親鸞《しんらん》の教えを聴く。小学校時代の初恋の女性への思慕が募るが、父母から結婚を許されず、土蔵部屋に籠《こも》り、煩悶《はんもん》の日々を送る。

大正四（一九一五）年　18歳

綱島梁川《つなしまりょうせん》の著作に感激する。

大正六（一九一七）年　20歳

10月　仁保村役場に勤務、税務係となる。

大正七（一九一八）年　21歳

秋　藤本静子と結婚（入籍は翌年7月）。

大正八（一九一九）年　22歳

作家になる希望が募る。12月　村役場を退職。同月、長男・松美《まつよし》が生まれる。

大正九（一九二〇）年　23歳

妻と次第に不和になる。3月　安倍能成《あべよししげ》に書簡を送り、文通が始まる。安倍の教えに従い、スピノザを熟読。

大正十（一九二一）年　24歳

4月　上京。綱島梁川の墓参をする。安倍を初めて訪問。5月　帰郷。この年、桃林の紹介で、山口町の真証寺住職の佐波成美を訪問、教えを受ける。

大正十一（一九二二）年　25歳

2月　上京。桃林の紹介により、近角常観《ちかずみじょうかん》を訪問。本郷の求道会館で、近角の日曜講話を聴聞し、深い影響を受けた。4月　帰郷。12月　家庭内の不和のため、上京。

大正十二（一九二三）年　26歳

2月　求道会館の近くの本郷森川町の芙蓉館《ふようかん》に下宿を移す。近角常観の説法に傾倒。4月　安倍が文科長を務める法政大学哲学科の聴講生となる。9月　関東大震災にあう。12月　帰郷。

大正十三（一九二四）年　27歳

真証寺に通い、山口の宗教誌『法悦』に宗教随想「すえとおりたる大慈悲心」（4月）、「道徳にあらず業報なり」（8月）等を発表。秋、中村高等女学校の書記となる。同校生の修養のための求道会の司会をする。同校裁縫助手の小川チトセと知り合い、相愛となる。

大正十四（一九二五）年　28歳

4月　妻子を置いたまま、チトセと出奔・上京。本郷森川町で同棲《どうせい》生活を始める。近角の許しを得られず、遠ざかることになる。しばしば自殺を考えた。6月　京橋の帝国酒醤油新報社に入社。チトセは針仕事で生計を助けた。

大正十五（一九二六）年　29歳

1月　新報社を退職。　2月　『不同調』（中村武羅夫《なかむらむらお》主宰）の事務員兼記者となる。　葛西善蔵《かさいぜんぞう》の『酔狂者の独白』の口述筆記を担当、知遇を得る。　12月　静子と協議離婚。

昭和二（一九二七）年　30歳

1月　牛込柳町、中村宅に不同調社宿直として転居。　12月　牛込矢来町に移転。

昭和三（一九二八）年　31歳

1月　『業苦』（『不同調』）を発表。　7月　『崖の下』（同）を発表。　宇野浩二の称賛を得る。　同月、葛西善蔵の臨終をみとる。

昭和四（一九二九）年　32歳

4月　中村武羅夫の加わった『近代生活』が創刊され、礒多も参加、編集に携わる。

昭和五（一九三〇）年　33歳

1月　『曇り日』（『新潮』）を発表。　4月　『不幸な夫婦』（『近代生活』）を発表。「振興芸術派倶楽部《くらぶ》」結成に参加。最初の作品集『崖の下』（新潮社）を刊行。　11月　『秋立つまで』（『新潮』）を発表。

昭和六（一九三一）年　34歳

10月　牧野信一主宰の『文科』に参加。小林秀雄、河上徹太郎、中島健蔵らと知遇を得る。　12月　広津和郎《ひろつかずお》を介して『途上』を『中央公論』に持ち込む。大晦日《おおみそか》、チトセを連れて七年ぶりに仁保に帰省。

昭和七（一九三二）年　35歳

元旦　帰郷。『途上』が『中央公論』採用の通知を受け取る。再び、チトセと上京を決意。　1月『魍魎《もうりょう》』（『作品』）を発表。　2月『途上』（『中央公論』）を発表。　8月『途上』（江川書房）を刊行。腸を病み、病状が次第に悪化。

昭和八（一九三三）年　36歳

1月『神前結婚』（『改造』）を発表。　9月　結核性腹膜炎の診断を受ける。　10月「経《きょう》机《づくえ》」（『大阪朝日新聞』）を発表（最後の発表作品となる）。　11月30日　臨終の間際に父・若松と対面し永眠。　12月8日　遺骨は、チトセ、若松に抱かれ、仁保に帰る。

昭和九（一九三四）年

5月『嘉村礒多全集』（全三巻、白水社）刊行開始（同年9月完結）。編纂は宇野浩二・小林秀雄・中村武羅夫・広津和郎・堀木克三・横光利一。

昭和三十九（一九六四）年

11月『嘉村礒多全集』（全二巻、南雲堂桜楓社）刊行開始（翌年9月完結）。監修は河上徹太郎・山本健吉、編集は太田静一・大平和登・嘉村栄。

平成二十二（二〇一〇）年

11月　生家が山口市により改修されて、嘉村礒多生家「帰郷庵」開館。

令和二（二〇二〇）年

11月　嘉村礒多生家「帰郷庵」開館十周年記念講演会を開催（荒川洋治の講演「嘉村礒多の世界」）。

＊略年譜の作成に当たっては、太田静一「嘉村礒多年譜」（『嘉村礒多――その生涯と文学』彌生書房、一九七一年）、橋本迪夫「年譜　嘉村礒多」（『日本の文学33　宇野浩二・葛西善蔵・嘉村礒多』中央公論社、一九七〇年）、保昌正夫「嘉村礒多年譜」（『現代日本文学大系49　葛西善蔵・相馬泰三・宮地嘉六・嘉村礒多・川崎長太郎・木山捷平集』筑摩書房、一九七三年）等を参照した。

（岩波文庫編集部編）

〔編集付記〕

一　本書の底本には『嘉村礒多全集』上・下巻（南雲堂桜楓社、一九六四、六五年刊）を用いた。ただし、近角常観宛書簡二通は、「近角常観と嘉村礒多――新出資料の紹介を中心に」（岩田文昭・大澤広嗣『大阪教育大学紀要』第六〇巻一号、二〇一一年九月）に掲載の翻刻を底本とした。

一　明らかな誤記と思われる若干の箇所については訂正をした。なお、書簡中の〔　〕の箇所は編者による補足である。

一　原則として漢字は新字体に、仮名づかいは現代仮名づかいに改めた。

一　漢字語のうち、使用頻度の高い語を一定の枠内で平仮名に改めたが、平仮名を漢字に変えることはしていない。

一　本文中に今日では不適切とされる表現があるが、原文の歴史性を考慮してそのままとした。

（岩波文庫編集部）

嘉村礒多集《かむらいそたしゅう》

2024年3月15日　第1刷発行

編　者　岩田文昭《いわたふみあき》

発行者　坂本政謙

発行所　株式会社　岩波書店
〒101-8002 東京都千代田区一ツ橋2-5-5

案内 03-5210-4000　営業部 03-5210-4111
文庫編集部 03-5210-4051
https://www.iwanami.co.jp/

印刷 製本・法令印刷　カバー・精興社

ISBN 978-4-00-310742-3　　Printed in Japan

読書子に寄す

——岩波文庫発刊に際して——

岩波茂雄

真理は万人によって求められることを自ら欲し、芸術は万人によって愛されることを自ら望む。かつては民を愚昧ならしめるために学芸が最も狭き堂宇に閉鎖されたことがあった。今や知識と美とを特権階級の独占より奪い返すことはつねに進取的なる民衆の切実なる要求である。岩波文庫はこの要求に応じそれに励まされて生まれた。それは生命ある不朽の書を少数者の書斎と研究室とより解放して街頭にくまなく立たしめ民衆に伍せしめるであろう。近時大量生産予約出版の流行を見る。その広告宣伝の狂態はしばらくおくも、後代にのこすと誇称する全集がその編集に万全の用意をなしたるか。千古の典籍の翻訳企図に敬虔の態度を欠かざりしか。さらに分売を許さず読者を繋縛して数十冊を強うるがごとき、はたしてその揚言する学芸解放のゆえんなりや。吾人は天下の名士の声に和してこれを推挙するに躊躇するものである。このときにあたって、岩波書店は自己の責務のいよいよ重大なるを思い、従来の方針の徹底を期するため、すでに十数年以前より志して来た計画を慎重審議この際断然実行することにした。吾人は範をかのレクラム文庫にとり、古今東西にわたって文芸・哲学・社会科学・自然科学等種類のいかんを問わず、いやしくも万人の必読すべき真に古典的価値ある書をきわめて簡易なる形式において逐次刊行し、あらゆる人間に須要なる生活向上の資料、生活批判の原理を提供せんと欲する。この文庫は予約出版の方法を排したるがゆえに、読者は自己の欲する時に自己の欲する書物を各個に自由に選択することができる。携帯に便にして価格の低きを最主とするがゆえに、外観を顧みざるも内容に至っては厳選最も力を尽くし、従来の岩波出版物の特色をますます発揮せしめようとする。この計画たるや世間の一時の投機的なるものと異なり、永遠の事業として吾人は微力を傾倒し、あらゆる犠牲を忍んで今後永久に継続発展せしめ、もって文庫の使命を遺憾なく果たさしめることを期する。芸術を愛し知識を求むる士の自ら進んでこの挙に参加し、希望と忠言とを寄せられることは吾人の熱望するところである。その性質上経済的には最も困難多きこの事業にあえて当たらんとする吾人の志を諒として、その達成のため世の読書子とのうるわしき共同を期待する。

昭和二年七月

岩波文庫の最新刊

網野善彦著
日本中世の非農業民と天皇（上）

山野河海という境界領域に生きた中世の「職人」たちの姿を通じて、天皇制の本質と根深さ、そして人間の本源的自由を問う、著者の代表的著作。（全二冊）

〔青N四〇二-二〕　定価一六五〇円

エーリヒ・ケストナー作／酒寄進一訳
独裁者の学校

大統領の替え玉を使い捨てにして権力を握る大臣たち。政変が起きるが、その行方は…。痛烈な皮肉で独裁体制の本質を暴いた、作者渾身の戯曲。

〔赤四七一-三〕　定価七一五円

ラインホールド・ニーバー著／千葉 眞訳
道徳的人間と非道徳的社会

個人がより善くなることで、社会の問題は解決できるのか。二〇世紀アメリカを代表する神学者が人間の本性を見つめ、政治と倫理の相克に迫った代表作。

〔青N六〇九-一〕　定価一四三〇円

トマス・アクィナス著／稲垣良典・山本芳久編／稲垣良典訳
精選 神学大全2 法論

トマス・アクィナス（一二二五頃-一二七四）の集大成『神学大全』から精選。2は人間論から「法論」、「恩寵論」を収録する。解説＝山本芳久、索引＝上遠野翔。（全四冊）

〔青六二一-四〕　定価一七一六円

……今月の重版再開……

高浜虚子著
立子へ抄
—虚子より娘へのことば—

定価一二二一円　〔緑二八-九〕

喜安 朗訳
フランス二月革命の日々
—トクヴィル回想録—

定価一五七三円　〔白九-一〕

岩波文庫の最新刊

ゲルツェン著／長縄光男訳

ロシアの革命思想
―その歴史的展開―

ロシア初の政治的亡命者、ゲルツェン（一八一二―一八七〇）。人間の尊厳と言論の自由を守る革命思想を文化史とともにたどり、農奴制と専制の非人間性を告発する書。〔青N六一〇―一〕 定価一〇七八円

ラス・カサス著／染田秀藤訳

インディアスの破壊をめぐる賠償義務論
―十二の疑問に答える―

新大陸で略奪行為を働いたすべてのスペイン人を糾弾し、先住民に対する賠償義務を数多の神学・法学理論に拠り説き明かし、その履行をつよく訴える。最晩年の論策。〔青四二七―九〕 定価一一五五円

岩田文昭編

嘉村礒多集

嘉村礒多（一八九七―一九三三）は山口県仁保生れの作家。小説、随想、書簡から選んだ。己の業苦の生を文学に刻んだ、苦しむ者の光源となる同朋の全貌。〔緑七四―二〕 定価一〇〇一円

網野善彦著

日本中世の非農業民と天皇（下）

海民、鵜飼、桂女、鋳物師ら、山野河海に生きた中世の「職人」と天皇の結びつきから日本社会の特質を問う、著者の代表的著作。（全二冊、解説＝高橋典幸）〔青N四〇二―三〕 定価一四三〇円

ヘルダー著／嶋田洋一郎訳

人類歴史哲学考（三）

第二部第十巻―第三部第十三巻を収録。人間史の起源を考察し、風土に基づいてアジア、中東、ギリシアの文化や国家などを論じる。（全五冊）〔青N六〇八―三〕 定価一二七六円

……今月の重版再開……

池上洵一編

今昔物語集 天竺・震旦部

定価一四三〇円 〔黄一九―一〕

清水三男著／大山喬平・馬田綾子校注

日本中世の村落

定価一三五三円 〔青四七〇―一〕